인생길

뒤돌아보니
보일 듯 말 듯
너무나도 아득한 길
시행착오로 방황한 길
흐트러지고 헝클어진 발자국
맴돌다 끊어진 자국
어지럽고 움푹 파인 자국들
그래도
후반전은 곧은길
빛을 쫓아 사뿐사뿐 걸어온 길
지옥에서 천국으로 오르는 길
밀어주고 이끌어 주는 길
지혜로운 말씀으로 인도하니
노래하며 동행하는 아름다운 길
저 앞에
그립고 사모하는 내 집 향해
오르는 사닥다리가 우뚝 서 있고
어서 오라고 부르시는
인자하신 주님 목소리가
나의 걸음을 재촉하네.

2019. 11. 10. 현국

고난 속에서도 행복한 목사

1판 1쇄 발행 2021년 7월 28일

지은이 신현국 감수 조양제

교정 윤혜원 편집 홍새솔
펴낸곳 하움출판사 펴낸이 문현광

주소 전라북도 군산시 수송로 315 하움출판사
이메일 haum1000@naver.com 홈페이지 haum.kr

ISBN 979-11-6440-806-1 (03810)

좋은 책을 만들겠습니다.
하움출판사는 독자 여러분의 의견에 항상 귀 기울이고 있습니다.

고난 속에서도
행복한 목사

▎오지와 같은 장애인 사역에 헌신하신 분

제가 신현국 목사님을 알고 지낸 지는 40년이 넘습니다. 어떻게 보면 신 목사님의 인생 후반기, 특히 신학을 공부한 이후에 가깝게 지냈다고 볼 수 있습니다. 특별히 저의 바로 위에 형님과 동갑이셔서 형님처럼 여기는 목사님입니다. 신현국 목사님이 이번에 본인의 인생 여정을 담은 책을 내면서 추천사를 부탁하셔서 부족하지만 제가 알고 느낀 점을 글로 표현하고자 합니다.

신현국 목사님은 유복한 집안에서 태어나셔서 세상의 가치로 볼때는 공부도 할 만큼 하시고, 사회적으로도 많은 경험을 하신 분입니다. 하지만 지혜서 욥기의 주인공 '욥'처럼 하나님은 신 목사님 가정에 다양한 어려움을 주셨습니다. 고난이 없는 사람도 없지만, 고난을 달갑게 여기는 사람도 그리 많지 않습니다. 욥기를 통해 저자가 드러내는 것은 우리 인생에 다가오는 고난의 원인을 인간이 알 수 없다는 것입니다. 그리고 인생에 정답이 없다는 사실은 우리 모두가 익히 다 아는 사실입니다. 신 목사님 인생 여정이 그리 순탄치만은 않았습니다. 얼마나 힘이 드셨고 괴로우셨으면 때때로는 자살도 생각하고 행동으로 옮기려는 시도도 했겠습니까. 하지만 사랑 많으신 하나님께서 신 목사님과 그 가정에 다시 한번 복음을 통하여 하나님의 사랑을 깨닫게 하셔서 현실은 그대로지만 모든 관점이 180도 바뀌게 된 것입니다.

신현국 목사님은 신학을 공부하시고 지역교회에서 목회도 하셨지만, 더더욱 목사님 마음이 주장하는 것은 장애인을 위해 헌신하는 것이었습니다. 그래서 목회하시던 교회를 다른 목사님에게 부탁하고 남은 생애는 장애인을 위한 사역을 하기로 결정하시고, 팔십이 넘은 지금까지 그 사역을 펼쳐 오신 것입니다. 그동안 남들이 관심을 갖지 않는 오지와 같은 사역을 해 오시느라 수고가 많으셨습니다. 고비 고비마다 어려운 일들이 많이 있었지만, 때마다 긍휼하신 하나님의 개입으로 지금까지 잘 감당해 오셨다고 생각하는 바입니다. 그리고 그때마다 하나님께서 돕는 손길을 통하여 도우셨습니다.

비록 신현국 목사님은 연세가 드셔 가시지만, 그 뒤를 이어서 누군가는 긍휼한 마음을 가지고 장애인을 사랑하고, 장애인과 함께 더불어 살아가는 사역을 계속해야 합니다. 토라(Torah)의 가치는 고아, 과부, 나그네 등 약자를 보호하고 인격적으로 대우하는 내러티브(Narrative)라는 것에 있습니다. 이것은 선지서와 지혜서에 면면히 흐르고 있습니다. 신약에 와서 예수님께서 하나님의 아들로서 하나님의 성품을 실천하시어 세리, 죄인들의 친구가 되셨고, 그 당시 사회가 가지고 있는 견고한 성과 같은 경계를 허무시고 변방에 있는 자들을 식사 자리로 초대하셨습니다. 그들을 동등하게 대우하신 것입니다. 이 세상은 계속해서 돈과 권력이 마치 진리인 것처럼 판을 치고 있고, 약자(소자)들은 계속 소외당하고 있습니다. 이런 상황에서도 누가 하든 복음에 빚진 자로서 사회적 약자를 돌보며 더불어 살아가는 일은 계속되어야 한다고 생각합니다. 아무쪼록 이 책이 많은 사람에게 읽혀서 이러한 약자를 섬기는 사역이 직·간접적으로 편만하게 계속되기를 바라는 마음으로 추천사를 마무리합니다.

_ 유미열 목사 (성서유니온 전 사역 국장)

고난을 통해 얻은 지혜를 모두에게 드립니다

저자는 고난이 연속된 삶을 경험하면서도 의미 있고 행복한 삶을 살아온 특별한 사람입니다. 20대 초반 대학 시절에는 아버지를 간암으로 보냈고 30대에는 두 동생이 물에 빠져 익사하는 슬픔을 겪었습니다. 가장 고통스러웠던 것은 결혼 후 2남 3녀의 자녀 중에 2남 1녀가 중증 장애를 가지고 태어난 것입니다. 셋째 딸은 지체장애와 지적장애를 가지고 태어났고 넷째와 다섯째는 쌍둥이 아들인데 뇌성마비로 인해 뇌 병변 장애를 가지고 태어났습니다. 젊은 시절에 자녀들이 중증 장애인이라는 사실이 너무 괴로워서 매일 술에 취하지 않으면 살 수 없었고 잠을 이룰 수도 없었다고 합니다. 오죽했으면 집단자살까지 생각해 보았겠습니까!

40대가 되어서야 자녀가 중증 장애인이라는 사실을 있는 그대로 받아들이게 되었습니다. 그 후 신학을 공부하고 목사가 되어 10년 가까이 목회했습니다. 그런데 심한 장애를 가진 넷째 아들이 스무 살의 나이에 소천 하는 시련을 겪었고 그 일로 교회를 담임하는 목회자가 아닌 소외된 사람들을 섬기며 사회복지를 실천하는 목회자가 되기로 결심했다고 합니다. 하지만 시련은 계속되었습니다. 첫째 딸이 위암으로 소천하고 부인은 진행성 근육 이양증이라는 희귀 난치성 질환으로 70대에 별세했습니다. 신 목사 본인도 당뇨와 간경화로 치료 중입니다. 이런 상황이라면 절망하고 낙심해서 우울할 것 같은데 오히려 그는 만날 때마다 계속해서 행복하다고 말합니다. 그가 행복한 삶을 살아가는 비결이 신비스럽고 궁금했습니다.

"자녀가 장애를 갖게 된 고난이 처음 찾아왔을 때 말할 수 없을 정도로 힘들었습니다. 하지만 세월이 지나면서 세상 욕심을 버리고 천국 소망을 갖고 살게 되면서 행복이 찾아왔습니다. 이후 고난을 통하여 삶의 지혜를 배우고 성공이 아닌 섬김이라는 새로운 인생 목표와 목적을 갖게 되었습니다. 지금은 주어진 소명에 따라 사회복지를 실천하는 목회자가 되어 팔순의 나이까지 의미 있는 봉사를 행복하게 실천하고 있습니다. 장애라는 고난을 인내하는 가운데 하나님의 섭리로 받아들이고 고난을 올바르게 해석하여 얻은 결실인 것입니다."

그는 얼마 전 팔순 잔치를 하면서 남은 인생을 잘 정리하고 천국에 가길 소원했습니다. 20년 이상 사명으로 일한 복지사업과 생명처럼 사랑하는 22명의 장애인 생활인과 자녀들을 믿고 맡길 곳을 찾는 것이 마지막 남은 과제였습니다. 복지사업은 영리사업이 아니기에 누구에게 맡겨야 지속 가능한 발전을 할 수 있을지 더욱 고민하게 되는데, 심사숙고 끝에 얻은 결론은 본인 소유의 재산을 선용하기 어려운 자녀들에게 물려주는 대신 투명성과 진정성을 가진, 장애인 복지 전문 기관인 밀알복지재단에 기부하기로 한 것입니다.

코로나19로 많은 사람이 우울한 시기에 이처럼 세상을 아름답게 변화시키고 하늘에 보화를 쌓은 감동적인 소식이 있다는 것이 감사합니다. 인생은 어차피 '空手來空手去'입니다. 우리 모두 재물과 재능을 잠시 맡아서 살아가다 빈손으로 돌아갑니다. 우리가 자신의 모든 것을 자기의 것으로 여기지 않고 이웃을 위해 잠시 맡겨진 것이라는 청지기 의식을 가지고 살아갈 때 모두가 더불어 행복하면서도 아름다운 세상을 만들 수 있을 것입니다. 저는 모래 속에서 진주를 찾은 사람처럼 신현국 목사의 인생 이야기를 접하고 혼자서만 감동받을 수 없어 세상의 유익을 위해 자서전 출판을 제안했습니다. 이 책은 모두에게 유익하겠지만 특히 고통을 가지고 살아가는 사람들에게 위로와 희망이 될 것이라는 확신이 들어 적극 추천합니다.

_ 정형석 (사회복지법인 밀알복지재단 상임대표)

▎극한의 고난 가운데서도 웃으시는 신현국 목사님

제가 알고 있는 신현국 목사님은 욥보다 더 심했을 것 같은 고난을 겪었습니다. 그런데도 허허하고 웃습니다. 고난 때문에 하나님을 만났고, 하나님을 만나고 고난 가운데에서도 감사하며 살 수 있다고 합니다. 결혼하기 전 젊었을 때 동생 두 명이 물놀이 사고로 익사했고, 결혼 후 5명의 자녀를 낳았는데 3명이 장애인입니다. 가장 똑똑하고 건강하고 잘났던 큰딸은 암으로 젊은 나이에 결혼도 하기 전에 하나님의 품으로 먼저 떠났습니다. 그래도 하나님을 믿고 나니 감사하며 살고 있습니다.

아버님께 물려받은 동대문에서의 사업이 장애 아이에게 너무 신경을 쓴 때문인지는 모르겠지만 망하게 됐습니다. 연세대학교 행정학과를 졸업한 수재인데, 인간의 한계를 느끼고 신학을 공부하여 목사님이 되었습니다. 교회를 개척하고 100여 명의 교인이 모여 재미있을 즈음인 58세의 늦은 나이에 베다니동산이라는 장애인 시설을 시작했습니다. 20여 년 동안 경기도 광주시에서 장애인 교회와 장애인 생활 시설과 자활꿈터 등 다양하게 장애인들의 필요를 채워 주는 훌륭한 사역을 하셨습니다.

이제는 20여 년 동안 일구었던 장애인 복지 시설을 밀알복지재단에 아무런 조건 없이 기증하시고, 목회 일선에서 은퇴하셨습니다. 훌륭하신 신목사님께서 지나온 삶을 뒤돌아보며 귀한 책을 발간하게 됨을 함께 기뻐하며 추천합니다. 신 목사님의 삶을 보면 고난을 받는 사람에게 큰 도전이 됩니다. 물론 그런 고난이 없는 것이 좋은 일이라고 말하며, 종교는 고통을 잠시 잊게 하는 아편이라고 말할 수도 있습니다. 하지만 똑같은 고난의 상황에서 자포자기하며 삶을 원망하고 포기하는 것보다는 감사하며 사는 것이 훨씬 좋아 보입니다. 적어도 저에게는 말입니다.

_ 서한석 (전국장애인선교연합회 전임회장, 동행의 집 원장)

아내와 2남 3녀, 일곱 명의 장애인 가족을 건사하며 살아온 80여 년

나는 참 험한 인생을 살면서 팔십 고개를 넘어왔다. 그런데 그 고개는 도저히 내 힘으로 넘을 수 없는 고개였다. 인생의 고비 고비마다 나를 하나님이 지켜보고 계셨다. 그분이 아니었으면 지금의 내가 과연 있을 수 있었을까? 그래서 나는 남은 인생을 주님을 닮은 가난하고 장애가 많은 사람을 위해 일을 하고, 하나님을 자랑하며 사는 삶을 살려고 한다. 누가 보면 어떻게 저런 상황에서도 꿋꿋하게 버티고 살아왔을까 고개를 저을 것이다. 그러나 그런 상황에서도 나는 행복하다고 자신 있게 말할 수 있다. 그 자신감의 원천은 바로 하나님이 내 곁에 있었기 때문이다. 내 인생을 돌아보면 고난의 종합선물세트 같다는 느낌이다. 그러나 그 고난에 감추어져 있어서 그렇지 내 인생에는 고마워할 일도 참 많았다. 이 책은 그 고마움에 바치는, 그리고 나를 일으켜 세워 주신 하나님께 바치는 헌사이다.

성경의 시편에 보면 "고난당하는 것이 내게 유익이다."라는 말이 나온다. 내 인생은 그 시편 그대로였다. 번듯한 집안에서 태어나 탄탄대로의 길을 걸을 줄 알았다. 사업도 나름 잘되어서 돈도 좀 벌었다. 그러나 사업이 망하고부터는 계속 내리막길이었고 그 시기가 내게는 고난의 시기였다. 내 인생은 평온의 시기, 방황의 시기, 고난의 시기, 그리고 신앙의 시기로 나누어질 것 같다. 그리고 그 시기마다 늘 하나님이 내 곁에 계셨음에 가슴 벅차게 감사드린다. 내 고난에는 가난도 있지만 감내하기 힘든 병의 고통이 컸다.

나도 아팠지만 내가 아픈 건 눈에 들어오지 않을 정도로 내 가족의 아픔이 컸다. 아버지, 어머니로부터 아내, 그리고 피 같은 내 자식들이 다 치유하기 힘든 병에 걸렸고 나보다 먼저 세상을 떴다.

이 고비만 넘어서면 괜찮을 것 같았는데 그 고개를 넘어서니 또 다른 고난이 나를 숨쉬기 힘들게 했다. 첫째 딸은 그나마 건강한 아이였는데 그 아이마저 위암으로 34살에 세상을 떠났고 둘째 딸은 엄마와 같은 치유 불가의 근이양증을 앓고 있다. 셋째 딸도 지체와 정신장애로 복합 1급 장애인이다. 거기까지만 해도 힘에 부칠 지경이었는데 쌍둥이 두 아들은 더 큰 고난의 짐이었다. 금쪽같은 두 아들이 모두 뇌성마비 중증장애인이었다. 한 아이는 20여 년 동안 침대에만 누워 있다가 한 발짝도 떼어 보지 못하고 하늘나라로 갔다. 그래도 나머지 한 아들이나마 뇌병변 2급 장애인으로 지금껏 살게 해 줘서 감사할 따름이다. 나의 처지는 말로 표현키 어려워서 사람들은 욥과 같은 고통이라고들 하며 극한의 시련으로 도저히 견딜 수 없는 이 일들에도 숨은 뜻이 있을 것이라고 말하기도 했다. 나는 술을 먹지 않고는 생활이 불가능할 정도로 맨정신으론 아무것도 할 수 없는 나날을 살았다. 방황의 골은 점점 깊어 갔고 극단적인 생각이 나를 휩쓸었다. 내 손으로 아이들을 죽일 수는 없어서 동반 자살까지 생각했다. 응봉동 돌산의 깎아 내린 그 절벽을 보면 그때의 아픔이 고스란히 느껴진다. 야곱 같은 나, 정말로 야곱처럼 험악한 인생을 살아온 것이다. 어떻게 살아야 할지 암담한 상황에서 헤매던 중 가평의 한얼산기도원에서 마침내 하나님의 손길이 나타났다. 나는 그곳에서 불같이 뜨거운 성령의 은총을 받았다. 그 이후로는 그 어떤 고난이 와도 견뎌낼 힘과 용기가 생겼다.

방황의 시기, 고난의 시기는 요나가 고래의 배 속에 들어가 있는 것과 같은 삶이었다. 내 힘으로 할 수 있는 게 아무것도 없었다. 사업이 망해 돈도 없어서 가족 부양과 끼니가 걱정이었고 물리치료를 받는다는 것은 꿈도 꾸지 못해 장애 아이를 버리려고도 했고, 또 아이와 함께 죽으려고도 했다. 아이를 캐나다로 입양을 보내려고 천주교 기관을 찾기도 했으나 뜻을 이루지 못했고, 온 가족이 함께 죽어 이 고통을 끝내고도 싶었다. 그런 나를 하나님은 버려두지 않으시고, 살길을 열어 주시고, 탕자 같은 나를 깨우치고, 회개시켜 품에 안아 주셨다. 나는 시작부터 끝까지 하나님을 자랑하는 사람이지만 이 책은 종교적인 경험을 간증하는 책은 아니다. 내가 겪은 삶 속에서 인간적으로 다가온 하나님을 이야기하고자 한다. 죽음의 끝, 절망의 끝에서 어떻게 살아 나왔는지를 이야기하고자 한다.

나를 아는 사람은 내가 목회 때 했던 이야기를 떠올리며 고개를 끄덕일 수도 있을 것이다. 내가 누군지 모르는 사람은 나를 목사로 보지 말고 하나의 인간으로 바라봐 줬으면 좋겠다. 연속된 고난이 한 인간을 어떻게 성장시키는지 봐 주셨으면 좋겠다. 하나님을 믿든 안 믿든 인간은 누구나 저마다의 고통을 짊어지고 산다. 2020년 대한민국은 코로나19로 말로 표현하기 힘들 정도의 고통을 겪었고 그 고통은 여전히 진행 중이다. 각자의 고통은 누구와 비교할 수 없겠지만 고통 속에서 무사히 귀환하여 행복하다고 외치는 나의 인생 여정을 보며 당신의 고통 또한 덜 수 있다면 큰 보람이 될 것이다. 장애 가정이라는 어려움을 극복한 나의 경험이 지금도 고난의 소용돌이에서 방황하는 여러 장애 가정을 한 줄기 빛으로 인도하기를 바란다.

이제 막 80세 생일을 넘겼다. 나는 고래의 배 속에서 탈출한 요나처럼 고난에서 탈출한 내 인생을 최고로 행복하고 나름대로 보람 있게 살았다고 이야기한다. 나는 그 행복, 그 보람을 다른 여러 사람에게 전해 주고 싶다. 슬퍼하고 주저앉지 말고 당신 앞에 당신도 모르게 흘러가는 행복을 움켜쥐고 기쁘게 살라고 얘기하고 싶다. 최악의 고통 속에서 80여 년을 산 하나의 인생을 통해 힘을 얻었으면 하는 바람이다. 가수 조하문의 노래 중에 「내 아픔 아시는 당신께」라는 노래가 있다. 나에게 그 당신은 하나님이다. 내 인생의 아픔을 누가 알까? 하나님 말고는 그 누구도 알 수 없을 것 같다. 하나님을 만나고 내 아픔은 기쁨이 되었다. 이 책은 밀알복지재단 상임대표 정형석 목사님의 권유로 시작되었다. 정 목사님은 내가 장애인을 위한 선교 일을 할 때 만났다. 오랫동안 나를 옆에서 지켜보시고, 내 인생을 들여다보시면서 세상 사람들에게 내 이야기를 들려주자고 했다. 그래서 이 책을 기획하게 되었다. 나는 내 나름 내 인생을 돌아볼 기회를 갖게 되어서 너무 감사했다.

장애인을 위한 일은 내 아이가 장애인이라서 시작한 일일 수 있다. 내 아이가 겪은 아픔을 알기 때문에 다른 이들의 아픔이 눈에 들어오고 그들의 삶에 도움을 주고 싶었다. 그리고 이 일은 가난한 자, 병든 자를 외면하지 말라는 하나님의 말씀을 실천하는 일이기도 했다. 아버지는 간암으로 돌아가시고, 장모님과 아내는 불치병인 근이양증으로 세상을 떴다. 처가는 근이양증이라는 폭탄을 맞아 가족 전부 그 병에서 헤어 나오지 못했다. 내 자식들도 병에서 자유롭지 못했고 사위 역시 청각장애인이었다. 내 동생은 두 명이나 물에 빠져 죽었다. 어떻게 한 사람의 인생사가 이렇게 아픔의 연속일까 상상할 수도 없을 것이다. 주여, 저에게 왜 이런 고통을 주시나이까 하는 비명이 저절로 튀어나올 정도였다. 그러나 나는 지금까지 살아 있다. 아니 살아냈다. 하나님 덕분에 우리 가문에서 최장수로 살아갈 수 있었다.

내가 하나님을 알고 보니 하나님은 맨 처음 그 사람의 물질을 걷어 가셨다. 재물(돈)은 인간의 장난감에 불과한 것 같다. 없어도 되는 덜 중요한 것이라서 그것부터 먼저 걷어 가신다. 인간이 물질 때문에 정신을 파니 옆으로 치우시는 것이다. 그다음으로 중요한 게 가족들이다. 가족을 통해 사랑의 매를 내리신다. 나에게도 하나님께서 내리신 사랑의 징계가 찾아왔다. 먼저 내가 가진 모든 재산을 다 걷어 가시고 다음으로는 동생 둘이 심장마비로 죽어 내 곁을 떠났다. 동생 하나는 평창의 금당계곡 그 차가운 물에 빠져 심장마비로 떠났고, 나머지 동생 하나도 구리 시청 부근의 연못에 빠져 죽었다. 동생을 먼저 보내는 고통을 맛보게 하고 다음에 가족들에게도 장애가 찾아왔다. 사업도 망하고 되는 일이 아무것도 없어서 술로 하루하루를 버틸 때였다. 어느 노랫말의 가사처럼 맨날 술이었다. 친구들에게 빌붙어 술을 축내고 사는 삶이었다. 물론 친구 일을 도와주며 얻어먹었다. 잔심부름도 하고, 배달도 하고, 차도 잡아 주고 했다. 사업이 망했으니 갈 데도 없어서 친구의 가게를 지키며 소일하곤 했다. 그러나 저녁에는 술에 빠져 살았다. 술 없이 맨정신으로는 도저히 답답해서 집에 있을 수가 없었다. 희망이 바늘구멍만큼도 없던 최악의 인생 밑바닥이었다. 그래서 그 시기를 요나처럼 고래 배에 들어간 시기라고 말할 수 있다. 그런데 그 최악의 시기에 하나님이 나를 조금씩 조금씩 꺼내 주셨다.

쌍둥이 아들의 뇌성마비는 치료방법이 없어서 큰아이를 캐나다로 입양을 보내려고도 했다. 인천에서 성당을 찾아가 수속도 직접 밟았었다. 쌍둥이 중 하나는 아예 움직이지도 못했다. 한 번도 스스로 일어서 보지도 못하고 누워서만 20년을 살다가 저세상으로 갔다. 오랫동안 움직이지 못하니 소화 기관부터 뼈까지 다 퇴화되었다. 기저귀를 갈아 끼우다가 뼈가 부러진 때도 있었다. 그 아이가 저세상으로 가기 한 보름 전에 소망재활원을 방문하여 기도해 주었는데 "아멘."이라며 소리를 내었다. 그래도 믿음이 있는지 찬송을 부를 땐 "아~"하고 목청도 높인다. 모든 기관이 다 약해진 그 아이는 21살의 인생을 뒤로하고 천국으로 갔다. 부모님을 보낼 때와 자식을 보낼 때의 마음의 아픔은 차이가 크다. 자식을 보낼 때가 더 힘들기에 부모는 땅에다 묻고 자식은 가슴에다 묻는다고도 한다. 그나마 자식 중에 큰딸 혜원이는 내가 의지를 참 많이 했다. 그런데 그 똑똑하고 온전한 아이마저도 하나님은 위암으로 데려가셨다. 새벽같이 출근하느라 아침밥을 잘 챙겨 먹지 못했다. 그래서 위암이 생긴 것 같았다. 우리 하나님은 돈을 믿으면 돈을 걷어 가시고 사람을 믿으면 사람을 데려가시는 것 같다. 그런데 그 딸은 하늘나라에 갈 때 우리 가정에 큰 선물을 주고 갔다. 생전에 직장 다닐 때 나도 모르게 생명보험에 가입해서 나에게 큰 도움을 주고 갔다. 큰딸이 남긴 보험금 덕분에 대출금을 갚고 재기할 수 있었다.

돌아보면 참 험악한 세월을 살아왔다. 야곱처럼 수만 번의 좌절과 절망 가운데서도 팔십 고개에 올랐다. 팔십이 지나고 나서 분명하게 깨달은 사실은 나의 모든 것을 가장 잘 아는 분은 주님이라는 것이다. 내 옆에 서서 나를 지켜봐 주시고, 돌보아 주시며, 나에게 손을 내미시는 때마다 은혜를 주시는 좋으신 하나님이심을 확신하게 하셨다. 하나님은 나의 구부러진 인생길에 꿈에도 생각하지 못했던 기적을 주셨다. 그 길을 이렇게 돌아볼 수 있게 해 주셔서 정말로 큰 영광이라 생각한다.

　나는 일제의 압박 속에 신사년 칠월 삼 일(음), 충청남도 계룡산 기슭의 촌 동네에서 태어났다. 해방의 기쁨도 가시기 전 동족상잔의 6·25 동란도 맛보았다. 보릿고개의 배고픔도 겪어 봤고, 4·19 혁명에도 참여하였고, 88올림픽도, IMF도 겪어 보았다. 특별한 하나님 아버지의 사랑에 코가 꿰어 장애인 복지 사역에 마지막 남은 혼신의 힘을 다 기울이고 있다. 그리고 마지막 사역에 헌신하면서 '아~ 하나님께서 이렇게 나를 쓰시려고 끝까지 단련하시었구나.' 라고 비로소 깨닫게 되었다. 하나님을 만난 후 나는 이 세상에서 제일 행복한 사람 중 하나라고 분명하게 큰소리로 외칠 수 있다. 받은 그 큰 사랑을 증거하며 자랑하는 생애가 되길 기원한다.

　나의 보잘것없는 인생 발자취를 책으로 출간하게 격려하고 힘을 써 주신 밀알복지재단의 정형석 목사님과 동역자님들께 진심으로 감사의 인사를 드린다. 이 책을 출간하면서 갖는 나의 유일한 희망은 부족한 저를 붙들어 사용하신 하나님의 사랑이 당신도 붙들어 사용하실 수 있다는 확신이다. 참 험하게 살아온 한 인생이 외치는 행복에 여전히 코로나19 속에서 힘든 인생을 살아가는 독자 여러분들이 부디 위로를 받고 용기를 내시기를 바란다. 그리하여 여러분들을 사랑의 눈으로 기다리고 계시는 하나님께 나아가시기를 권면한다.

2021년 6월 경기도 광주 베다니동산에서
신현국 목사

1장

충청도의 번듯한 집안에서 태어나
순풍에 돛단 듯 유유자적하던
시기가 있었다.
한국의 현대사는 격동의 시기였지만
내 인생의 역사는 평온 그 자체였다.
뭐 하나 부족함이 없었고
대학교도 사업도 탄탄대로였다.
친구들과도 잘 어울렸고
돈도 나름 벌었다.
그러나 내 인생의 잘나가던 시기는
그때뿐이었던 것 같다.

순풍에 돛 단 듯

1. 41년생, 한국 현대사를 관통하며 살다

나는 1941년 신사년에 계룡산 아래 상월면에서 음력 7월 초사흗날에 태어났다. 유명한 계룡산 자락 밑에 노성산이 있고 노성산 후면에 상월면이 자리 잡고 있다. 41년이면 일제 시대로 일본이 마지막 발악을 하던 시기다. 워낙 어린 나이여서 일본에 대한 기억은 그렇게 많지 않다. 어쨌든 나는 일제 시대, 광복, 6·25 전쟁, 4·19, 5·16 등 격동의 한국 현대사를 몸으로 체험하며 살아왔다. 4·19 때는 거리에 나가 직접 데모도 했다. 역사는 역사대로 격동의 파도를 탔고, 나는 나대로 격동의 인생을 살았다. 시대의 파도에 휩쓸린 내 인생이 하나님께 어떻게 흘러들어 가는지도 전혀 눈치채지 못했다.

해방 전에 우리 집은 시골에서 농사를 지었다. 나는 농사꾼의 아들로 태어났다. 행정구역으로는 논산시 상월면 월오리 169번지가 본적지다. 나는 내가 태어나고 자란 곳의 번지수를 생생하게 기억한다. 내 고향은 공주시와 논산시의 경계에 자리했다. 계룡면에는 갑사, 신원사가 있는데 국민학교 시절에 자주 소풍을 가던 곳이다. 집에서 조그만 냇물 하나를 건너면 공주 땅으로 그 작은 냇물이 공주와 논산의 경계선이었다. 고향 집은 논산이었으며, 소유한 논은 공주에도 있고 논산에도 있었다. 가정 형편은 농가다 보니 비록 소작은 아니지만 조그맣게 농사를 지어 그냥 가족들 양식으로 부족함 없이 챙겨 먹을 그 정도였다. 아버지는 왜정 때부터 사업을 하셨다. 전국을 무대로 함흥에도 갔다가 평양에도 가시는 등 한반도 전체를 휘젓고 다니셨다. 나중에는 서울의 동대문시장에 자리를 잡고 안정적으로 사업을 하셨다.

아버지는 서울에서는 목화솜, 광목 등을 판매하는 사업을 했다. 동대문 광장시장 아래에 가게를 차렸고 집은 창신동에 있었다. 이 얘기는 내가 기억하는 내용이 아니라 아버지의 얘기를 통해 아는 이야기다. 6·25 때 나는 시골에서 학교에 다니고 있었고 아버지는 서울에서 사업을 하고 계셨다. 아버지는 요즘 말로는 기러기 아빠셨다. 어머니는 시골에서 농사도 짓고, 할머니도 모셨는데 아버지는 서울에서 사업을 하다가 작은 부인을 얻어서 두 집 살림하셨다. 그래서 우리 가족은 형제가 갑자기 많아졌다. 시골 쪽에는 나와 동생이 있고 서울 쪽에는 6남매가 있었다. 우리 형제들은 모두 8남매의 대가족이었고 나는 8남매 중 장남이었다.

내가 목사로서 어디 가서 간증하거나 설교를 할 때는 내 인생을 3단계혹은 4단계로 이야기한다. 그중에서 내 어린 시절은 가장 순탄하고 평화로웠던 평온의 시대였다. 농사를 짓는 집의 아들이었지만 남부럽지 않게살았던 것 같다. 당시 친구들이 짚신을 신고 다닐 때 나는 고무신이나 운동화를 신었던 기억이 난다. 그건 아마도 서울에서 돈을 잘 버는 아버지덕분이었을 것이다. 아버지는 당시 최고로 큰 시장인 광장시장 아래의솜 가게 사장님이셨다. 나는 시골에서 국민학교를 졸업하고 54년도 봄에서울에 올라와 중학교에 입학했다. 우리 집은 특별한 신앙을 가지지 않고 평범한 유교적 신앙을 믿었다. 제사도 지내고 굿도 했던 기억이 난다. 나는 교회가 신비롭고 궁금하여 가 보고 싶었으나 두려워서 감히 들어가지를 못하고 주변에서 맴돌다가 중학교 3학년이던 57년도에 절친한 친구 박한규를 따라서 처음으로 교회에 나가게 되었다. 중학교 동창인 그친구는 나를 동대문교회로 인도해 주고는 자기는 부모님이 다니는 영락교회로 옮겼다.

나는 일제 시대에 일본식 이름인 정길이라는 이름을 썼다. 그러나 호적에는 가문의 돌림자를 따서 신현국으로 올렸고 지금까지 그렇게 불리고 있다. 내가 다섯 살 때 일제에서 해방이 되었고 48년도에 상월국민학교에 들어갔다. 국민학교 3학년 때 비극의 6·25 한국전쟁이 벌어졌다. 인민군이 우리 시골에 내려올 때 우리는 산 고개 너머 산골 마을로 피난을 갔다. 또 인민군들이 후퇴할 때는 아버지 친구인 당시 면장님이 빨갱이들의 공격을 피해 우리 집에 와서 숨어 있다가 다음 날 아침에 돌아갔다. 또 반공포로도 우리 집에 머물렀다. 논산 연무대 쪽에 인민군 포로들이 있었는데 이승만 대통령이 반공포로를 석방할 때 그들 중에 일부가 동네마다 배정을 받아 우리 집에도 잠시 있다가 갔다. 당시 거제도 수용소는 규모가 엄청난 곳으로 중공군 포로들도 그곳에 많이 있었다. 이승만 대통령은 반공포로들을 석방할 때 공산주의를 버리고 전향한 사람들은 남한에 받아들여 정착하게 하고 전향하지 않은 사람은 북한으로 되돌려 보냈다. 또 북한에 잡혀 있던 국군 포로와 판문점 다리 위에서 교환하기도 하였다.

한국전쟁 때 사람 죽이는 건 직접 목격하지 못했지만 수많은 선량한 사람이 희생되었다. 특별히 곳곳에 퍼진 지역 빨갱이들은 지역 유지들과 지주들, 유명인들을 엄청나게 괴롭혔다. 특히 우리 마을과 가까운 한 곳은 남한의 모스크바라고 불릴 정도로 남로당 빨갱이가 많아서 그 동네에는 과부들의 숫자가 엄청 늘어나기도 했다. 전쟁 때 우리 동네에서는 사람들이 그렇게 많이 죽지는 않았다. 미군 비행기가 인민군을 폭격하는 건 한번 봤다. 마을 고개 너머에서 비행기 한 대가 오더니 검은 고무신짝 같은 검은 물건을 떨어뜨리고 갔다. 친구 영환이와 나는 처음 보는 물건이라 그게 뭔지 잘 몰랐다. 그것이 두려워 우리는 감나무 옆에 숨다가 모시밭으로 들어갔다. 그런데 잠시 후에 '쾅'하는 엄청난 소리가 났다. 그

고난 속에서도 행복한 목사

후에 살펴보니 우리가 기대고 서 있던 감나무 밑에 폭탄 파편이 땅속 깊이 박혀 있었던 것이다. 하마터면 폭탄 파편이 우리 몸에 맞을 수도 있는 아주 위험한 상황이었다. 나중에 보니 폭탄이 터진 자리에는 크고 깊은 새 웅덩이가 생겨났다.

나중에 한국군이 밀고 올라갈 때 뒤처진 인민군들은 지리산에 숨어들어 갔다. 인민군 잔당들은 지리산에 있다가 산을 타고 우리 마을이 있는 계룡산까지 올라왔다. 지리산과 계룡산은 지리적으로 산맥으로 연결되어 있어서 비교적 가까운 편이다. 인민군 게릴라들이 밤중에 그 산으로 건너와서 우리 마을의 경찰서를 습격하고 소와 양식도 탈취해 갔다. 우리 마을은 다른 마을보다 그래도 인민군의 피해가 덜한 곳이었다. 인공 치하가 석 달 정도밖에 안 되어서 피해도 적었고 수복 이후 사회가 안정되어 참으로 다행이었다. 9·18 수복 후 압록강까지 밀고 올라갔다가 다시 중공군을 만나 내려올 때도 평택까지만 내려오고 다시 반격하여서 우리 마을엔 피해가 없었다. 우리 마을은 전쟁 초기 한두 달만 피해를 보고 거의 피해를 보지 않은 평화로운 동네였다. 나는 전쟁 통에 국민학교를 다녔다. 전쟁으로 인해 우리 마을에서 가장 피해가 큰 사람은 면장이나 순경, 지주들이었다. 그들의 가족들이 납치나 죽임을 당하는 등 여러 피해를 입기도 했다.

한국전쟁이 끝나고 아버지가 서울에서 다시 사업할 때 어머니는 시골에서 홀로 할머니를 모시고 농사를 지으셨다. 아버지는 어머니 생신이나 명절 때만 집에 내려오셨는데 그때마다 서울에서 번 돈을 주고 가셨다. 그러다 보니 내가 그렇게 부족함 없이 어린 시절을 보냈던 것 같다. 나는 운동화를 신고 다닐 정도로 괜찮게 사는 집 자식이었고 국민학교 다닐 때는 나름대로 공부를 좀 했다. 53년도 휴전이 될 때까지 시골에서 학교를 다녔는데 그때 우리 학교는 반이 두 개였다. 한 반의 학생이 한 60여 명 되었는데 나는 반에서 3~4등 안에는 들 정도였다. 당시 서울 집에는 시골에서 나와 국민학교를 같이 다닌 5살 연상의 사촌 형 신현길이 중학교에 다니고 있었다. 내가 국민학교 들어갈 때 그 형은 국민학교를 졸업하고 서울에 있는 대동중학교에 들어갔다. 그 형은 큰아버지의 외아들인데 큰아버지와 큰어머니가 일찍 돌아가셔서 시골에서부터 우리 집에서 나와 같이 친형처럼 살다가 서울로 와서도 한집에서 같이 살았다. 우리 집안의 종손이 바로 그 형이었다. 나중에 사촌 형은 당진 경찰서장까지 지내시다가 퇴직 후 돌아가셨다.

내가 서울의 중학교 들어갈 때는 아버지가 사업을 하시면서 서울 작은어머니와 살림을 하고 있을 때였다. 서울 어머니 쪽에서 낳은 큰딸아이가 지금 76세가 되었다. 서울 어머니는 그 밑에 72세 소띠 남동생을 포함해 6남매를 낳았다. 나는 배다른 형제들과도 다 교류하고 친형제처럼 연락하고 지낸다. 서울에 와서 서울중학교에 입학시험을 봤는데 여지없이 떨어지고 말았다. 서울에서도 공부를 아주 잘하는 아이들만 가는 그 명문 학교를 시골 촌구석에서 올라온 아이가 감히 들어가려고 했으니 떨어지는 것이 당연했다. 그래서 2차로 지원한 학교가 상왕십리에 있는 성동중학교였다. 그 학교에 입학한 것이 내 수준에는 적당했던 것 같다.

당시 우리 집은 창신동에 있었다. 거기서 상왕십리 학교까지 통학했다. 처음에는 동대문을 지나 을지로6가까지 걸어가서 전차를 타기도 했으나 나중엔 걸어서 학교 간 적이 많았다. 사실 걷기에는 아주 적당한 길이었다. 약 30분 정도 부지런히 걸으면 갈 수 있는 지름길도 있었다. 청계천의 영미다리를 건너 신당동 중앙시장 뒷길로 해서 가면 30분이면 학교에 갈 수 있었다. 내가 6년 동안이나 바쁘게 걸어 다닌 그 걸음으로 지금까지 건강을 유지하는 것 같다.

성동중학교 시절에도 공부는 곧잘 해서 한 10등 정도는 했던 것 같다. 나는 고등학교 입시를 준비하던 중학교 3학년 때부터 교회에 나갔다. 그 교회가 동대문감리교회다. 동대문에서 북쪽 성곽으로 이어지는 지점에 동대문교회와 동구여상과 이화대학 부속병원이 있었다. 지금은 성곽 복원으로 다 철거되고 성벽만 존재해서 옛날의 추억이 그립기만 하다. 나의 운명을 바꾸게 한 그 교회, 나는 난생처음으로 교회라는 곳을 간 것이다. 중학교 동창 중에 박한규라는 친구는 나의 삶의 이정표를 바꿔 준 나의 멘토다. 이 친구는 나와 같이 성동중학교, 성동고, 연세대를 같이 다녔고 천국에도 같이 갈 친구 중의 친구이다. 프랑스에서 전자공학 박사 학위를 받고 연세대학교 공과대학 학장을 역임해 사회적으로도 성공한 삶을 살았다. 이 친구가 나를 교회로 인도했고 하나님의 큰일을 하며 평생 행복한 삶을 살게 하였고 지금도 영락교회에 출석하며 영적으로 교제를 나누며 기도로 교통하고 있다.

2. 간암으로 돌아가신 아버지, 외로웠던 우리 어머니

나는 어머니하고는 정이 별로 없었던 것 같다. 양반의 고장이라 불리는 충청도의 봉건적인 시골은 할머니의 힘이 컸다. 우리 할머니는 옛날식 전형적인 시어머니다 보니 어머니에게 엄해서 어머니가 함부로 못 하도록 큰아들인 나를 끼고돌았다. 그러다 보니 어머니와 따뜻한 정을 나눌 기회가 별로 없었다. 어머니도 내게 가까이 다가오지 못하니 거리감이 생겼다. 더군다나 아버지까지 서울에서 사업을 하며 떨어져 있고 게다가 두 집 살림까지 하니 그 당시 어머니 속이 많이 상했을 것 같다. 나는 그때 너무 어려서 어머니를 위로해 드리지 못한 게 많이 죄송스럽다. 아버지는 서울에서 작은 부인과 여러 자녀를 낳고 다복하게 살았다.

• 생모 남옥희 권사

아버지가 돌아가신 후에 나는 아버지 역할을 대신해야 했고, 또 대가족을 이끌어가며 많은 형제자매를 돌봐야 했다. 더군다나 내가 아버지로부터 물려받은 사업을 운영하기에 너무 바빠서 시골의 어머니 곁으로 자주 가지 못했다. 나는 생각했다. 서울의 어머니나 형제들이 무슨 죄가 있겠는가. 운명의 장난으로 우리 가족들은 복잡하게 연결되었고 그 당시의 시대 상황으로는 행세하는 집안에는 흔히 있는 일로서 어쨌든 나에게 주어진 운명으로 모든 가족을 아버지의 관점에서 돌봐야 한다는 생각으로 모든 가족을 차별 없이 공평하게 대하려고 노력했다. 그래서 우리 친어머니는 더 많이 외롭게 사셨을 것이다. 고향에서 혼자 시집살이하면서 완고한 시어머니 모시고 농사도 지으며 고생도 많이 하셨다. 아버지가 돌아가신 후에도 기대와 달리 외아들인 나마저 아버지 역할을 대신하다 보니 생각보다 더 외로웠을 것이다. 나는 우리 가정에 문제가 생기면 생모에게 먼저 싫은 소리를 하고 나서 다음에 서울 어머니 편을 들게 하는 방법으로 집안의 평안을 지켜 나가려고 내심 노력을 더 했다.

아버지는 대인관계가 참 좋으셨다. 국민학교도 안 다니신 분인데 계산도 빠르고 장사도 잘하셨다. 어깨너머로 천자문도 배우신 걸로 알고 있다. 아버지는 일제 시대가 한창인 1917년에 태어나셨다. 별로 많이 배우지는 못하셨지만 친구는 많았다. 내가 결혼할 때 주례 선 사람이 국민학교 교장을 하다가 변호사까지 하신 김태형 선생님인데 그런 분들이 우리 집을 논산 여관이라고 부를 정도로 서울 나들이 때는 우리 집에 자주 들렀다. 그만큼 면의 유지라고 할 수 있는 면장님, 교장 선생님, 한의원 원장님 할 것 없이 다 우리 집에 왔다. 아버지는 마음이 넓어 시골 유지의 자녀들을 집에 4년씩이나 입주시켜 대학을 졸업하게 하여 훌륭한 인재들을 키워냈는데 그중에 한만우 대전상공회의소장을 비롯하여 김용환 등 큰 일꾼들을 여러 명 배출하였다.

아버지 친구 중에 함흥 출신인 전영권 사장님은 우리 아버지가 6·25 공산군 점령 시 돈보다도 더 귀한 생명 같은 쌀 한 가마니를 친구 집에 나눠 주셨다. 그 사장님은 두고두고 그 은혜를 잊을 수 없다고 나에게 말씀해 주셨다. 아버지는 사업가 기질이 대단히 많으셨던 것 같다. 6·25전쟁을 전후해서 시장에서 솜을 판매하는 면업 사업이 잘되어서 비교적 안정된 중산층으로 대가족을 거느리고 살 수 있었다. 중학교 때부터 같이 지냈던 서울 어머니도 훌륭한 분이셨다. 서울 어머니는 마음이 참 좋으신 분으로 내 친구나 동생 친구 등 모든 사람을 다 포용했다. 그래서 우리 집에는 늘 많은 사람이 모였다. 다 작은어머니의 마음이 부드럽고 넓으셨기에 아버님의 친구분들, 사촌 형 친구들, 내 친구들, 동생 친구들 등 수많은 사람이 문전성시를 이뤘던 것이다. 나는 다른 형제들과 한집에서 같이 살았고 8남매의 제일 연장자였다. 막내하고는 거의 18살 차이가 났다. 작은어머니는 아들 넷에 딸 둘을 낳으셨다. 생모 쪽에 나를 포함한 형제 두 명을 더하면 우리 형제자매만 8남매였다. 8남매에 나중에 아들이 한 명 더 나타나기도 했다. 어느 날 갑자기 신현식 군에게 입대할 시기가 되었으니 신체검사를 받으라는 통지서가 날아왔다. 실제로는 만난 적도 없는 형제인데 호적에만 올렸던 것 같았다. 그 아들은 아버지가 함흥에서 잠깐 장사할 때 그곳에서 만난 여인으로부터 낳은 아이였다. 출생 후 고향 호적에만 올려놓고는 한마디 말도 없어 20여 년 동안 까맣게 잊은 형제인데, 지금은 생사조차 소식을 알 수가 없다. 만약에 살아 있다면 지금 나이로는 76세 정도 되었을 것이다.

아버지는 간암에 걸려서 돌아가셨다. 어느 추운 날 속이 안 좋다고 하셨다. 다들 술 먹고 체한 줄 알았다. 처음에는 동네병원을 두루 돌다가 병명도 찾지 못했다. 시간이 지나 점점 병이 중해져서 어른들의 주선으로 계룡산 무당을 불러 3일씩 굿을 하기도 했다. 옛날에는 시골 사람들은 중병에 대부분 그렇게 대처하였다. 서울대학교 병원도 다니고 나중에는 메디컬센터(지금의 국립의료원)에서 수술을 받았다. 그 병원에 가서 몸을 열어 보니 간암이 오래되어 말기라고 다시 몸을 그대로 꿰매 놓았다. 당시 메디컬센터는 외국인 의사들도 와서 진료에 참여할 정도로 국내 최고 수준의 병원이었다. 담당 의사는 미국의 덜레스 국무장관도 아버지와 같은 병으로 죽었으니 마음의 준비를 하라고 했다.

아버지는 장사를 하다 보니 술을 많이 드셨다. 간경화를 앓다가 간암이 찾아왔다. 술을 많이 드셔서 간이 안 좋은 것도 있지만 우리 집 식구들은 대부분 간이 좀 약한 편이다. 나 역시 지금 간이 좀 안 좋다. 재작년 빈혈기가 있어서 분당 서울대병원에서 검사한 결과 간경화증인데 정기검사를 받으며 관리를 하자고 하여 지금도 2년째 약을 복용 중이다. 1962년 아버지는 수술을 받고 나서 퇴원하여 집에 계시다가 돌아가셨다. 내가 연세대학교 2학년이었을 때였다. 서울 작은어머니는 천주교를 다니셨는데 살아생전 담배를 참 많이 피우셨고 천식으로 평생 고생하시다가 10년 전쯤 하늘나라로 돌아가셨다.

• 어머니 생신 때 가족사진

혼자 외롭게 사셨던 나의 생모님은 노환으로 돌아가셨다. 나중에는 정신도 잃을 정도의 중증 치매를 앓으셨다. 경기도 광주 베다니동산까지 와서 외롭게 사시다가 천국으로 가셨다. 치매가 와서 손목을 칼로 긁으며 이게 왜 여기 걸려 있지 하면서 손목의 힘줄을 끊으려고도 했다. 또 몸에 뭐가 있다고 파내려고도 하셨다. 병원에 가서 치료를 받는데 피가 말라붙어서 피도 잘 나오지 않았다. 그렇게 어머니는 노환으로 70대 초반에 돌아가셨다. 그게 아마 2003년 즈음으로 기억한다. 화장해서 내가 살고 있는 경기도 광주의 부활동산에 수목장으로 모셨다. 아버지는 처음에 충청도 고향 선산에 모셨는데 후손들이 교통도 복잡하고 성묘 다니기가 어려워서 다시 파묘를 해서 화장을 했고 지금은 어머니와 같이 봉현리 부활동산에 수목장으로 모셨다.

• 생모와 서울 어머니

3. 물에 빠져 죽은 두 동생 이야기

나는 동생들이 많다. 그중에 내 친동생 한 명과 배다른 동생 한 명이 안타깝게도 나보다 먼저 세상을 떴다. 내 큰동생은 이름이 신현주다. 내가 구리시에서 조그만 솜 공장을 운영할 때였다. 당시 구리 시청 바로 앞에 연못이 하나 있었다. 지금도 이문안 호수공원이라고 이름 불리는 그곳이다. 당시에는 조그만 동네 연못이었는데 동생이 공장에서 점심을 먹고 날이 몹시 더워서 호숫가에 가서 몸을 씻는다고 갔다. 매형과 6촌 형과 공장 식구들이 동행했다. 동생은 그 연못에 들어가서 곧바로 심장마비가 와서 죽었고 3시간 만에야 시신을 찾을 수 있었다. 그때가 1968년도 즈음이었는데 동생 나이는 스무 살이 갓 넘은 꽃다운 나이였다.

그 동생은 어릴 적에 참 똑똑했던 걸로 기억한다. 을지로5가에 있는 서울대학교 사범대학 부속 국민학교에 다녔다. 그때는 그 학교가 서울의 국민학교 중에서 엘리트 학교였다. 부모님들이 조금 더 관심을 가졌다면 더 좋은 학교로 계속 진학을 했을 것이고 훌륭한 사회인이 되었을 텐데 안타깝다. 그중에도 맏형인 나의 책임이 컸음을 후회하고 또 후회한다. 동생은 창신동 집에서 학교까지 걸어서 등하교하였다. 학교에 가려면 청계천을 지나서 가는데 당시에 청계천 오간수다리 밑에는 질이 나쁜 양아치들이 있었다. 청계극장 주변 길에는 만화방도 있고 음식점들도 있어서 그 길로 주로 다녔는데 만화 가게에서 그만 양아치들한테 걸려들었다. 그 녀석들이 동생에게 돈을 가져오라고 협박을 했다. 동생은 집안에 오는 손님들의 호주머니를 뒤져서 돈을 가져다주었다. 돈을 다 빼내지는 않고 그중에 일부만 가져갔다. 나중에는 집안의 물건들도 빼내어 가서 그 물건을 팔아먹기도 했다. 그 후로는 버릇이 되어 계속 일이 커져만 갔다.

가족들이 동생에게 조금만 더 신경 썼으면 서울의 정상적인 중학교에 진학하여 좋은 친구를 만났을 텐데 가정의 무관심으로 길을 잘못 들어

경희대학교 부속중학교에 들어갔다. 도벽을 고치지 못해서 중학교 때에도 경희대 여학생들의 손가방을 뒤지다 퇴학을 당했고 또 광성고등학교로 전학한 후에도 이화여대 체육 시간에 가방을 훔치다가 퇴학을 당했다. 고교졸업장도 없이 청년이 되다 보니 자신의 처지가 불안해졌고 또 명문대에 진학하는 옛 국민학교 동창 친구들을 보고는 그간의 자신의 삶이 후회가 되어 땅을 치며 한탄하였다. 동생이 잘못된 길을 벗어나 새로운 삶을 살 것을 다짐하기에 내가 길음시장에 포목과 솜 가게를 열게 하였고 또 우리 공장이 바삐 돌아갈 때엔 나와 같이 성실히 일하기로 결심하고 궂은일을 도맡아 하는 모범적인 청년으로 변해 갔다.

첫 여름 더위가 맹렬히 대지를 달구던 6월 하순 어느 날 공장에서 근무하던 친구를 포함해서 다 같이 점심을 먹고 이문안 호수에 목욕을 하러 갔다. 다들 더워서 자기 몸 씻느라고 정신이 없었다. 한참을 씻다 보니 현주 동생이 안 보였다. 매제와 동생들이 큰 소리로 현주를 불러도 대답이 없었다. 주변 사람들에게 물어보니 "아까 저 호수 안쪽으로 갔어요." 한다. 그 동생은 수영도 좀 할 줄 아는데도 예기치 못한 심장마비로 죽었다. 그 시신은 동네 사람을 동원하여 3시간 만에 건졌고 화장으로 장례를 치르고 물에 띄워 보냈다.

동생은 어차피 갈 운명이었던 것 같다. 나는 하나님이 데리고 가신 것 같다는 생각이 든다. 사실 그 사고 전날 밤 동생과 같이 자면서 '소돔과 고모라' 이야기를 해 줬다. 1960년대 KBS라디오 방송에 「전설 따라 삼천리」라는 프로그램이 있었다. 그 프로그램에서 장자못의 전설을 이야기한 적이 있었다. 장자못은 구리시 토평리에 있는데 큰 연못 두 개가 연결된 장구 모양의 저수지로 당시엔 낚시터로도 유명했다. 장자못 전설은 성경의 소돔과 고모라를 각색해 놓은 것이다. 그 이야기가 우리나라에 건너와서 전설로 둔갑한 것이다. 전설을 간략히 설명하자면 옛날에 장자라는 욕심쟁이 노랭이 부자가 살았다. 어느 날 스님이 장자네 집에 찾아와 시주하기를 청하니 장자는 바랑에 쌀 대신 소똥을 부었다. 스님이 쫓겨날 때 착한 며느리가 뒤쫓아 가서 시주를 하니 스님은 "이곳에 큰일이 벌어질 터이니 아침 일찍 일어나 남쪽으로 도망가세요. 어떤 일이 있어도 절대로 뒤돌아보지 마십시오."라고 경고했다. 다음 날 남쪽을 향해 출발했으나 뒤에서 나는 천둥벼락 치는 소리를 듣고는 자신도 모르게 뒤돌아본 며느리는 바위가 되고, 장자는 재물과 함께 그곳에 수장되고, 장자의 집터는 큰 연못으로 파여 현재의 장자못이 되었다는 이야기다. 이는 성경 속 죄악의 도시 소돔과 고모라 이야기와 내용이 흡사하다. 세상이 온갖 죄악으로 가득 차서 천사가 내려와 심판을 하시기로 작정하고 롯과 그 식구들을 인도하여 내는데, 불의 심판이 내릴 때 그 소리에 뒤돌아본 롯의 아내는 소금기둥이 되고 소돔과 고모라는 커다란 호수가 되었다는 내용으로, 지금도 사해 언덕에 롯의 부인이 변했다는 소금기둥이 우뚝 서 있다. 성경의 내용이 전설로 각색되어 롯은 장자로, 롯의 아내는 워커힐 쪽의 산 위의 바위로, 또 소돔과 고모라의 자리는 장자못으로, 천사는 중으로 변환된 것이다. 나는 동생과 사고 전날에 같이 자면서 그 성경에서 비롯된 장자못의 전설 이야기를 해 줬다. 현주 동생하고 나는 8살 차이가 난다. 지금 살아 있었으면 73세가 되었을 것이다. 장자못 전설을 동생에게 이야기해 주었는데 다음날 현주 동생이 연못에서 죽었다.

또 하나 죽은 동생은 신현기다. 그 동생은 예수를 잘 믿었다. 성동기계공고를 졸업하고 군대에 갔는데 평창 대화 쪽의 부대에 배치를 받았다. 토요일에 부대원들과 함께 금당계곡으로 갔는데 그 계곡에서 죽었다. 세

시간 만에 내 동생을 건졌다. 현기는 세례도 받고 예수를 믿었던 아이라서 부대가 있던 동네의 대화감리교회에 다녔고 여름성경학교 때 교사로 봉사도 했다. 나중에 장례식은 군부대 군목님이 해 주셨고 원주화장터에 가서 태극기를 덮어 화장했다. 그때도 하나님이 나에게 신호를 보내 준 게 있었는데 나는 미처 그걸 깨닫지 못했다. 화장터에서 현기를 화장하고 나올 때 서쪽 하늘에 찬란한 황금빛 노을이 온 산야를 비추는 것을 보고 현기가 저 하늘나라로 올라갔음을 어렴풋이 느끼기도 하였다.

4. 하나님의 사인(Sign)

내가 방황할 그 당시는 저녁에 친구들에게 술이나 얻어먹고 살아서 소망이 없던 시절이었다. 집에는 맨정신으로 못 들어갈 때였다. 내 옛날 고등학교 시절부터 친한 술친구 중에 조범상이라는 친구가 한 명 있다. 그 친구는 장롱, 의자, 소파, 책꽂이 등등을 전국에 도매로 파는 가구 장사를 했다. 가구 도매상을 한 것이다. 그 친구는 내가 맨날 술 먹고 방황하니 나더러 심부름 겸 여행을 다녀 보라고 시켰다. 나에게 동대문 버스터미널에 가서 고속버스 아래 화물칸에다 판매할 가구를 싣고 지방으로 가서 가구 배달을 하고 오라고 했다. 당시 고속버스터미널이 동대문 앞 종합시장 옆에 있는데 그 터미널에는 벤츠나 그레이하운드 등 외제 버스가 많았다. 그 외제차들은 차 밑의 화물칸이 커서 짐이 엄청 많이 들어갔다. 지금은 단종 되어 없어진 삼륜 용달차도 있었는데 그 용달차에 가구를 가득 싣고 가서 그 버스 아래 짐칸에 실었다. 용달차 한 대 분량의 그 많은 가구가 버스의 화물칸에 다 실렸다.

• 작은 키가 조범상, 맨 오른쪽이 저자

그 가구를 싣고 부산이나 대구에 간다. 가구점에 가구를 배달하고 약
속어음을 받아오면 되는 일로 당시 실업자로 할 일이 없던 나로서는 여
행도 하고 술대접도 받을 수 있는 신나는 일이었다. 햇볕이 따사로운 어
느 봄날 나는 대구에 가구를 싣고 갔었는데 마침 그곳에서 열대어 사업
을 하는 친구 김용이가 살고 있었다. 나는 가구 회사에 가서 물건을 건네
주고 어음을 받고서는 사전에 약속한 대구의 그 친구에게 전화를 해서
만나자고 했다. 친구를 길거리에서 기다리다가 보니 풍경화와 명화 그림
들을 도로변에 죽 진열해 놓고 팔고 있는 그림 장사를 만났다. 그게 아마
칠성동 시장이었던 것 같다. 그 그림들을 한참 구경을 하다가 나도 모르
게 떡하니 패널 그림 한 점이 눈에 들어와 그 그림을 샀다. 그 그림이 무
슨 그림이냐면 바로 예수님 초상화였다. 그 그림을 포장해서 옆구리에
끼고 친구를 만나서 아가씨가 있는 술집에 갔다. 그런데 어쩌다가 싸움
이 벌어져서 그 집에서 쫓겨났다. 지금 생각하니 아무래도 예수님이 아

가씨가 있는 집에서 술 먹지 말라고 쫓아내신 것 같았다. 나중에 생각해 보니 그 사건도 하나님의 신호인 것 같았다. 하나님은 늘 우리에게 신호를 보내지만 우리가 모르고 그냥 넘어가는 게 너무나 많다. 그걸 나는 나중에야 깨닫게 된 것이다. 내가 다시 하나님을 만난 뒤로는 지금까지도 그 예수님의 초상화를 꼭 집에다 높이 걸어 놓고 나를 보시는 예수님의 시선을 느끼며 살아가고 있다.

• 당시에 구입한 예수님 초상

내가 그토록 비참한 인생의 어두운 터널에서 빠져나올 수 있었던 것도 하나님이 아니면 할 수 없는 일이다. 나는 몰랐지만 나를 사랑하는 하나님은 나의 일거수일투족을 다 보시고 알고 계신 듯했다. 그때에도 나의 모든 인생에 하나님이 관여하셨음을 느꼈어야 했다. 내 가족 중에는 목회 일을 하는 이들이 좀 있다. 손아랫동서도 목사로 강원도 정선의 구절에서 교회를 섬겼고, 사위도 현재 베다니교회의 시무 목사 일을 한다. 이렇게 내 인생에, 내 주변에는 늘 살아계신 하나님이 관여하고 계신다. 그렇게 보면 두 동생을 데리고 가신 것도 나에게 무슨 신호를 보낸 것이라 생각한다. 나보다 먼저 간 동생들에게 대해 안타까운 마음이지만 이제는 하나님의 뜻이라 생각하고 먼저 간 동생들에게 못다 한 일을 위해 더욱 힘내어 사명 다하기를 기도한다. 어쨌든 내 인생 마디마디에는 눈물이 터져 나올 것 같은 가슴 아픈 일들이 너무 많았다.

5. 연세대 행정학과 그리고 4·19와 5·16

내가 연세대학교에 들어갔을 때 4·19가 일어났다. 그 내용은 3·15 부정선거의 결과를 엎고 투표를 다시 하라는 데모로, 자유당 정권의 독재와 부패를 성토하는 민주적인 선언이었으며 마산의 김주열 군 시체가 도화선이 되었다. 연대 데모대는 서대문에서 출발하여 종로로, 종로4가에서 원남동, 적선동으로 해서 중앙청으로 가는 데모대를 따라갔다. 중앙대학교 학생들이 중앙청 앞에서 총을 맞는 것도 봤다. 흰색 양모 잠바에 선명한 붉은 피가 묻은 것이 눈에 띄었다. 4월인데도 엄청 추웠던 걸로 기억한다. 중앙대, 동국대 학생들이 많이 죽었다. 우리 데모대는 경기도청을 돌아 나와서 광화문으로 갔다. 우리는 신촌으로 해서 학교로 돌아왔다. 그때 가방을 전부 대강당에 놓고 나갔다가 그 가방을 다시 챙겨서 나오는데 연세대 초대 총장님이신 백낙준 박사가 우리를 보고 크고 훌륭한 일을 했다고 가서 쉬라고 했다. 백낙준 박사는 자유당 때 문교부 장관도 하신 기독교계의 거목이시다.

• 4·19 날 같이 잔 마상익 장로

    그날엔 시내버스가 신촌에서 서대문까지만 갈 수 있었다. 원래는 신촌에서 서대문을 거쳐 종로를 통과하고 동대문 또 청량리를 통과 중랑교까지 가는 노선버스인데 그날 4·19로 인해 계엄령이 내려져 모든 차가 못다녔다. 아무리 생각해 봐도 당시엔 내가 갈 만한 곳이 없었다. 그래서 거기서 다시 돌아서 북아현동으로 갔다. 그쪽에는 동대문교회 담임 목사를 하시던 마경일 목사님의 감리교 사택이 있었다. 그 목사님의 셋째 아들 마상익이라는 친구가 우리 연대 동기동창이고 동대문교회도 같이 다니고 성가대와 교사로 같이 봉사하고 있었다. 그곳에서 하루를 보내고 4·19 다음날 우리 집에 갔더니 우리 아들이 안 들어왔다고 난리가 났다. 그때는 계엄령으로 전쟁이나 다름없었다. 라디오에선 많은 학생이 죽거나 다쳤다고 시간마다 방송해서 모든 시민이 다 불안해할 때였다. 우리

고난 속에서도 행복한 목사

집에서도 시체라도 찾을까 해서 병원을 뒤지려고 막 출발하려는 때 집에 들어가니 죽었던 사람을 다시 만난 듯이 반가워하였다. 많은 사람이 죽어 나가는 상황이고 전화도 불통이니 몹시 불안했을 것이다. 4·19가 일어나고 며칠이 지나 26일에는 서울대 교수를 비롯해서 대학교수들의 데모가 이어졌다. 전국의 교수들이 다 들고일어났다.

마침내 데모 열풍은 전국 대학으로 번졌고 마침내는 자유당 독재정권이 무너지고 민주당 정권이 등장했다. 그러나 이승만 정권이 몰락하고 나니 사회가 무정부 상태로 돌변하고 말았다. 5·16도 연세대학교 다닐 때 경험했다. 어느 날 강의를 듣는데 강의를 하던 서석순 박사가 군인들이 사회의 무질서를 바로 잡으려고 혁명을 일으켰다고 했다. 그때는 나라가 전체적으로 개판이었다. 완전히 엉망진창 무질서 상태였다. 우리가 데모를 했지만 이렇게 무질서한 세상을 원한 건 아니었다. 불평불만을 품은 자들은 시도 때도 없이 데모, 또 데모로 국법은 힘을 쓰지 못하고 주먹과 데모 소리가 판을 쳤다. 말 그대로 무법천지였다.

혼란의 시기를 지나 군부 혁명 세력 박정희가 정권을 잡고 나는 군대에 입대하려고 했다. 하지만 나의 군대 시절 이야기는 별로 내세울 게 없다. 대학교 1학년을 마치고 자원 입대하여 학보(1년 6월) ○○ 군번을 받으려고 수색 쪽 예비사단에 갔다. 그러나 지원병은 학보 편입이 안 된다고 돌아가라고 하여 귀가한 후, 줄줄이 몰아닥친 주변의 상황으로 차일피일 미루다가 의가사 민방위로 복무를 갈음했다. 수색의 자원 입대 귀가 후 아버지의 사망과 승계받은 면화 사업의 사양화로 사업이 부도났고, 또 두 어머니와 8남매, 10식구를 먹여 살리고 교육시키는 일들이 순탄치 못했다. 술과 담배 또 실의와 절망으로 인하여 간디스토마까지 괴롭혀 건강이 극도로 약해져 20대에서 30대, 40대에 이르렀다. 또, 사업의 실패와 3명의 중증장애 자녀로 인하여 생사의 길을 끝없이 헤매다 보니 시기도 열정도 다 놓치고 나이가 40줄을 아득히 넘어 민방위 훈련으로 의가사 예편을 하였다.

그 당시 정비석이라는 작가가 한국일보에 소설 연재를 시작했다. 그 소설에 대학생 세 명이 등장하는데 S대, K대, Y대라고 했다. 그때부터 SKY 대학이라는 말이 나왔다. 그때 학생들에게 10원을 주면 서울대학생은 노트를 사고, 고려대학생은 막걸리를 마시고 연세대학생은 신발을 닦는다는 말이 있었다. 그때부터 고려대는 막걸리 스타일의 대학이 되었다. 그 이야기를 정비석 작가가 각 대학의 특징을 잡아 캐릭터화했다. 당시엔 자유당 정치인의 자녀들이 연대에 많았다.

그런데 정비석 작가는 연대 친구를 정치인 모리배의 아들로 몰아세우고 소설을 전개해 나갔다. 연대에서는 이걸 그냥 두면 안 될 것 같았다. 울분에 찬 연대 데모대는 두 대로 나뉘어 한 대는 후암동에 있는 정비석의 집에 가서 데모를 했고 한 데모대는 한국일보 정문으로 가서 시정하기를 외치니 정비석 작가가 연재소설을 중단할 정도로 데모 만능의 무질서한 시절이었다. 그러므로 5·16은 필연적으로 올 수밖에 없었다. 나는 데모 주동자는 아니고 그저 따라만 다녔다. 대학교 1학년이니 따라다닐 수밖에 없었다.

데모로 이룬 정권은 데모로 망하고 쿠데타로 이룬 정권은 쿠데타로 망한다. 박정희도 결국 내부 쿠데타로 죽은 것 아닌가. 대학생들이 4·19 데모로 나라를 뒤집었지만, 정권을 인수한 민주당 정부가 나라를 운영할 능력이 안 되어 극도의 무질서 상태에 빠진 나라를 군인이 혁명으로 뒤집지 않는가. 4·19 때도 이 나라는 대학생들의 데모를 막지 못했다. 경찰도 힘이 없고 군인도 힘이 없었다. 말 그대로 오합지졸이었다. 이스라엘의 역사를 보면 북이스라엘은 계속 쿠데타의 연속으로 정통성이 없다. 박정희의 경우 업적은 분명히 있다. 그건 인정해야 한다. 나중엔 욕심이 지나쳐서 부하의 총탄에 쓰러졌지만, 그는 4·19의 무질서를 바로잡았고 새마을운동을 일으켜 나라를 부강케 했다. 그러나 나중에는 욕심이 과하여 장기 독재체제를 꿈꾸다가 마침내 사라져 갔다.

우리는 역사를 통해 배울 줄 알아야 한다. 잘한 것은 우리가 본받고 잘못한 것은 되풀이해서는 안 된다. 성경도 우리에게 역사를 통하여 깨닫고 배워서 우리의 삶이 복되기를 주문한다. 하나님은 공의로우신 분이시다. 잘못과 죄악을 오래 참고 회개하기를 기다리시지만 끝까지 방치하지는 않으신다. 참으시지만 한계가 있어 언젠가는 정의의 심판을 기필코 하시는 분이다. 그러므로 우리도 불의와 거짓과 죄악을 범하고 회개치 않는 사람은 분명히 심판당할 것이라는 걸 알 수 있다. 하나님이 분명히 계시니까 그런 사람은 망할 것이라고 확실하게 우리도 예언할 수가 있다. 진실은 감출 수가 없다. 거짓은 제아무리 감싸고 덮어도 소용이 없고 다 드러나고야 만다. 우리가 역사에서 교훈을 얻지 못하면 망하게 되어 있다. 역사는 하나님이 계획하시고 연출하시는 진리와 거짓의 싸움이다. 이것은 바로 그분의 이야기 'His Story'로 하나님의 이야기다.

나는 연세대 행정학과를 졸업했다. 나중에는 하나님께 꼬리가 잡혀 사당동에 있는 총신대학 신학대학원에 들어갔다. 사실 신학교에 갈 거라고는 상상도 못 했다. 연세대는 64년도에 졸업을 했고 20년 가까이 지나 총신대학원에 82년도에 들어갔다. 사업하던 거 다 날리고 두 손 두 발 다 들고 신학교에 들어갔다. 하나님은 인간이 잘 가지고 노는 장난감을 먼저 치우신다. 인간이 가지고 노는 첫 번째 장난감이 돈이고 재물이다. 부모는 자식들이 말을 안 들을 때 가지고 놀던 장난감을 치우며 야단을 친다. 하나님도 마찬가지다. 부모가 사랑하는 친자식을 가르치듯 하나님도 인간을 가르치신다. 잘못을 고치시려고 사업을 통해, 병을 통해, 실패를 통해서라도 자기가 택한 사람은 한 사람도 빠뜨리지 않고 다 부르시어 천국 백성으로 삼으신다.

• 연세대 다니던 시절 교정에서

중학교 3학년 때 나를 교회에 다니게 인도한 친구는 나를 동대문교회에 다니게 해 놓고 자기는 부모님을 따라 영락교회를 다녔다. 나는 동대문 바로 옆에 있는 동대문감리교회에 다녔다. 우리 집이 동대문 바로 옆 창신동이었기에 교회가 가까워 다니기에 편했고 교회 친구들도 자주 놀

러 왔었다. 그 교회 다니는 선배 중에 연세대학교 총학생회장을 한 백승
기라는 1년 선배가 있었다. 그분은 나중에 미국 유학을 마치고 경원대학
교 부총장도 했다. 또 교회에는 나를 행정학과로 이끌어 준 김보환이라
는 1년 선배도 있었다. 그 선배는 나중에 동국대학교 행정학과 교수를 했
다. 나는 60년도에 연세대에 입학했는데 그때가 나에게는 가장 평온한
시기였다. 연세대는 기독교 중심 학교라 교회 다니는 친구, 선배들을 비
교적 많이 알고 사귈 수 있었다.

6. 대학교수가 꿈

나는 사실 고등학교 다닐 때부터 대학교수가 되고 싶었다. 고등학교
졸업을 앞두고서 두 대학에 원서를 넣었는데 하나는 내가 졸업한 연세
대였고 또 하나는 서울대학교 물리과 대학 화학과였다. 물리과 대학에
갔다면 아마 교수가 되었을 것이다. 그것도 사실 하나님이 이루어 주시
지 않으면 안 될 일이었겠지만 말이다. 그 당시 연세대는 고등학교 성적
순으로 모두가 무시험으로 입학했다. 당시는 그랬다. 선배가 행정학과에
있어서 그 인연으로 연세대 행정학과에 입학했다. 당시 서울대는 대학로
에 있었다. 성동고등학교에서는 4~5등 안에 들어야 무시험으로 연대를
갔다. 무시험으로 합격한 친구들은 자기가 지원한 대학에 합격했다고 긴
장이 풀어져 맨날 술 마시러 다녔다. 고삐 풀린 망아지처럼 살았다. 나도
그들과 같이 어울릴 수밖에 없었다.

친구들과 같이 어울리다 보니 마음이 해이해져서 공부할 수가 없었

다. 연대에서는 정원 이외에 20%를 더 뽑았다. 그리고는 면접을 통해 솎아낼 사람 솎아내고 인원을 추렸다. 그런데 공교롭게도 연대 면접 보는 날과 서울대 시험 보는 날이 겹쳤다. 둘 중 하나를 결정해야 했다. 나는 그동안 친구들과 술이나 마시면서 서울대 갈 생각을 했다. 그러나 합격 가능성은 연대가 더 높았기에 서울대를 포기할 수밖에 없었다. 연대 행정학과 1년 선배 중에 양정고를 나온 김보환이라는 교회 형이 있었다. 그 선배가 하는 말이 행정학은 신학문이라고 했다. 행정학은 관리 즉, Administration과 Management였다. 조직을 관리하고 인사를 관리하고 심리학도 배우는 학문이었다. 행정학이 앞으로는 유망한 학문처럼 보였다. 미국 유학 한번 다녀오면 교수로 잘 풀릴 것 같았다. 입학 후 1학년 2학기 때는 장학금도 한번 받았다.

나는 연대 행정학과에서도 교수라는 꿈을 키웠다. 보통 1, 2학년 때는 공부를 안 하는데 나는 꽤 열심히 했던 기억이 난다. 그러나 그 시대에는 4·19와 5·16이라는 파도가 쳤고 역사의 회오리가 캠퍼스를 휘저었다. 공부를 할 수가 없었다. 곳곳에 교수가 되려는 나를 방해하고 있었다. 인간의 꿈은 내가 하고 싶다고 다 되는 게 아니었다. 대학 졸업 후 86년쯤엔 성복중앙교회 1부 주일 예배에서 나는 홍릉의 카이스트 교수들에게 이런 설교를 했다. "하나님을 믿는 이 기독교 신앙은 우리 인간 차원의 학문과 전혀 다르다." "세상의 모든 학문은 인간의 머릿속에서 나오는 것이나, 하나님의 지혜는 우리 인간하고는 비교할 수 없는 진리이고 고차원적인 지혜이므로 기독교 신학은 인간이 살아가는 데 과학이나 철학, 그 어떤 학문보다 월등하다고 생각한다." 이렇게 그날 예배에 참석한 과학자들 앞에서 힘주어 설교했다.

• 연세대 졸업 50주년 홈커밍데이

과학이라는 것도 깊이 들어가면 인간의 한계를 느낀다. 지금의 코로나19도 인간의 한계를 보여 주는 것이다. 인간은 한계가 있으니 인간의 끝은 바로 하나님의 시작인 것이다. 코로나19는 인간에게는 무섭지만 하나님의 눈에는 아무것도 아니다. 그저 역병에 불과한 아주 작은 바이러스인 것이다. 하나님이 한번 불면 다 날아가 버린다. 그래서 우리도 그렇게 날려 달라고 기도하지 않는가. 나는 옛날에 더 두렵고 무서운 고난도 다 이겨 냈다. 내가 겪은 그 고난의 기억이 되살아난다. 사업은 망했고, 애들은 크고, 막내 쌍둥이는 장애였던 그 시기다. 인생 막장의 시기였는데 하나님은 내 인생 최고의 한계도 다 넘어서게 해 주셨다. 그 시절은 다들 못살 때여서 심리적 박탈감은 요즘보다 좀 덜했던 것 같다. 아무튼 교수의 꿈을 위해 서울대를 가려다 연세대로 방향을 틀었고 연세대에서 행정학과 교수를 하려다가 지금은 더 귀한 하나님의 나라를 섬기는 목사의 길을 걷고 있다. 이 모든 것이 다 하나님의 뜻이라 생각하며 산다.

7. 상봉동 셋집에서 첫딸을 낳다

　나는 사업이 망하고 상봉동에서 난생처음으로 셋집을 얻어 들어갔다. 한독약품 건너편에 있던 집인데 문간방 2개는 우리가 살고 안방하고 그 옆방에는 젊은 친구들이 세를 살았다. 홍대 미술과를 나온 청년 남녀로 미술을 전공했는데 특히 단청을 참 잘 칠했다. 그 친구들은 집에서 울긋불긋 단청을 칠해서 작품이 완성되면 절에다 납품하는 것 같았다. 절이나 상여에서 보던 그런 단청인데 거기에 영적인 게 스며 있었던 것 같았다. 그 셋집에서 우리 첫딸 혜원이를 키웠는데 아이가 계속 울어댔다. 그 단청의 영향인지는 정확하게 모르지만 눈에 뭔가 보이는 것 같이 그치지 않고 매일 밤 계속 울어대서 잠을 못 잘 정도였다. 심하게 울 때는 업기도 하고 달래기도 했는데도 계속 막무가내로 울어댔다. 젖을 물려도 안 되고 이것저것 다 해 봤는데도 아무 소용이 없었다. 할머니는 아기가 귀신을 보는지도 모른다고 하며 이사를 하라고 했다. 저녁마다 너무 많이 울어서 우리 집도 다른 집에도 피해가 컸다. 그래서 결국 할머니의 제안에 따라서 그 집을 떠나 이사하기를 결정했다. 아이를 위해서도 이웃집을 위해서도 이사 나올 수밖에 없었다.

　그래서 이사 가게 된 집이 응봉동이다. 강변북로를 달리다 보면 바위산이 하나 보이는데 그곳이 새로 이사 간 집이 있는 곳이다. 봄에는 개나리꽃이 활짝 피는 돌산이다. 당시 김현욱 시장이 그 돌산을 깨서 시민 아파트를 지었다. 우리는 8평짜리 작은 아파트에 들어갔다. 화장실도 밖에 있는 공동화장실을 써야 하는 아파트였다. 내 인생 고난의 시대, 응봉동 시대는 그렇게 시작이 되었다. 상봉동에서 이사를 나와 응봉동에 오니 큰딸 혜원이가 울지 않고 잠도 잘 잤다.

나는 자식 중에 그나마 큰딸에게 의지를 많이 했다. 장애가 없는 아이였고 아주 똑똑했다. 대학도 전문대학을 나오고 회사도 대우 협력 회사인 썬익스프레스를 다녔다. 그 회사는 물류 회사인데 나의 대학 동창 친구가 사장이었다. 그 회사에 들어가서 인정도 받고 직책이 과장까지 올라갔다. 혜원이는 일을 참 열정적으로 잘했던 성실한 아이였다. 그런데 그 녀석이 잘나가던 회사를 그만두고 다른 일을 하겠다고 했다. 나는 그 유일하게 온전한 아이에게 장애인 식구들을 맡길 생각을 했다. 그 첫째 딸은 회사 나오고 나서 바로 공인중개사 자격증까지 땄다. 그 시험도 한 번에 딱 붙을 정도로 똑똑했다. 혜원이는 직장 다닐 때 피부병이 있어서 늘 피부약을 먹었다. 회사는 서울역 앞 대우빌딩 쪽에 있었는데 성남에 살 때는 거기서 6시 출근 버스를 타고 가곤 했다. 아침 일찍 출근하다 보니 아침밥도 못 먹고 빈속으로 다녔다. 제대로 식사 조절을 못 하다 보니 위도 안 좋아졌다. 점심은 회사에서 먹었지만, 저녁은 어둑해질 때 집에 들어와 조금 먹었다. 그래서 그런지 위암이 생겼다. 그나마 멀쩡한 그 아이를 하나님이 데려가셨다.

참 이상했다. 하나님은 내가 믿고 기대는 존재를 먼저 데려가셨다. 돈을 믿으니 돈을 가져갔고 사람을 믿으니 사람을 데려갔다. 하나님보다 더 믿어서 그것들을 데리고 간 듯싶다. 무엇이든 하나님보다 더 믿으면 안 되는 거였다. 큰딸 혜원이가 다니던 회사가 메트라이프 생명보험 회사와 같은 건물에 있었다. 젊은 나이에 건강하게 회사를 잘 다니며 외국 보험 회사에 자기 생명보험을 들어 놓았다. 메트라이프 회사에도 들고 대한생명에도 들고, 삼성생명에도 들었다. 지금 생각을 해 보아도 통 이해가 되지 않는데 아빠와 한마디 상의도 없이 보험을 든 것이었다. 그리고는 회사를 퇴직하고 7개월 후에 암이 발견되었다. 본인도 가족도 믿기지 않는 불가사의한 사건이었으나 현실로 전개된 일이었다. 성남의 한의원에서 진료를 받고 의뢰서를 받아 아산병원에서 수술해 본 결과 위암이 복막까지 전이되었다는 판정을 받고는 항암치료를 하였으나 너무 늦었다. 보험 회사에서는 암 진단을 받으니 처음에 2천만 원이 나오고 사후에 1억 원이 나왔다. 그 돈으로 우리 집 아파트 대출금을 갚기도 했다. 어찌 보면 큰딸 혜원이는 죽어서도 집안을 위해 효도를 하고 간 것이다. 혜원이는 산타페를 타고 싶어 했다. 혜원이가 하늘나라에 가고 나서 그 보험금으로 싼타페 새 차를 구입하여 혜원이의 사진을 차 안에 붙여 놓았는데 그 차를 타는 10년 동안 혜원이와 함께 다닌 느낌이었다. 혜원이가 죽을 때 눈물을 많이 흘렸다. 다시 혜원이 생각을 하며 글 몇 줄을 남겨본다.

혜원이보다 예수님!

고난과 질곡의 시절에 지푸라기라도 잡고 싶은 방황의 어려운 상황에서 그래도 큰 힘이 되고 기대하던 오직 한 사람은 혜원이, 나의 맏딸이었습니다. 그 딸은 나의 가족 8명 중에서도 제일로 명석했고 믿음도 훌륭했고 큰딸로서 책임감과 성실성이 있어 개척교회의 어려운 형편에도 아르바이트도 하고 직장생활도 성실히 했고 공인중개사 자격도 땄습니다. 또 교회 봉사도 성실하게 하여 성가대원으로, 교사로도 충성하였죠. 건강도 가족 중 제일이었으나 우리가 이해할 수 없는 하나님의 섭리로 갑작스럽게 위암이 발병합니다. 고통스러운 투병 생활 끝에 34세로 샘물의 집에서 하나님 품에 안기었습니다. 그러나 그 딸이 가입해 둔 보험금은 우리 가정에 병원비로 부담을 안겨 주기보다 사택의 대출금을 갚게 도 해 주었습니다. 지금에야 깨달은 것은 내가 하나님보다 딸을 더 믿고 더 사랑 했던 듯합니다. 성경은 도울 힘이 없는 사람이 아니라 오직 하나님만 바라보라 는 큰 뜻을 깨닫습니다. 이제는 사랑하는 혜원이를 천국에서 다시 만나기를 손 꼽아 고대하고 소망합니다. 나는 깨달았습니다. 천국은 아무나 다 가는 곳이 아 니라 천국 시민의 자격을 갖춘 자만을 하나님이 부르신다는 것을 깨닫고는 더 큰 감사를 드리며 "혜원아, 보고 싶다. 곧 갈게. 거기서 반갑게 만나자." 하고 속 삭입니다.

• 혜원이 암 투병 때 모습, 맨 왼쪽이 큰딸 혜원이

2장

내 인생에 갑자기
고난의 파도가 몰아쳤다.
한 개인의 힘으로는
감당할 수 없는 고난이었다.
응봉동, 그 절벽은 내 인생의 끝자락이었다.
사업은 부도나고, 아이들은 장애아로 태어나
정신적, 물질적 고통이 계속 쌓여만 갔다.
고래 배 속의 요나와 같았던 그 시절,
저 터널의 끝에서
하나님이 내미는 너무나 밝은
구원의 손길이 희미하게 보였다.

질곡의 터널

1. 내 질곡 같은 삶의 시작

6·25 한국전쟁의 소용돌이에서 우리 국민의 의사와는 상관없이 UN군과 중국, 북한으로 구성된 대표에 의해 휴전협정이 조인되어 다시 남과 북으로 갈라졌다. 우리나라는 2차대전 후 최빈국으로 낙후되었으며 이후 개발도상 국가가 되려고 발버둥을 쳤지만 전쟁의 후유증과 정치인들의 독재로 후진국으로의 어려움은 여러 해 동안 이어져 왔다. 또 장기집권의 욕심을 부리며 부정부패로 얼룩진 이승만 독재정권이 4·19학생 혁명으로 무너지고 정권을 졸지에 물려받은 장면 정권은 무능의 극치를 나타내서 데모 만능의 무법천지를 만들어 갔다. 바로 그때 군인 박정희 소장이 1961년 5월 16일 군사혁명을 일으켜서 비로소 사회가 안정되고 질서가 회복되어 갔다. 그러나 박정희 장군은 그가 내세운 민정 이양(民政移讓)의 혁명 공약을 저버리고 이 나라를 부국으로 성장시키겠다는 일념으로 자신이 대통령에 취임하였으며, 경제개발 5개년 계획을 세우고는 성장 드라이브를 걸었다.

박정희 대통령은 나라를 위해 나름 좋은 일을 많이 했다. 솔직히 그 점은 인정해야 하지 않을까. 국내적으로 보면 새마을운동을 펼치고 경부고속도로를 건설하여 경제의 대동맥을 확 뚫어 놓았다. 국외로는 서독에 광부와 간호사들을 파송하여 외화를 벌어들였고 또 월남전에 우리 국군이 참전하여 수많은 장병의 목숨과 바꾼 외화를 벌어들였다. 이 피 같은 돈으로 포항제철을 위시하여 수많은 중화학 공장을 건설하고 우리나라 경제발전의 초석을 쌓았다. 나는 부모님 덕에 비교적 평온한 청소년기를 보내며 안정적으로 성장했고, 장래가 촉망되는 청년기를 맞았다. 그러나 갑자기 다가온 아버지의 중병으로 평온하던 가정은 폭풍 속에 휘몰아치는 소용돌이에 휩싸였다. 국립의료원에서 수술해 본 결과 아버지의 병은 간암 말기였다. 우리 가족은 그 청천벽력 같은 진단을 받고 의사의 권고대로 장례식을 준비했다.

동업으로 운영하던 동대문시장의 가게도 모두 정리하여서 경험도 없는 내가 맡아서 운영해야만 했었다. 우리 집 대식구의 생계가 걸린 사업이었기에 나의 대학 공부도 한 학기를 휴학하고 개업에 몰두해야만 했다. 그동안 주일마다 교회에 출석하여 예배드리고 주일학교 교사로 봉사하던 일들도 한 번, 두 번 빠지다가 마침내는 긴 방학에 들어가게 되었는데 그것은 일차적으로는 내 신앙이 견고하지 못한 탓이었다. 당시 재래시장인 동대문시장은 명절인 설날과 추석 명절에만 2~3일 쉴 뿐 일 년 365일을 쉬지 않고 문을 열고 장사를 하고 있었다. 내가 맡아서 장사를 시작하고부터 당분간은 그럭저럭 운영이 잘 되는 듯했으나 점차 사회가 발전하고 경제가 호전되어감에 따라서 주거 문화가 개선되고 난방 시설이 발달했다. 장작으로 난방하는 방식에서 기름 보일러로 또, 도시가스 보일러로 발전하게 되었고 이에 따라 내가 운영하던 솜 장사는 이미 사양길로 접어들어 해를 거듭할수록 경영은 더욱 어려워질 수밖에 없었다. 동대문시장 안에서 좀 더 나은 자리로 옮겨도 보고 나중에는 구리시로 나가서 솜 공장도 경영해 보았으나 결코 시대의 변화를 넘을 수가 없어 1972년 말에 사업의 종지부를 찍게 된다.

결혼은 중학교 시절부터 알고 지낸 나의 여동생 친구로, 우리 집에 자주 놀러 오던 동덕여고 동창생 그룹 중 국민대를 졸업한 김기숙 씨와 1971년 11월 말에 했고, 신혼여행은 인천의 올림푸스 호텔로 갔다. 1972년 9월 30일에 맏딸 혜원이를 낳았고, 1974년 2월 6일에 둘째 딸 은경이를 낳았다. 옛날 사람인지라 아들을 소망하며 셋째를 가졌지만 1976년 9월 8일에 기대와는 달리 은선이도 딸로 태어났다. 그 아이는 호흡이 불완전하여 인큐베이터 안에 일주일 동안이나 입원해 있었다. 솜 공장이 망하여 쌍문동에서 살던 집과 고향에 남아 있던 임야와 논밭을 모두 정리하고는 상봉동에 셋집을 구하여 처음으로 셋방살이를 시작하였다. 그런데 우리 큰딸이 밤에 너무나 울어대서 한집에 같이 사는 다른 식구들에게 피해가 되는 것 같아 비록 작더라도 내 집을 마련해야 했다. 그래서 응봉동 돌산 꼭대기에 지어진 시민아파트를 40만 원에 구입하여 살게 되었다. 이 집에 살면서 둘째부터 시작하여 막내 쌍둥이까지 낳았으며 나의 삶의 질곡이 시작되었다. 이후 10여 년간의 혼돈의 도가니 속을 맴돌면서 나의 인생은 180도 바뀌어 이전의 나는 흔적도 없이 사라지고 완전히 다른 사람으로 탄생하게 된다.

• 주몽학교 수학여행(제주도)

• 2019년 우리 가족 사진

2. 내 동생과 동창이었던 내 아내

나는 71년도에 결혼을 해서 72년도에 큰딸을 낳았다. 내 아내는 서울 어머니가 낳은 내 바로 아래 여동생의 동창이었다. 그 동생의 친구 김기숙은 동덕여중, 동덕여고 그리고 정릉에 있는 국민대학교를 나왔다. 서울 어머니 쪽으로 봐서는 그 동생 신정자가 큰딸이다. 여동생과 내 아내가 친구 사이다 보니 우리 집에 자주 왔다 갔다 했다. 여동생 친구들이 꽤 많이 우리 집에 왔었는데 어떤 애는 미국으로 가서 사는 친구도 있다. 신자, 영화, 선희 등 이런 이름들이 다 생각이 난다. 그 친구들 사이에서 유난히 참신하고 귀여운 아내가 눈에 들어왔다. 사실 처음에는 다른 애를 좋아했었다. 이대 약대 다니며 교회에서 성가대 활동을 같이하던 영덕이라는 한 학년 아래 친구였다. 처음에 좀 좋아했는데 내가 용기가 없어서 못 다가갔다. 지금은 미국에서 다른 남자를 만나 잘살고 있다고 한다. 어떤 배우자를 만나느냐도 이 세상 삶의 전환점이 되는 것이다.

이후에 자연스럽게 아내와 만남이 이어졌고 같이 극장도 다니며 데이트를 했다. 그렇게 사귀다가 종로4가에 있는 동원예식장에서 결혼했다. 원남동 가는 길 쪽에는 예식장이 많았다. 그때 내 나이가 31살이었다. 아내는 4살 차이로 그 당시 27살이었다. 나의 결혼은 당시로 봐서는 조금 늦은 나이였다. 나보다 2~3년 정도 먼저 결혼한 친구들이 많았다. 그리고 1년 후 첫째 딸을 낳고, 이어서 둘째, 셋째 딸을 낳고 마지막으로 쌍둥이 아들을 낳았다. 이 아들 녀석들에 대해서는 책 뒤에서 다시 언급할 것이다. 어쨌든 그렇게 예쁜 아이를 낳고 살던 시기가 순풍에 돛 단 시기였다. 나의 젊은 시절의 행복은 여기까지였던 것 같다. 그 뒤로부터 계속 누군가 죽고, 다치고, 장애가 생기고, 몹쓸 병이 생기는 등 단 한 순간이라도 행복을 느낄 만할 때가 없을 정도로 고통이 휘몰아쳤다. 하나님은 셋째 딸 포함해서 아들 쌍둥이까지 나에게 장애인을 3명이나 보내 주셨다. 하나님이 보내신 그 아이들을 키우면서 비로소 나는 다시 하나님을 찾게 되고 복지 사역에 몸 바치게 되었다.

아내는 아이를 잘 키우면서 건강하게 살 줄 알았는데 전혀 들어 보지도 못한 병을 앓게 되었다. 아내 나이 육십이 넘어서 그 병을 알게 되었다. 아내는 그렇게 몸이 강한 체질은 아니었지만 등산도 다니곤 했다. 젊었을 때는 속리산, 계룡산 등산도 다녀왔었다. 장모님이 돌아가실 때도 관절이 좀 아프다고 하셔서 그냥 무릎을 다쳐서 그런 줄로만 알았다. 처제도 그 병을 앓고 있는지 전혀 몰랐다. 나중에 보니 첫째인 내 아내도, 둘째인 처제 모두 그 병으로 진단을 받았다. 둘째 처제는 목사님 사모님이었다. 처음에 처제가 다리가 안 좋다고 하면서 언니에게도 진단을 받아 보라고 했다. 아내 집안은 딸만 다섯에 아들이 둘인데 딸들은 전부 그 병(근이양증)에 걸렸다. 의사의 말을 들어 보니 장모님으로부터 그 병이 유전된 것이다. 처남 둘은 다행히 그 병에 걸리지 않았는데 작은 처남은 폐 관련 병으로 일찍 죽고, 큰 처남은 뇌경색이 와서 지금 천호동의 현대 요양병원에 있다. 나이는 올해 85세가 되었다.

• 젊은 시절의 아내

처음에는 아내가 그런 병을 앓는지도 전혀 몰랐는데 나이가 들수록 점차 근육을 못 쓰는 진행성 근이양증이라는 진단을 받았다. 이 병은 몸에서 근육이 서서히 상실되며 신체의 각 부분이 제대로 기능을 발휘하지 못하게 되는 희한한 병이었다. 나중에는 심장의 근육까지도 약해져 인공호흡기까지 부착해야 숨을 쉴 수 있을 정도로 무서운 병임을 알았다. 인간승리 화가라는 박보현 씨가 이 병을 앓았다. 이 병은 현대의학으로는 고칠 수 없는 병이다. 치료법이 아예 없었다. 이 병이 아내와 둘째 딸을 아프게 했고, 처가 식구들을 거의 초토화시켰다. 처가는 장모님으로부터 시작하여 대부분 이 병을 앓았다. 이게 유전질환이라는 것도 나중에 알게 되었다. 2020년에 건국대 민중병원에 둘째 딸 은경이를 데리고 가서 전문의사에게 물어봤다. 근육병은 건대에서 잘 치료한다는 소개를 받고 그곳에 간 것이다. 근데 그 병원 전문의사가 하는 말이 병을 조금 지체할 수는 있지만 통증을 없앨 수는 없다고 한다. 치료가 안 되는 불치의 병인 것이다. 이 병은 미국에서도 아직 치료할 방법이 없었다.

진행성 근이양증은 유전병인데 아이에게 유전을 안 시키려면 임신 초기에 유전자 체크를 해서 만약에 그런 유전인자가 있으면 약을 써서 자식 대까지 내려가지 않게 치료해야 한다고 했다. 그렇게 미리 예방하고 차단하면 후대까지 유전질환이 내려가지 않는다고 했다. 다행히 큰딸은 이 병을 피해갔지만 둘째 딸은 고스란히 물려받았다. 나는 아내가 그런 질환을 앓고 있는지 결혼 전에는 전혀 알 수가 없었다. 아내 역시 자기가 그런 병에 걸렸는지 전혀 몰랐던 것 같았다. 다만 아내와 어머니가 장애가 있는 쌍둥이들을 업고 동서남북으로 뛰어다녔기 때문에 다리가 약해진 줄로 알고만 있었다. 그러나 둘째 처제를 포함해서 셋째, 넷째 그리고 막내 처제까지 모두 동일한 병으로 고생을 했고, 장모님을 시작으로 처제 셋이 하늘나라로 떠나가서 아내도 검진을 받았다. 그 후로 아내도 그들과 똑같은 근육병을 진단받고 휠체어를 의지하고 생활하던 중 예기치 않은 독감에 걸려 급성 폐렴으로 6년 전에 소천했다.

장모님의 경우는 병명도 모르고 돌아가셨다. 그때는 그냥 몸이 약해서 돌아가셨나보다 했는데 알고 보니 그 병을 앓았던 것이다. 아내 김기숙은 71세 꽃샘추위가 몰아칠 때 독감에 걸려서 가래가 막혀 호흡이 곤란해 병원에 입원하였다가 증상이 심해져 요양병원에 입원했고, 나아질 기미가 보이지 않아 평택에 있는 굿모닝병원에 입원했다가 하나님의 부름을 받고 소천하였다. 병원에서는 아내의 목을 뚫고 기구를 넣어서 생명을 연장하자고 했다. 우리는 그냥 하나님께 맡기고 사는 사람들이고 하나님이 주신 생명만큼 사는 것이니 연장을 하지 말자고 했다. 누구든지 다 죽는 것이고 일부러 더 고통스럽게 할 필요는 없다고 생각했다. 그래서 퇴원하려고 중환자실에서 나와서 일반 병실로 옮겼는데 옮긴 지 4시간 만에 하나님의 품으로 갔다. 앰뷸런스에 아내를 싣고 이천의료원 장례식장으로 갔다. 아내 장례를 치른 후 굿모닝병원이 메르스 사태로 폐쇄를 해서 들어가지도 나가지도 못할 때였다. 우리는 다행히 병원 폐쇄 직전에 나와 장례를 치를 수 있었다. 장례 치를 때 교인들도 많이 왔다. 나는 아내가 아플 때 옆에 계속 있으면서 기도해 줬다. 그게 2015년 5월 30일이었다.

처가 쪽의 아들 둘은 장인의 첫 아내에게서 나온 자식이고 그 아내와 사별을 한 후 재혼을 해서 둘째 아내로부터 딸 다섯을 낳았다. 그중에 첫째 딸이 나의 아내였다. 아내의 배다른 오빠인 큰 처남은 서울고등학교와 서울대 공대 건축과를 나온 수재였다. 신동아건설에도 다니고 63빌딩을 지을 때도 있었다. 나중에는 구의동의 테크노마트 건설본부장도 했고 맨 마지막 직장이 한미약품 건설본부장이었다. 당시 건설 관련 일을 할 때는 로비가 심했다. 처남이 시청 뒤 호텔을 지을 때도 본부장을 했는데 어느 교포 형제가 와서 빌딩을 건축하였다. 그런데 형이 동생을 무시해서 이를 괘씸하게 여긴 동생이 회사 장부를 다 검찰에 가져다주어서 뇌물 등 비자금이 발견돼 큰 파동이 일어난 일도 있었다. 그때 서울시 공무원, 건설부 누구누구 등이 다 잡혀 들어갔었다. 그 일이 있고 나서 처남은 잠수를 탔다가 전두환 정권이 들어오고 나서 다시 복귀하였다. 그때 6개월이나 1년 정도 감옥살이한 사람이 많았다. 처남은 억울하게 감옥 생활을 마치고 나온 친구가 자기는 뇌물을 먹은 게 없다고 하면서 명예라도 회복해 달라고 다 끝난 그 사건을 다시 항소했다. 당시 검찰에서는 말을 번복한 처남을 괘씸히 여겨 매일 불러대는 바람에 직장생활도 제대로 못했다. 그래서 처남은 가정과 직장을 잃고, 이혼도 당하고 실의에 빠져 살다가 2020년 봄에 뇌졸중이 와서 병원에 입원도 하게 되었다.

• 조정 경기장에서

내가 처남과 함께 예배를 드린 적도 있다. 천주교회도 다녔고 교회도 다니고 절에도 나가 봤기에 예수 믿는 믿음이 무엇인지를 확실히 알게 하려고 기독 신앙의 요체인 사도신경을 풀어 주면서 예수를 바로 알고 바로 믿으라고 설교했다. 신동아건설에 근무할 때는 처남의 서울고등학교 후배인 신성종 목사, 이종윤 목사가 종종 월례 예배를 인도해 주었다. 처남은 학생 때 천주교를 믿었다. 새어머니가 들어오고 여동생들이 생긴

고난 속에서도 행복한 목사

후 가세가 기울 때도 혼자서 성당에 다녔다. 나중에 실업자가 되었을 때는 강남의 봉은사에도 잠시 다녔다. 말년에는 신림동에 노인들이 주로 모이는 왕성교회도 다녔고 임마누엘교회도 나갔었다. 천주교, 불교를 거쳐 결국에는 기독교로 개종했다. 종교란 종교는 다 믿은 셈이다. 작은 처남은 내가 공장을 운영할 때 데리고 있었다. 공장에 여자 직원들이 여러 명 있었는데 한 여자분과 눈이 맞아 결혼했는데 딸 하나를 남기고서 일찍 하늘나라로 올라갔다. 그 부인은 아직 수원에서 외동딸과 같이 살고 있다.

3. 악성 유전병, 핵폭탄급의 근이양증

이 세상에는 우리를 죽음으로 빨아들이는 몹쓸 유전병이 있다. 나는 근이양증이라는 병을 내가 사는 동안 우리 가족을 괴롭히고 죽음으로 몰아간 뒤에 비로소 그 존재를 알게 되었고, 알고 난 후에는 더욱 경악을 금치 못했다. 이 몹쓸 병은 자녀들로 이어지는 유전병으로 몸의 근육이 영양을 흡수하지 못해 서서히 빠져나가서 나중에는 걷지도 못하고 휠체어를 탈 수밖에 없다. 더 진행되면 심장의 근육까지 약해져서 산소 호흡기 같은 호흡보조기를 사용해야만 하며 마침내는 사망에 이르게 된다. 현대 의학이 최고도로 발달한 오늘까지도 치료 약도 없고 고칠 수도 없는 악성 질병으로 진단되기 때문에 이 병은 장애로 판정을 받게 되고 지체장애인의 수준으로 복지부에선 각종 지원을 제공하고 있다.

내 가정을 중심으로 휘몰아친 근이양증의 피해는 거의 핵폭탄급으로 한 가계가 거의 다 엉망진창으로 망가졌다. 나의 아내는 5남매를 낳았으나 그중에 막내아들 쌍둥이는 뇌성마비 중증이었고 셋째 딸은 지적 장애 1급이었다. 우리 가정의 제일 화급한 문제가 쌍둥이의 치료였기에 아내와 어머님은 쌍둥이를 한 명씩 둘러업고는 매일 같이 기도원으로 교회로 다녀야 했다. 그런 일로 내 아내가 너무 고생을 많이 해서 몸이 약해졌나 싶었다. 내 아내가 다리가 약해져 휠체어를 타게 되었을 때도 너무나 안타깝기만 했지 근육 장애는 꿈에도 생각하지 못하였다.

우리 가족들이 장애 자녀들과 씨름하고 있을 때 장모님을 우리 집으로 모시게 되었다. 장모님은 이미 걸음을 잘 걷지 못하고 그냥 무릎으로 이동을 하셔서 전에 처가에서 다친 후유증으로만 생각하고는 그리 관심을 쓰지 못했다. 우리 집 사정도 여의치 않아 거동이 불편한 장모님을 성남의 성남중앙병원이라는 요양원에 모셨을 때에도 병명은 모른 채 그냥 연로하시고 다리가 약해 다치셨다고만 생각을 했다. 그런데 어느 날 갑자기 건강이 악화되셔서 하늘나라로 가셨다. 장모님은 완전한 병명도 모른 채 사망하신 것이다. 그 후 처가의 여자 형제들은 장모님처럼 서서히 약해져 가고 있었다. 둘째 처제의 남편인 이종상 목사가 강원도 정선에 있는 구절교회의 담임 목사였는데, 이 목사가 전화를 통해 말하기를 자기 아내도 휠체어 생활을 하다가 진찰해 본 결과 근이양증 진단을 받았으니 처형도 큰 병원에 가서 진단을 받아 보라는 것이었다. 그리고선 근이양증은 유전되는 불치의 병이라는 것도 알려 주었다. 나도 그 전화를 받고는 그제야 '아~ 그렇구나!' 하고는 처가의 상태를 어렴풋이 파악할 수 있었다. 셋째 처제의 상태도, 넷째 처제의 상황도, 다섯째 처제도 모두가 다이 악성 병으로 인해서 고통을 받았구나 하고 이해가 되었고 그제야 나도 황급히 내 아내를 데리고 아산병원에 가서 진찰했더니 예상대로 근이양증으로 진단을 받아 장애인으로 등록하였다.

처가의 처제들은 둘째도, 넷째도, 다섯째도, 첫째인 우리 아내도 모두 같은 근이양증 병으로 고생하다가 하늘나라로 떠났으며 셋째 기영 씨는 같은 병으로 휠체어를 타고 생활해야만 하고 잠을 잘 때도 호흡기를 착용하면서 고통스러운 삶을 지금도 살아가고 있다. 이 지독한 병, 근이양증은 또 우리 딸 은경이에게도 유전이 되어 목발을 짚어야 걸음을 걸을 수가 있다. 지난해 말에 근육병을 전문으로 보는 건국대 병원에 가서 진찰한 결과 담당 의사는 이 근육병은 유전성 질병으로 치료 방법도 없고, 통증을 줄일 수 있는 약도, 운동도 없다고 했다. 다만 자녀들에게 또 유전되는 것을 끊을 수 있는 길은 임신했을 시에 합당한 치료를 받으면 그 이후론 자녀에게는 내려가지 않을 수 있다고 했다. 내게는 더욱 절망적인 경고를 해 주었다.

나는 은경이의 딸, 우리 손녀 하은이부터는 더더욱 신경을 써서 이토록 비극적인 고리를 완전히 끊어 내겠다고 다짐을 했다. 이 글을 읽는 분들도 자녀의 배필을 고를 때에는 꼭 유념하시어서 이 비극적인 유전병의 고통을 겪지 않기를 바란다. 또한, 속한 시일 안에 이 근육병을 치료할 수 있는 의술이 개발되기를 두 손 모아 기도해 본다.

4. 메르스의 태풍 가운데서 은혜로 치른 아내 장례식

아내는 2015년까지 여기 베다니동산에 같이 있다가 하늘나라로 갔다.

아내는 근이양증으로 간 게 아니라 독감에 걸린 후 급성 폐렴으로 갔다. 어느 날 아내가 숨을 잘 못 쉬어서 바로 119를 불러 이천에 있는 도립병원 응급실에 갔다. 가서 보니 급성 폐렴이었다. 병원에서 어느 정도 가라앉힌 후 집에 데리고 왔는데 폐렴이 자꾸 도졌다. 아내는 분당 야탑에 있는 노인 요양병원에도 갔다. 그런데 그 병원은 거의 감옥처럼 사람을 가두어 놓았다. 그래서 다시 데리고 나와 천안에서 요양원을 운영하는 이진우 목사에게로 갔다. 그 요양원은 목사가 요양원 건물을 지을 때 내가 좀 도와준 곳이다. 그런데 거기 가서도 회복이 안 되었다. 맨 나중에는 평택의 굿모닝병원 중환자실로 갔다. 그 병원은 일반 병원이다. 그 병원 담당 의사는 상태가 안 좋으면 인공으로 연명할 것이냐고 물어서 우리는 그냥 인공적인 연명을 안 하고 하늘의 뜻에 맡기겠다고 했다. 어차피 인간은 하나님이 주신 생명대로 가는 것이다. 대부분의 인공 연명 시술은 환자에게도 보호자에게도 고통만 연장할 뿐 별 의미가 없는 것 같다.

중환자실에서 연명하려면 목을 뚫어야 하는데 안 뚫고 그대로 두고 일반 병실에 올라가면 이제 곧 운명할 거라고 했다. 그때가 2015년 5월 30일이었다. 온 나라에 메르스가 터져 아주 심각할 때였다. 그 메르스가 평택 성모병원에도 왔었다. 지금의 코로나19처럼 온 나라가 마스크를 쓰고 다니며 난리였다. 평택 성모병원에서 시작해서 평택 굿모닝병원, 삼성의료원으로 돌았는데 발표를 안 해서 더 무섭고 위험했다. 당시 굿모닝병원에서도 마스크를 쓰라고 하면서 수군덕거렸다. 우리는 그때 일반 병실로 퇴원을 했는데 바로 그날 오후 4시에 아내는 운명했다. 아내는 중환자실에 있을 때도 말을 잘 못 했다. 나에게 한마디 말도 못 하고 하늘나라로 갔다. 나는 급히 앰뷸런스를 불러서 메르스가 퍼지는 평택의 굿모닝병원을 탈출하여 이천의료원으로 향했다.

굿모닝병원은 우리가 나오자마자 곧 폐쇄되었다. 자칫 잘못하면 메르스 때문에 나오지도 들어가지도 못해서 아내 장례도 못 치를 뻔했다. 참 아슬아슬했다. 나는 아직도 온기가 있는 아내 시신을 앰뷸런스에 모시고 장례식장으로 달리면서 영화 「엑소더스」의 탈출이 생각났다. 안도의 한숨을 내쉬며 하마터면 아내의 장례식도 못 치를 뻔했다고 하나님께 감사드렸다. 메르스 와중에서 아내를 보낼 때는 슬플 겨를도 없이 정신이 없었다. 그나마 많은 교우와 지인들이 장례식에 참석해 주어서 다행이라고 생각한다.

나의 중·고등학교 동창 중에 주정삼이라는 친구는 20년간 식물인간으로 있다가 갔다. 강원도 철원경찰서에서 경감으로 일했던 친구인데 술을 좋아하고 노래를 잘 불렀다. 그 친구는 경찰서 정보과 근무 시절 가을철 군·경 합동작전에 참여하다가 과로로 갑자기 쓰러져서 국군 원호병원에 입원한 후 식물인간으로 20년을 고통 속에 지내다가 한마디 말도 못 하고 하늘나라로 갔다. 맨날 같이 다니던 같은 반의 친한 친구였다. 그 친구는 만약 말을 할 수 있었다면 자기를 죽여 달라고 했을 것이다. 성복중앙교회에서 내가 섬기던 목사님도 3년간 식물인간으로 세브란스병원에 누워만 계시다가 하나님께로 가셨다. 아내가 긴 시간 식물인간으로 연명하며 고생만 하다 하나님께 간 것은 아니라 불행 중 다행이라 생각했다.

아내는 용인에 있는 평온의 숲이라는 장례식장에서 화장하고 경기도 광주의 봉현리 산 밑 우리 부활동산에 수목장으로 모셨다. 부활동산은 십자가로 구역을 표시해 두었다. 연산홍, 철쭉 같은 것 심어 놓은 그곳에 화장을 해서 뿌렸다. 우리 딸도 그곳에 뿌리고 어머니도 뿌렸다. 온 가족이 같은 장소에 묻혀 있다. 나도 그곳에 수목장으로 잠들 생각이다. 아버

지도 62년도에 돌아가셨는데 파묘를 해서 화장한 후 납골을 했다. 그리고 이곳 나무 밑에다 묻었다. 쌍둥이 아들 중에 한 녀석도 이곳에 묻었다. 여기 누가 묻혔다는 표석 같은 건 전혀 안 했다. 칼빈도 자기 무덤을 못 찾도록 그 어떤 표시도 안 했다고 하지 않는가. 그래서 우리 가족들도 특별한 표시가 없다. 그냥 흙으로, 자연으로 돌아가게 내버려 두었다. 예전에 나보다 먼저 일찍 간 동생은 화장해서 바다에 뿌렸다. 그 후에 평창에서 죽은 동생은 화장해서 교회가 내려다보이는 대화의 산기슭에다 매장했다.

• 생전에 아내와 함께 찍은 사진

고난 속에서도 행복한 목사

5. 8개월 만에 미숙아로 태어난 뇌성마비 쌍둥이 아들

1978년 4월 7일에 막내 쌍둥이가 태어났다. 뇌성마비로 8개월 만에 미숙아로 태어난 아들이었다. 당시 아내의 몸 상태가 임신중독증 같아서 급히 병원에 진료를 받으러 갔는데 병원에서 담당 의사가 전화하기를 산모의 양수가 터져 밖으로 흐르고 있다는 것이다. 의사는 양수가 터진 상태로 그냥 놔두면 태아는 물론 산모도 구하기 힘든 상황이라고 했다. 아내는 아침에 너무 힘들어서 그때 살던 동네인 신설동의 대중탕에 가서 목욕을 했다. 그 목욕탕 이름이 안성탕이었는데 아내는 스스로 목욕하는 것이 너무 힘들어서 때 미는 아주머니에게 때를 밀게 했다. 당시에 생활이 워낙 어렵다 보니 보통 때는 생각도 못 할 일이었으나, 어찌할 수 없어서 난생처음으로 돈을 주고 때를 밀었다. 그런 후에 경희대병원에 진료받으러 갔다가 양수가 터진 것을 알게 되었다.

그래서 그날로 아이를 낳을 수밖에 없었다. 병원에서 의사는 산모를 살릴 것인지, 아이를 살릴 것인지를 결정하라고 재촉했다. 나는 처음부터 기대를 안 한 아이들이어서 즉시 산모를 살리자고 했다. 그래서 아이를 강제분만을 시키게 되었다. 그런데 배 속에서 아이 하나가 아니라 둘이 나왔다. 쌍둥이가 나온 것이다. 그때는 배 속에 쌍둥이가 있는지 의사도 산모도 전혀 몰랐다. 그 병원이 경희대학교 병원이었는데 임신하고 있을 때 정기 진료 때는 과장까지도 전혀 쌍둥이인지 몰랐다.

우리 집안은 유교에 찌든 충청도 양반이라 족보를 대단히 귀중히 여겼기에 아들이 필요했다. 그래서 평소에도 아들 하나 있었으면 좋겠다는 생각을 하곤 했다. 딸만 셋이다 보니 마음이 허전했다. 아들이 있어야 대를 이을 수 있을 것 같았다. 그 당시엔 대를 이으려고 양자도 들이고 하던 때였다. 지금이야 다 알 수 있지만 그 당시에는 배 속의 아들딸을 구별할 수 없었다. 그런데 당시 뉴스에 아들딸을 구별해 주는 병원이 있다는 얘기가 나왔다. 그 병원 중 하나는 제일산부인과였고 또 하나는 경희대학교 병원이었다. 양수를 검사해서 태아의 이상 유무를 확인하는데 그걸로 아들딸을 구별해 줬다. 그런 기술을 다른 곳에서는 법적으로 불법이기에 공개적으로 발표를 못 했다. 남아선호사상으로 보통 태아의 성별을 알게 되면 딸의 경우엔 임신중절을 하던 시기였다. 태아의 이상 유무를 확인하기 위해 양수검사를 하는 것인데 그걸 사람들이 오용해서 아들인지 딸인지 알아보고는 딸이라면 지우는 불법이 자행된 것이다. 그것도 살인이라면 살인 아닌가. 이런 살인 계획을 처음부터 세워 놓고는 임신을 했고 또 실천하려 했으니 하나님 앞에 부끄러울 뿐이었다.

사람들이 생명의 귀중함을 깨닫지 못하고 아들인지 딸인지 알아내고는 딸이면 태아를 지웠다. 나도 부끄럽지만 그 당시엔 아들이 있어야 든든할 것 같아서 딸이면 지울 생각도 했다. 사람들은 참 무지하고 흉악한 일들을 서슴없이 했다. 지금은 딸이 더 좋은데 말이다. 나도 그런 비정한 살인 계획을 세우고 검사를 해 보자고 했다. 나도 아들에게 소망을 걸어 보고자 했다. 그 당시는 지금처럼 여자들이 사회 활동을 안 하고 여대생의 최고의 소망이 가정교육학과를 졸업하는 것을 목표에 둘 정도로 여성의 사회적 역할이 미미할 때였다. 그러니 당연히 딸보다 아들을 원할 수밖에 없었다. 가정에서 현모양처 되는 것이 딸들이 갈 수 있는 최고의 길이었다. 지금처럼 의사가 되고, 변호사가 되는 건 생각지도 않았다. 그저 좋은 남편 만나서 시집 잘 가는 게 최고의 목표였다.

그렇게 해서 검사를 했다. 그날 아내를 포함해서 12명이 검사를 받았는데 나의 아내와 두 명의 산모만 아들로 판정이 났다. 그러면 한번 해 보자, 하나님이 우리 가정을 도우시는가 보다 하고 희망을 갖게 되었다. 그렇게 해서 정기검진도 받고 아들이라고 하니 조금씩 더 희망을 키워 갔다. 당시 산부인과 의사가 진찰할 때 CT도 찍고 머리 부분도 만져 봤는데 머리가 잘 안 잡힌다고 했다. 쌍둥이라 둘이 함께 있으니 머리가 워낙 작아서 잘 만져지지 않았던 것 같다. 그래서 우리는 분만할 때까지 쌍둥이인지 전혀 몰랐고 간호사도 아기용품을 하나만 준비해 왔었다. 그런데 양수가 터지는 위급 상황이 와서 그냥 아들마저 포기하고 아내만 살리려고 했다. 8개월만 자라고 나온 미숙아라서 죽어서 나올 것이라 예상했는데 이 아이들이 살아 있었다. 우리는 쌍둥이가 나올 때까지도 쌍둥이인지 몰랐다. 강제분만을 한다는 소리만 듣고는 저녁에 병원으로 갔다. 병원에서도 아이 하나만 나올 것이라 생각하고 준비하고 있었는데 하나를 꺼내고 보니 뒤에 또 한 명의 아이가 남아 있던 것이다.

저녁에 낳았다고 해서 가서 보니 쌍둥이였다. 그 미숙아 쌍둥이를 두 달 동안 인큐베이터에서 키웠다. 수술해서 아이를 낳은 것이 아니라 강제로 약물을 투여해서 아이를 빼냈다. 양수검사 할 때도 잘못될 가능성이 있어서 서약서를 다 썼고 약물을 투여해서 강제분만 시켰다. 하지만 인큐베이터에 안에서도 쌍둥이 둘 다 호흡 장애를 일으켰다. 아마 양수검사부터 잘못된 것 같고 약물을 투여해서 강제분만을 할 때 문제가 생긴 것 같았다. 병원에서는 애들이 두 달 먼저 나왔으니 인큐베이터에 두 달 있어야 한다고 했다. 두 달만 인큐베이터에 있으면 아이들이 괜찮아지냐고 물었다. 우리의 사정으로는 엄청난 병원비 또한 해결하기 어려운 문제였다. 당시의 처치료 외에 들어가는 인큐베이터 하루 이용료가 개당만 원씩이었다. 78년 당시로는 엄청 비싼 가격이었다. 의료보험도 없었고 아이가 또 둘이다 보니 비용도 두 배로 들었다.

의사에게 두 달 있으면 정상아가 될 수 있느냐고 물었더니 장담을 못한다고 했다. 자기들도 지나 봐야 안다고만 했다. 그래서 두 달 꼬박 입원 치료 후 퇴원을 시켰다. 집에 데리고 갔는데 아이들이 너무 작았다. 하나는 1.6kg, 또 하나는 1.8kg이었다. 개구리처럼 바짝 말라 있었다. 인큐베이터에 있을 때 아이들에게 호흡 장애가 왔다고 할 때는 아이들을 포기하는 마음으로 병원에 달려갔었다. 이미 아내의 양수가 터질 때부터 아내만 살리겠다는 마음으로 아이들에 대한 소망은 거의 포기한 상태였다. 사업도 쫄딱 망한 상태였는데 아이들 병원비가 남은 문제였다.

아이를 낳기 전에 난 이미 사업이 망한 상태였다. 사업 망하고 나니 사람들이 나를 안 만나려고 했다. 이전에 그 친했던 술친구들도 사업상 가까이 만나던 주변의 지인들이 다 외면하고 빚쟁이 피하듯 나를 피하니 '세상인심이 이렇구나.' 하며 참으로 씁쓸해했다. 그런데 그런 절박한 상황에서도 친구인 전병유가 자신이 어렵게 마련한 소중한 곗돈을 타서 50만 원을 통째로 내게 빌려주었다. 그 친구의 아버지도 사실 우리 아버지의 친구였다. 대를 이어 집안끼리 정말로 친했고 아주 돈독한 사이였다. 우리 아버지가 돌아가시고 나서는 그 친구 아버지가 나의 아버지처럼 나를 뒤에서 봐주셨다. 그 친구는 고대를 나와서 해군 경리장교를 하며 배를 타고 다녔다.

나는 그 곗돈을 빌려서 사진인화점을 시작했다. 지하철 신설동역 입구에서 개업했는데 자리는 참 좋았다. 나의 가게는 필름을 팔고, 찍어온 사진을 인화하고 또 돌이나 결혼식에 나가서 출사료를 받기도 했던 조그만 점포였다. 처음에는 제법 사업을 잘했는데 그곳에서도 친구와 어울려 맨날 술 먹고 화투 치며 생각 없이 철부지처럼 살았다. 뇌성마비 미숙아의 탄생으로 기대하던 아들 소망까지 사라지고 오히려 더 무거운 짐을 지게 된 그때 병원에서 온 전화를 받은 것이다. 사실은 이전에도 병원에서 몇 번 전화가 올 때 포기하고 일부러 안 받았었다. 모든 걸 포기하고 내려놓은 상태였다. 지금 생각하면 후회되지만, 뇌성마비 장애도 있고 미숙아이니 사람 구실은 못 할 거라고 미리 생각해서 포기한 것이다. 병원에서 걸려온 전화를 안 받았는데 나중에 이야기를 들어 보니 그때 호흡 장애가 왔더라는 것이다.

• 쌍둥이 돌잔치 때

다 포기하고 있을 그때 또 다른 대학 때 친구 강윤영 씨가 돈을 빌려줬다. "야, 돈은 있다가도 없고, 없다가도 있는 거야. 네가 만약 아이들을 포기해서 그 아이들이 죽으면 너는 평생 마음속에 그 짐을 지고 살게 될 거야." 그 말에 내 마음이 움직였다. 강윤영이라는 친구는 서울고를 나왔고 연대 4년 내내 교제를 나누던 친구로, 일양약품 이사를 지냈고 홍콩지사에서도 근무한 실력자로 내가 개척했던 교회에도 출석하며 지금도 함께 산을 타는 절친이기도 하다. 그 친구가 일주일 치 병원비를 도와줬다. 참 좋은 친구였다. 그 후로 동네 친구들도 이웃들도 또 나 자신도 열심을 내어 다시 마음을 잡고 심기일전 일어섰다.

그렇게 해서 아이들은 두 달 만에 퇴원했다. 아이들은 미숙아다 보니 너무 작고 많이 울었다. 그런데 문제는 이 아이들이 제대로 서질 못했다. 다리가 곱아서 제대로 설 수가 없었다. 발뒤꿈치가 땅에 닿질 않고 뻗쳐 있었다. 아무래도 뼈가 이상한 것 같아서 다시 경희대학교 병원에 가서 엑스레이를 찍어 봤다. 병원에서는 뼈에는 이상이 없다고 했다. 그런데 뇌성마비라고 했다. 쌍둥이 아이들이 돌이 막 지났을 때 그 진단을 받은 것이다. 하나는 아주 심했고 하나는 조금 덜했다. 하나님은 그 뇌성마비 아이 둘을 내게 선물로 보내신 것이다.

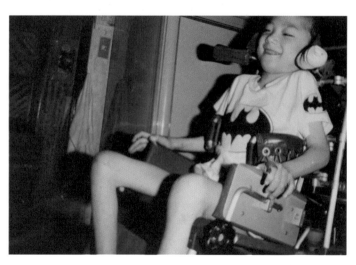

• 문철 군의 미소

고난 속에서도 행복한 목사

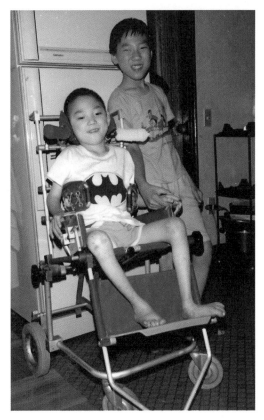

6. 고래 배 속에 들어간 요나처럼 살던 시절

내 인생 방황의 시기, 아픔의 시기, 질곡의 시기를 나는 요나가 고기의
배 속에 들어갔던 시기라고 비유한다. 요나와 고래에 대해 잘 모르는 사
람들이 있을 것 같아 짧게 정리해 본다. 요나(Jonah)서 1장 17절에 이런
구절이 나온다. "여호와께서 이미 큰 물고기(고래)를 준비하시고 요나를

삼키게 하셨고, 요나는 삼일 밤낮을 그 물고기 배 속에 있었다." 인구가 많은 큰 나라 아시리아의 수도는 니느웨였다. 아시리아는 이스라엘을 많이 괴롭혔던 이웃 나라다. 하나님은 이스라엘 사람 요나에게 죄를 많이 지은 니느웨로 가서 하나님의 말씀을 전하라고 했다. "만일 회개치 않으면 40일 후에 멸망할 것이다." 요나는 하나님의 말씀을 듣고 자기들을 괴롭히던 그들이 구원받는 게 싫었다. 그래서 배를 타고 지중해로 도망을 갔는데 풍랑을 맞아 바다에 빠지고 고래에게 잡아 먹혔다. 요나는 고래 배에서 사흘 밤낮을 기도하며 하나님께 살려 달라고 기도했다. 요나의 간절한 기도에 하나님은 그 기도를 들어주시고 요나를 고래의 배에서 나오게 하셨다. 그 후 요나는 니느웨로 가서 40일이 지나면 당신들의 수도가 무너질 것이니 하나님을 믿고 회개하면 구원을 받을 것이라고 3일 동안 거리를 누비며 외쳤다. 요나의 외침으로 니느웨는 철저히 회개하고서 용서를 받고 하나님의 심판에서 살아남게 되었다.

나는 고래 배 속에 갇힌 요나와 같은 시절을 살았다. 앞이 캄캄했다. 아무것도 볼 수도, 들을 수도 없었다. 무언가 할 힘도 의욕도 다 잃고 말았다. 사업이 부도나니 곁에 있던 친구들도 떠났다. 세상 친구들과는 멀어졌다. 나는 학교 친구, 동네 친구들을 만나 술을 얻어먹으며 살았다. 동네 친구 일을 도우며 하루하루 아무 생각 없이 술로 시간을 보냈다. 친구 일을 도와주다가 저녁에 한잔하는 게 일상이었다. 친구의 열대어 공판장 사무실은 청계6가 금성센터가 있는 건물 2층에 있었고 그곳 상인들이 단골로 사용하는 단골 술집은 창녀촌 가운데 있었다. 그 술집은 이름이 남촌집인데 이의자라는 전라도 출신 아주머니가 아가씨 한 명을 데리고 막걸리 장사를 하고 있었다. 드럼통을 두드려 만든 탁자 4개에 가운데 연탄불을 넣는 선술집으로 그런대로 운영해 나가고 있었는데 우리 친구들

고난 속에서도 행복한 목사

은 매일 출근할 정도로 단골손님이었다.

공판장에서 총무 일을 보는 우리 친구 김형렬 총무는 나와 성동중, 성동고의 동문이었다. 사업이 망하고선 옛날 어릴 적 친구인 형렬 총무의 사무실에 나가서 소일하다가 저녁이면 함께 술을 먹고서야 집으로 향할 수 있었다. 그 친구로 인해 나도 열대어 부화도 시도해 보았고 전국의 열대어 관상어 관계자들을 많이 사귀게도 되었다. 하루는 형렬 친구가 남촌집이 가게를 내놨다고 하니 네가 해 보면 어떻겠냐고 제안을 해 왔다. 그 친구가 주관하는 공판장 상인들이 백여 명 이상 되고 또 내가 동대문시장에서 알던 친구들이 많았다. 그 동네 사람들을 끌어들이면 웬만하면 밥은 충분히 먹고 살 수 있겠다고 하니 그럴듯했다. 나는 실업자 소리를 더는 듣고 싶지 않아서 그렇게 하자! 하고는 결혼식 패물을 다 팔아서 보증금으로 내고 술집을 인수하여 술장사를 시작했다. 가게 규모는 그대로 하고, 술은 막걸리로 대포 한 잔에 30원을 받았고, 안주는 남대문 시장에 가서 닭 내장을 사다가 밤새도록 닦고 빨아서 거기에 양념을 볶아 팔았다. 사업이 완전히 망하고 나서 입에 풀칠이라도 하기 위하여 시작한 일이었다. 나란 존재도 자존감도 없었고 하나님조차 까맣게 잊어버리고 살았다. 그래서 고래 배에 들어간 요나처럼 암흑 속에 살았다고 이야기한다. 그 친구의 말대로 거기서 장사를 하면 밥을 먹고 살 수는 있을 것 같았다. 그러나 내 생각과는 달리 생각지 못한 큰 벽에 부딪히고 말았다.

우리 술집의 환경이 바로 옆에 색시 집, 그 옆도 색시 집이었다. 왼쪽으로도, 오른쪽으로도 다 창신6통 창녀촌으로 소문난 우범지대 가운데 하나였다. 그래서 특별히 파출소도 있고 방범초소도 있는 곳이었다. 살인사건이 종종 일어나는 골목이기도 했다. 기둥서방인 포주들과 깡패들이 우글대는 동네였다. 장사하러 가게 가는 길에 색시들을 마주치곤 했는데 우리는 아는 동네 사람이라 잡지 않았다. 가게를 열고 처음엔 열대어 장사를 하는 사람들이 한두 번 찾아왔다가 술맛도 없고 또 아가씨가 없다고 점차 발을 끊었다. 당시에 나는 매제를 데리고 일했는데 이 친구가 좀 껄렁껄렁했다. 매제하고 나하고 둘이서 아가씨 없이 장사를 하는데, 멋대가리 없는 남자만 둘이 있으니 누가 와서 술을 먹겠는가? 주변의 분위기가 그렇다 보니 점점 사람들 발길이 뜸해졌다. 다른 동네에서 내 친구들이 오면 아예 우리 가게로 들어오질 못했다. 우리 골목에 들어서면 몸 파는 여자들이 팔도 잡고 옷소매를 잡아서 옷도 찢기어 도망가고 하니 그 어느 친구도 방문할 생각조차 할 수 없었다. 결국 가게 문을 열고 난 지 석 달 만에 보증금 다 까먹고 다시 문을 닫고 그 굴속에서 탈출할 수 있었다. 나는 그곳에서 성경에 나오는 소돔과 고모라 같은 타락한 환경, 죄악으로 얼룩진 인간의 삶을 경험했다. 그때가 쌍둥이까지 다 낳은 마흔 살 정도였던 것 같다.

그때 같이 일을 했던 매제 유창수 씨가 2020년에 여의도 성모병원에서 폐암으로 죽었다. 매제는 인물도 좋고 건달기가 좀 있었다. 대학교도 나왔는데 덩치가 있어서 그 동네를 휘어잡고 다녔다. 그 동네의 건달과 포주들도 매제랑 친구처럼 지냈다. 대학교 나오고 머리가 좀 좋으며 언변에 카리스마가 넘치니 동네 사람들은 매제한테 형님, 형님 했다. 나 역시 같이 다니고 매제의 손윗사람이다 보니 형님 소리를 들었다. 생각지 못하게 포주 동생과 건달 동생들이 생겼다. 덩치 좋고 머리 좋은 매제가 동네 중심을 딱 잡아 주었다. 나의 방황과 질곡의 시대는 바로 그 창녀촌 동네 안에서 장사하던 그 시절이 절정이었다.

고난 속에서도 행복한 목사

• 뒷줄 맨 왼쪽이 필자, 뒷줄 중앙이 공판장 총무 김형렬,
총무 옆 검은 상의가 대구 친구 김용

성동고등학교 때 친구 김규범 씨가 ROTC를 제대하고 나서 숭인동 쪽에 술집 신성살롱을 차렸다. 그 술집은 밴드도 있고 멋쟁이 아가씨도 20명가량 되는 비교적 규모를 갖춘 고급 술집으로 맥주와 양주를 파는 살롱이었다. 나는 거기서 내가 아는 고객 관리를 하면서 매출액의 20%를 받기로 하고 사장이란 명함도 박았다. 양복도 맞춰 주겠다고 하고 종업원들에게 사장이라고 부르라고 했다. 아가씨가 있는 그 술집에도 매일 출근했다. 한 달 이상 나가다 보니 그 집에서 내 친구들이 와서 마신 술의 외상값이 당시 돈으로 200만 원이 넘었다. 고등학교 동창들과 동대문시장의 사장들이라 매상은 많이 올렸으나 전부가 다 외상이었다. 정말로 엄청 큰돈이었다. 요즘엔 카드가 나와서 카드로 긁는 것을 그때는 거의 다 외상인데 그 술값을 받아낼 방법이 없었다. 눈앞이 캄캄했다. 나의 성격으론 물건을 판 외상값도 재촉해 못 받아 내는 심장이 약한 놈인데 어떻게 외상 술값을 받아 낼 수 있을까? 돈 번다는 소리에 엄청난 착각을

했던 것이다. 나는 김 사장에게 내 친구가 다 네 친구이니 제발 내가 손을 떼게 해 달라고 부탁하여 살롱 사장 신현국에서 벗어날 수 있었다. 이제 뒤돌아보니 요나가 깜깜한 스올(고래) 배 속에서 회개하고 있던 때와 흡사했다. 정말로 질곡의 터널 속에 갇혀 한 줄기의 빛도, 소망의 소리도 볼 수도 들을 수도 없었다. 완전 암흑의 시기였다. 매일 나를 잊고 방황하던 삶이었다.

사업이 망하니 그동안 사업상 친구들도 다 떨어져 나갔다. 돈 없으니 사람들이 떨어져 나가는 걸 경험했다. 같이 차 마시고 술 마시던 친구들이 내가 사업하다 망하니 돈 빌려달라고 할까 봐 다 곁에서 떠나 버렸다. 그때에 20대부터 사귀어 오던 신실한 친구가 있어서 좌절하던 그때에 내가 출근도 하고 죽치고 대화를 나눌 수가 있었다. 그 친구는 대동상고를 졸업했고 공군을 제대한 후 평화시장에서 문명서적(책방)을 운영했다. 실업자인 나는 집에 앉아 있을 수도 없었고, 어딘가 마땅히 갈 데도 없었다. 그러나 그 친구가 받아줘서 문명서적에 나가 일도 돕고, 점심도 얻어먹다 보니 자연스레 매일 출근하게 되었다. 서점에서 헌책 판매도 했다. 문명서적은 주로 백과사전 같은 전집류를 취급했는데, 금성출판사나 계몽사 등의 아동 백과, 삼국지나 토지 같은 소설 전집 등을 팔았다. 책을 산 사람들을 대신하여 택시도 잡아 주고, 구매한 책을 배달도 해 주고, 여러 가지 심부름도 했다.

술을 먹지 않고는 장애인이 우글거리는 집에 들어갈 용기가 나질 않았는데, 그 친구는 내가 실업자가 되고 나서 마음의 갈피를 잡지 못하고 방황하니 고맙게도 술친구가 되어 주었다. 저녁에 일이 끝나면 같이 술을 한 잔씩 했다. 당시는 술에 희망을 걸고 살았던 시기였다. 술 없이 맨정신

고난 속에서도 행복한 목사

으로는 하루도 살 수 없을 때였는데 그때 그 고마운 친구 이름이 문흥식이다. 나보다 두 살 더 많아서 지금은 83세이다. 얘기를 들어 보니 세계 100개국을 돌아다녔다고 한다. 해외여행 다닌 사진을 모아서 합본해 책을 만들었다. 팔순 잔치 때 그 책을 친지들에게 돌렸다. 아들은 연대를 나와 삼성전자 간부로 재직하고, 사위도 해외 특파원이다. 지금은 속리산 계곡에 조그만 집을 마련하고 사색을 즐기며 조용히 자연을 벗 삼아 살고 있다.

• 옛 친구 부부들

7. 내가 했던 술장사, 솜 장사, 양산 장사, 사과 장사

내가 그동안 했던 사업은 솜 장사, 술장사만 있는 게 아니다. 가장으로 집안을 꾸려 가기 위해 참 다양한 장사를 했다. 시작은 아버지 사업을 이어받은 솜 장사였다. 나는 동대문시장에서 세 군데 가게를 옮겨 가며 장사를 했다. 광장시장 아래 단독점포에서 장사를 시작했다. 종로4가 광장시장에서부터 동대문종합시장까지를 옛날에는 다 동대문시장이라고 불렀다. 솜 가게에서 여름철 비가 내릴 때는 우산 장사도 했다. 여름에는 솜이 잘 안 팔리는 비철이다. 나의 솜 장사는 61년에 시작해서 72년도에 부도가 났으니 대략 12년을 했던 것 같다. 아버지가 62년도에 돌아가셨는데 그 1년 전부터 가게에 나와 일을 했다. 61년도에는 내가 대학생일 때였다.

추석 같은 명절에는 과일 가게 주인이 우리 솜 가게 앞에 사과를 가져다 놓고 동업으로 장사를 했다. 어느 물건을 팔든지 다 엉터리였다. 사과 장사도 내용물을 빼먹는 엉터리, 솜 장사도 무게를 줄여 눈가림하는 엉터리였다. 또한, 솜은 겉은 질이 좋은 것으로 하고 가운데는 질이 덜 좋은 것으로 샌드위치처럼 씌워서 눈속임하기도 했다. 사과 장사를 할 때도 맨 밑에 조금 못한 사과를 넣었다. 지금도 그렇지만 그때도 명절 때 되면 사과 선물을 많이 했다. 우리 가게가 위치가 좋아서 추석 때는 가게 앞에 좌판을 펼치고 사과를 팔았다. 사과를 팔 때는 나무 궤짝 밑을 뜯어 사과 몇 개씩 빼내고 왕겨로 채운 다음에 상자에 못을 박아 사과를 팔았다. 사과 한 궤짝은 그 개수를 정확히 알 수 없었다. 조금 적게도 하고, 질이 못한 걸 밑에 넣어서 팔기도 했다. 그런 꼼수를 써 가며 장사를 했다. 그렇다고 선물로 받은 사과 상자 안에서 나쁜 사과가 나왔다고 가게에 따지러 오는 경우는 거의 없었다. 그렇게 속여 가며 장사를 했다. 나는 처음에는 두려운 마음이 들기도 했으나 나중에는 둔감해졌다. 예전에는 지금처럼 종이 상자가 없어서 전부 나무 궤짝에 넣고 팔았다.

결혼은 솜 사업이 점점 하락세를 보이던 71년도에 했다. 결혼하고 1년 후인 72년도에 솜 공장은 마침내 부도가 났다. 결혼하여 아내를 만나자마자 내 사업은 망한 것이다. 그러나 모든 것은 아내 때문이 아니라, 면업계 자체가 내리막길에 서 있었고 나의 주변 상황이 악화일로에 처했기 때문이었다. 뒤돌아보면 나의 사업 경영 방식은 일관성 없이 그때그때 주먹구구식이었다. 처음 아버지께 사업을 인계받을 때의 긴장은 다 잊어버리고 친구들과 어울리며 세상 재미에 푹 빠져 정신을 잃은 상태였다. 아침에 출근하여 가게 문을 열고 나면 대충 그날의 일과를 살피고서 가게를 종업원에게 맡기고 업계 친구들과 다방에 모여 커피 마시고 노닥거리다가, 점심을 먹은 후엔 당구장에서 시간을 보내고, 저녁 후엔 술집이나 극장으로 가는 코스가 대부분이었으니 가뜩이나 불황으로 내리막길에 선 사업은 망할 수밖에 없었다. 곧 하나님이 없는 무질서한 나의 생활로 인해 생각보다 그 쇠퇴의 시기가 단축되었다.

솜 사업은 사회가 발달하고 문화 수준이 높아지면서 악화일로를 걸었다. 난방이 좋아지고 집을 아주 잘 지어서 보온이 되니 솜이불을 찾는 수요가 점차 줄어들었다. 아궁이에 장작불을 때던 시절에는 새벽이 되면 군불마저 식어서 추워졌기 때문에 두꺼운 이불이 필요했다. 그러나 시대가 지날수록 연탄 보일러에서 기름 보일러, 그리고 다시 가스 보일러로 점점 난방 수준이 좋아졌다. 두꺼운 솜에서 벗어나 캐시미어가 나왔고 가벼운 건 화학솜이라고 했다. 당시에는 결혼할 때 혼수 품목으로 이불을 많이 해 갔다. 그래서 수익이 꽤 괜찮았다. 그런데 지금은 거의 혼수를 해 가는 사람이 없지 않은가. 그만큼 세상이 많이 바뀌었다. 내가 솜 사업을 인수할 때는 솜이 아주 불티나게 팔리다가 점점 추락하던 시기였다. 당시 잘 사는 사람들의 장롱을 열어 보면 다들 솜이불 두 세트와 차

렵이불 하나씩은 다 가지고 있었다. 사실 여름용, 겨울용 이불만 준비하면 결혼 준비는 다 끝났다고 하던 시기였다. 그만큼 이불 수요가 많았는데 하필 내가 사업을 시작할 때 내리막길이었다.

• 가족들(개척교회 시절)

사업이 점점 내리막길을 걸으니 경쟁도 심해지고 가격도 내려갔다. 수익이 계속 떨어져서 결국 부도가 났고 문을 닫게 되었다. 내가 처음 하던 일이 솜 사업이니 동대문시장에서 가게를 몇 군데 옮겨 가며 어떻게든 그 사업을 해 보려고 했다. 그래서 솜을 취급하는 가게에다 물건을 가공해서 납품하는 공장을 구리시에 차렸다. 당시 솜은 원면이라고 미국에서 원조 물자를 무상으로 받아서 했다. 그러다 보니 방직공장이 잘되었다. 동일방직, 경성방직이 그렇게 생겨났고 그 덕분에 성장했다. 6·25 전쟁 통에 미국에서 솜을 대 주니 그걸로 풀어서 옷도 만들고 이불도 하고,

실을 뽑았다. 당시에는 방직공장이 꽤 컸다. 방직공장에서 나오는 원면을 가져다 실을 뽑았다. 그걸 뽑아서 제일 긴 것이 40수가 되었고 그 섬유 기장이 길면 그만큼 가는 실을 뽑을 수 있었다. 방직공장에서 실을 뽑을 때 기계 밑에 떨어지는 걸 낙면이라고 했다. 솜 틀다가 먼저 떨어지는 건 솜의 가치가 좀 있었다. 그다음 과정에서 떨어지는 건 먼저 것보다 짧았다. 솜에도 종류가 여러 개 있었는데 재래종 목화솜 육지면과, 미국산 원면, 방적 회사에서 나오는 낙면 등으로 그 질에 따라 값도 차이가 컸다.

나는 신혼여행을 인천의 월미도 올림푸스 호텔로 갔었는데 그때가 성수기라 공장에 일이 많아서 신혼여행을 하루 만에 끝내고 다시 공장에 나갈 정도였다. 가을철에는 추위를 미리 대비하기도 하고 결혼도 많이 해서 공장이 바삐 돌아가야 하니 일을 할 수밖에 없었다. 선급금을 받아가며 일을 할 때였다. 그때가 최고 호황이었을 때였다. 6·25전쟁 때 피난민도 이불 보따리는 어떻게든 꼭 들고 갔다. 우리나라 사람들이 그런 사람들이었다. 솜이불이 무거운데도 피난 갈 때 그걸 지고 갔다. 추워서 얼어 죽을 수도 있으니 솜이불만큼은 꼭 챙겼다. 나는 아버지가 병상에 누워 계실 때부터 솜 장사에 발을 들였다. 그리고 10년을 그 사업에 종사했다. 구리에서 공장도 했고 중화동에서 공장을 운영했으나 두 손을 들 수밖에 없었다. 그게 마지막이었다. 부도가 나고 나서는 서울 집도 날리고, 시골에 있는 논밭도 다 날리고, 산도 팔아먹고 나중에는 아무것도 남은 게 없었다. 사업으로 모든 것을 다 날린 것이다. 이로부터 한 치 앞도 안 보이는 암흑의 터널로 진입하게 되었다.

8. 신설동역 사진인화점

솜 사업이 망하고 5년쯤 지나 나는 신설동에 사진인화점을 했다. 코닥 칼라 대리점으로 필름을 넣어 사진을 찍어 가져오면 인화해 주는 소위 말하는 사진 인화점이었다. 사진인화점을 하다 보니 주일에 교회를 못 나갔다. 가족에게는 '교회 가라'고 했는데 나는 교회에 등록만 하고 자주 못 갔다. 주일 아침에는 필름을 팔고, 카메라를 대여해 주고 또 출사도 나갔으며 오후엔 나들이 다녀오는 소풍객들의 필름을 접수해야 했기 때문에 주일이 제일 바쁘고 중요한 날이었기 때문이었다. 그래서 나는 교회는 꼭 다니겠으나 지금은 직업상 못 나가니 하나님도 이해하실 것이라 말하곤 했다. 나의 마음속 어딘가에 하나님은 자리하고 계신 것이었다. 사진인화점의 위치는 신설동역 동북쪽 출입구 나오자마자 있었다. 자리는 참 좋았다. 역세권 중의 역세권이었다.

내가 사업에 실패하고 이 세상에 희망이 없다고 생각할 때 같이 동대문시장에서 동종의 사업을 운영하던 전병유 선배 겸 친구도 사업에 실패했다. 그 친구는 고대를 나온 해군 경리장교 출신으로 배도 탔던 아주 훌륭한 친구였다. 나하고는 4살 차이 선배인데 친형제처럼 아주 절친했다. 근데 이 친구도 망해서 처가의 고향인 진주로 내려갔고 이대 약대를 나온 부인은 진주시 6거리에서 약국을 차렸다. 거기서 친척 등 아는 사람을 모아 계를 들었는데 첫 번째 탄 곗돈 50만 원을 나에게 빌려줬다. 나는 그 돈으로 신설동에 사진인화점을 차릴 수 있었다. 당시 50만 원이면 굉장히 큰돈이었다. 병유 형님도 40대 초반에 혈압으로 일찍이 사망하여 일영의 신세계공원에 잠들어 있다. 정말로 아까운 친구이자 형님이었다. 나는 사진인화점을 차려 돈을 조금씩 벌었지만 매일 저녁때면 술로 살았다. 그러면서 딸만 셋이라 아들 하나만 있었으면 좋겠다는 생각을 했다. 그래서 낳은 아이들이 장애인 아들 쌍둥이다.

• 쌍둥이와 누나 은선

9. 사는 건 어려운데 하나둘 아이는 늘어가고

첫째 딸 큰아이는 내가 솜 공장을 할 때 낳았고, 둘째 딸은 실업자가 되었을 때 낳았다. 셋째, 넷째도 연이어 태어났다. 다 두 살 터울이다. 맨 마지막에 쌍둥이 아들이 태어났다. 실업자 생활은 꽤 오래 했다. 72년에 사업 망하고 76년쯤 사진인화점을 차렸으니 한 4년 정도 실업자 생활을 한 것 같다. 사진인화점 하기 전에는 친구 일을 도와주면서 용돈 벌이는 했다. 뇌성마비 쌍둥이 아들을 포기하려고 했을 때 친구의 도움을 받은 것도 다 하나님이 하신 일이다. 그런 일들은 하나님이 아니면 못 한다. 우리 하나님은 계획하시는 선한 일은 꼭 이루어 내신다. 하나님은 자기의 사랑하는 자가 말을 안 듣고, 자기 고집대로 가고, 하나님 떠나서 세상 욕심에 이끌려 죄를 짓고 사는 사람, 제멋대로 사는 사람은 징계를 해서라도 돌아오도록 하시는데 그게 참사랑이다. 그러므로 징계가 없으면 사생자라고 할 수 있다. 하나님은 상관없는 사생자는 아예 안 건드리신다. 그 사람은 자기의 죄의 대가로 낙오하고 지옥에 떨어지는 것이다.

하나님은 사랑하는 아들을 채찍질로 다스리신다. 잘못을 고쳐서 저는 다리를 끌고 바른길로 걸어오게끔 하신다. 그 말씀이 성경 히브리서 12장에 나온다. 나는 그걸 나중에 깨달았다. 처음에는 그걸 모르고 맨날 재수 없다고 얘기하고 다녔다. 나는 남 탓하기 바빴다. 재수가 없고, 운명이고, 팔자라는 얘기들이 잘못되었다는 걸 나중에 하나님을 만나고 깨닫게 되었다. 설교를 들으면서 '아, 바로 내가 이랬구나! 내가 이런 바보였구나. 그렇게도 나를 잊지 않고 사랑했는데 나는 하나님을 까맣게 잊어버리고, 엉뚱한 길로 가 버렸구나.' 하고 깨달았다. 그것이 제일 큰 은혜이다.

나는 여기서 막으면 저쪽으로 가고, 저기서도 막으면 이쪽으로 돌아갔다. 그저 피해 다니기만 했는데 하나님은 점점 더 세게 나에게 시련을 주고 채찍질을 하셨다. 내가 도망갈수록 더 큰 시련을 주셨다. 사람이 살아가는 데 물질은 그렇게 중요하지 않다. 그런데 어리석은 인간은 그걸 최고로 중요한 줄 알고 산다. 사람이 집착하는 물질이라는 것은 하나님 보시기에 장난감에 불과하다. 하나님은 처음에 그걸 싹 치워 버린다. 장난감을 치우면서 꾸중을 하시고 다음으로는 징계하신다. 회초리를 드신다. 이렇게 하고, 저렇게 해도 말을 안 듣고 도망가면 다리몽둥이를 부러뜨려서라도 고치려고 하시는 분이 하나님이다.

• 은경 생일 5남매 축하

　몸의 질병을 주시는 것도 하나님이다. 암을 내려 주면 그걸 극복하는 과정에서 하나님을 만나게도 된다. 암에 걸리고 고통스러우면 살려달라고 하나님께 매달린다. 결국, 아프고 나서야 하나님을 찾는다. 결국 인간의 끝은 하나님의 시작이다. 그런 식으로 하나님은 사랑하는 사람을 징계한다. 성경에 보면 예정되어 있다고, 미리 아신 자라고 얘기한다. 그냥 어쩌다가 '아, 인물이 잘 나서 그냥 내가 뽑았네?'가 아니고 미리 다 알아서 태어나기 전부터 아신 것이다. 하나님의 나라 사람들은 하나님이 안다. 하나님은 하나님이 정한 자를 하나님의 자녀로 삼는 데 실패하지 않으신다. 나의 경우 하나님은 처음에 물질을 걷어 가시고, 그다음에 가족들에게 병을 주시어 사람을 데리고 가셨다. 사람은 물질을 치워 버려야 정신을 차린다. 그래도 말을 안 들으면 사랑하는 가족을 데리고 가신다. 내 아끼는 동생 둘이 그렇게 심장마비로 갔다. 동생은 군목님이 와서 원주화장터에서 장례식을 했다. 물에 빠져 죽었으니 몸이 퉁퉁 불어 있었다. 보통 5시가 넘으면 화장을 안 하는데 다행히 그 시간에도 문을 열고 화장을 해 줬다. 태극기를 덮고 화장을 했다. 그 아이가 불길로 들어가는데 황혼 노을이 하늘을 붉게 물들였다. 그 노을을 배경으로 예배를 드렸다. 동생은 막내 쌍둥이가 태어나고 1년 후에 죽었다. 박정희가 죽은 79년도 그해 여름에 세상을 떴다. 하나님은 뇌성마비 쌍둥이를 내게 주시고, 1년 후에 동생을 데리고 가셨다.

첫째 딸은 명성여고와 경원대 경영학과를, 둘째 딸은 대원여상을 나왔다. 셋째 딸은 태어날 때부터 장애를 안고 태어났다. 그 아이도 인큐베이터에 일주일을 입원해 있었다. 그때는 사업도 망하고 돈이 너무 없을 때였다. 셋째 딸은 특수학교 주몽학교를 나왔다. 셋째를 낳고 호흡이 안 좋아 인큐베이터에 있을 때 나는 의사한테 이렇게 말했다. "사정이 좋지 않아 돈을 한없이 들일 수도 없고 그냥 퇴원시킬게요."라고 청하니 의사는 "지금 퇴원하면 호흡 장애가 와서 죽을지도 몰라요."라고 말한다. 하지만 병원비를 도저히 감당할 수 없어 우리는 의사한테 퇴원 의사를 밝히고 어머니가 아이를 집으로 데리고 왔다. 어머니에게 아기 상태를 살펴서 전화해 달라고 약속했는데 저녁까지도 전화가 안 왔다. 저녁에 집에 들어가 보니 아이가 새근새근 잘 자고 있었다. 기적적으로 살아난 그 아이가 셋째 은선이다. 그 아이는 척추 꼬리뼈가 볼록 튀어나와 있어서 바른 자세로 눕지를 못한다. 앉는 것뿐만 아니라 걷는 것도 힘들다. 지적 장애도 있다. 중복장애가 있는 것이다. 지금 그 남편은 요양원에서 복지사로 활동하고 있다.

아이들은 72년, 74년, 76년, 78년에 태어났다. 2년마다 아이들이 태어났다. 이 아이 중에 첫째 딸이 먼저 갔다. 아이 중에 그나마 첫째가 정상인 아이였다. 아르바이트로 학비도 벌고 열심히 살았던 아이였다. 제과점 아르바이트, 치과 보조 등 안 해 본 일이 없었다. 몸도 건강하고 똑똑한 아이였다. 대우계통의 선익스프레스라는 회사에 들어가 성실하게 일했다. 첫째 딸 혜원이는 예수도 잘 믿었고 "엄마, 아빠가 나이 들면 제가 책임질게요."라고 말한 참 믿음직한 아이였다. 보험도 착실하게 들어 놓고, 공인중개사 자격증도 땄다. 모든 걸 자기가 알아서 다 해냈던 참 성실하고 열심히 사는 아이였다. 혜원이가 회사에 출근할 때는 우리가 성남 산성동에 살았다. 대우의 출근 버스를 타려면 새벽 6시 반에 성남 시청 앞에서 타야 해서 거의 아침밥을 못 먹고 갔다. 그러다 보니 몸이 안 좋아졌다. 피부병도 걸렸고 나중에 토하기도 했다. 큰 병원에 가서 진찰을 받아 보니 위암이었다. 아산병원에서 위암 3기를 선고받았다. 젊어서 그런지 암세포도 더 빨리 전이된 것 같았다.

둘째 딸 은경이는 가슴 아픈 가족 질환의 내력을 이어받았다. 엄마의 유전자를 받아 근이양증을 앓았다. 은경이는 처음부터 약했다. 고등학교 체력장 하는데 종암여중 운동장에서 쓰러질 정도였다. 대원여상 다닐 때도 심장이 약했다. 선생님이 숙제 검사한다고 겁주고 회초리를 들면 우리 애는 그냥 쓰러졌다. 그래서 선생들이 119로 한양대학교 병원 응급실에 데리고 갔다. 나중에 이모들이 근이양증에 걸린 걸 알고 알아보니 같은 병 진단을 받았다. 2021년 현재 48세가 되었다. 지금은 악화되지 않게 치료만 하고 있다. 근본적인 치료는 안 된다. 다행인 건 남편이 목회자로 옆에서 지켜 주고 있다. 그런데 그 목회자 사위도 청각장애인이다. 중이염이 심해서 어릴 적에 청각이 약해졌다. 아예 안 들리는 건 아니고 웅얼웅얼 들리기는 하는데 대화가 잘 안 된다. 소통이 잘 안 되니 일반 목회에 적응을 못 한다. 그래서 여기 베다니동산 장애인교회에서 목사로 사역하며 복지사로 근무하고 있다. 착실하기는 한데 대화가 잘 안 되니 오해가 많아진다. 일방적으로 자기 얘기만 할 수 없으니 오해가 생긴다. 좀 더 좋은 보청기가 나와서 소통이 잘되면 좋겠다. 셋째는 앞에서 얘기한 것처럼 꼬리뼈가 나와서 앉지도 못하고 걷는 것도 계단만 있으면 붙잡아야 한다. 균형을 못 잡는 것이다. 셋째 딸은 결혼을 했는데 그 남편은 사회복지사로 곤지암에 있는 요양원에서 열심히 일하고 있다.

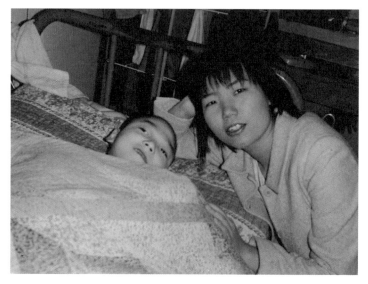

• 큰아들 문철이와 큰누나

10. 안타까운 통한의 후회

신이 아닌 인간은 수많은 시행착오를 되풀이하면서 한평생을 살아가고 있다. 어느 누가 후회 없는 인생을 살 수 있으랴마는 나도 최근에 들어와서 마음 가운데 통한의 후회를 느끼고 있다. 그러나 지금엔 후회해 본들 그 잘못을 조금도 누그러뜨릴 수가 없어서 더욱 안타까울 뿐이다. 왜냐하면, 지금은 하늘나라에 있을 큰딸 혜원이의 생전의 일이기 때문이다.

요즘 서재를 정리하다가 일기장 하나를 발견하고 그 내용을 읽고 나선 그때 당시에 내가 미처 깨닫지 못하고 그냥 지나치고 무심했던 일들이 사랑하는 딸을 더 힘들게 했고 더욱 불안하게 한 것 같아서 내 미련했던 마음이 자책이 되었다. 나의 엄격했던 성격이 사랑하는 딸의 마음을 이해하지도 못하고 위로의 말 한마디도 못 했으니 나의 어리석음과 미련함이 더욱더 미워질 뿐이다. 가족이라는 무거운 부담을 가득 안은 채 결혼에 대한 고민과 그 갈등이 얼마나 컸을까? 그것도 모르고 나는 고민하고 있는 딸에게 왜 더 무거운 부담을 지우게 했나? 후회막급이다. 너의 고민도, 마음의 갈등도 조금도 헤아리지 못했구나! 내가 그때 딸과 소통하고 그 마음을 알았다면 "혜원아, 네가 좋아하는 여행도 실컷 다녀 보고 또 네 마음에 드는 사람이라면, 가족들 생각 말고 연애도 해 보고 결혼도 해보렴."하고 사랑스럽게 말해 주었다면 네가 떠난 지 16년 만에 이 미련하고 못난 아빠가 땅을 치고 통곡하진 않을 것을. 혜원아! 정말로 미안하다, 네 마음 알지 못한 내가 정말로 미련했다.

지금 그나마 내가 할 수 있는 일은 남아 있는 자녀들의 마음을 좀 더 헤아려 주려는 노력과 나의 성격을 180도로 완전히 바꾸어서 내가 사는 날 동안 누구나 편안히 다가올 수 있게 마음의 문을 활짝 열고 싶다. 천국에 있는 혜원이도 내가 주님께로 가는 날 기쁘게 만나 "사랑하는 딸아, 사랑한다. 딸아! 정말 미안하다."라고 말하면서 따뜻하게 안아 주련다.

아버지, 주님!

하나님 아버지, 이번 11월은 첫날부터 마지막 날까지 내내 육신이 약합니다. 계속 병원을 들락날락했고 약을 계속 먹었어요. 육신이 약하고 아파서 우울하고 짜증이 나기도 했고 화가 나고 눈물을 흘리기도 했어요.

저는 정말 바보고 어리석어요, 아직도 주님 뜻을 온전히 깨닫지 못하고 있으니까요.

아버지, 정말 어렵고 힘이 드네요. 이렇게 약하고 무능한 제 모습을 주님께서 긍휼히 여겨 주시고 주님의 은혜를 내려 주세요. 눈물과 간절한 마음으로 주께 은혜를 얻고자 주의 축복을 받고자 주님께 간구합니다. 기도를 들으시고 응답해 주세요, 주님.

내일도 피부과에 가서 치료를 받을 거예요. 주님! 주일에는 깨끗하고 아름다운 모습으로 주님 앞에 나아가 예배드릴 수 있도록 상처가 아물게 해 주세요. 주님! 주의 말씀과 계명을 지켜 행하면 주께서 질병을 내리지 않고 치료하심을 믿습니다.

마음을 다해 주님을 사랑하도록 노력하게 해 주세요. 모든 순간에 주님의 은혜가 절실히 필요합니다.

사랑해요, 주님!

_ 신혜원 기도문, 1997. 11. 28.

설날 연휴도 눈 깜짝할 새 끝나 버리고 이제는 쉴 날도 까마득하다.

연휴 동안 가족사진을 촬영했고 성남의 양로원과 재활원을 잠깐 들렀다. 외삼촌 가족들도 그곳에서 만났다 헤어졌다. 건호 오빠와 결혼할 여자도 왔었는데 착하고 소박해 보였다. 그 앞에서 주눅 들고 초라해지는 내 모습을 봤다. 동생들 때문일까? 당당해야지. 여유 있어 보여야지 하면서도 허둥대고 고개 숙이는 나를 보게 된 것이다.

내가 결혼을 하게 되면 상대편 집안에 거리낌 없이 내 동생들을 소개하고 인정받을 수 있을지 자신이 없다. 친구들조차 우리 집 형편을 아는 친구는 미애와 교회 친구들이 전부다. 아무에게도 말하지 못했다. 애인을 만드는 것도, 결혼하는 것도... 어쩌면 이런 이유 때문에 적극적으로 행동하지 못하는 것인지도 모르겠다.

건호 오빠는 이달 25일에 결혼식을 올린다. 가야 할지 아니면 그만둬야 할지 아직 맘을 정하지 못했다. 구경하고 싶기도 하지만, 옷도 없고 가서 어색한 분위기에 휩싸이는 것도 싫다. 진호를 자세히 관찰해 가며 보고 싶다. 문철이에게 말을 거는 것을 봐선 마음이 따뜻한 사람인 것 같다. 친구처럼 지내고 싶다.

_ 일기장 발췌, 1997. 2. 10. (월)

오전 내내 예배드리고 집에 와서 낮잠 자고 라디오 듣고 하면서 하루를 그런대로 느슨하게 보냈다. 오늘은 상상의 세계로 떠나는 거다.

꼭 결혼이 아니더라도 같이 살고 싶은 남자랑 일 년 동안 산다면 어떨까? 부담스럽지도 않고 열정적으로 사니까 지루하지도 않겠지. 물론 이런 생활은 젊고 싱싱할 때밖에 영유할 수 없겠지만 이건 어디까지나 젊은 날을 위해 하는 '상상'이다. 현실적, 도덕적, 계산적인 생각은 상상에선 쏙 빼야 한다.

아침에 함께 일어나서 샌드위치와 딸기 주스를 마시고 각자 출근 준비하고 굿바이 키스로 헤어진다. 저녁엔 찌개 끓여서 맛있게 밥 먹고 서로서로 얘기하다 자고 주말에는 푹 자고 일어나서 거실에서 그이는 소파에 누워서 나는 바닥에 앉아 소파에 기대어 Ice Cream을 먹으며 음악을 듣거나 Video를 보고 TV도 보고 여유롭게 지낸다.

난 주말엔 그이의 머리를 내 손으로 감겨 주고 싶다. 간단하게 냉면을 시원하게 먹고 저녁에는 친구 부부를 초청해 칵테일 파티를 하는 거다.

휴일엔 도시락 예쁘게 싸서 그이랑 공원으로 소풍을 떠난다. 흰색 티셔츠, 반바지, 단화 신고, 머리에 선글라스 끼고 초록의 잔디에 자리를 깔고 풀 냄새 맡으며 햇빛도 쐬고, 살짝 낮잠도 청하는 편안한 Picnic. 그이를 위해 요리를 하고 챙겨 주면서 정말 꿈처럼 말이다.

달콤한 상상임이 틀림없다. 현실적인 이야기는 말 안 해도 뻔하니까 쓰지 않겠다. 이런 결혼 생활이라면 그럼 물론 결혼하겠지. 하지만 이 얘기는 신혼의 잠시, 길어야 1~2년의 얘기겠지. 그다음이 현실적인 어려움으로 꿈이 쪼개진다면 얼마나 허무하고 배신감에 젖을까?

결혼도 안 하고 벌써부터 무슨 걱정이냐고 할지도 모르겠다. 아마 궁극적으로 내가 결혼하고 싶다는 마음이 생겼나 보다. 앞서 쓴 모든 것을 자발적으로 해 주고 싶은 남자가 나타나면 기꺼이 결혼하겠다. 나타나기만 두 손 놓고 기다리지만은 말아야겠다.

고난 속에서도 행복한 목사

이제는 더 적극적으로 내가 나서야겠다. 계속 때가 이르기만 기다리다가는 이번 해도 그냥 지날 것이다. 기회가 오도록 기회를 만들자. 항상 눈 크게 뜨고 준비해서 '아차!' 하고 기회를 날리지 말자. 오늘부터 기도도 꼬박 꼬박하고 단정하게 외모도 신경 쓰고 매사에 성실하고 우아하게 그리고 활동적으로 살자.

당면 목표는 애인 만들기지만 멀리 보면 내 생활이 새롭게 변화할 것이다. 자신감과 당당함을 가지자!

- 중략 -

_ 일기장 발췌, 1997. 5. 11. (일)

• 엄마 아빠와 함께 찍은 혜원이 졸업사진

3장

한얼산 잣나무밭, 이천석 목사님의
설교가 내 인생의 터닝포인트였고
그 자리가 하나님이 내게
손을 내민 자리였다.
나는 죽음밖에는 생각할 수 없었던
그 고난들을 짊어지고
하나님이 내게 보낸
그 빛을 향해 걸어갔다.
신학교, 개척교회, 장애인 시설...
그렇게 나는 하나님의 일꾼이 되어
조금 늦지만 뚜벅뚜벅 걸어갔다.

빛을 따라서

1. 목사님, 나 같은 사람도 하늘나라 가나요?

1978년 쌍둥이가 태어날 때 나는 이 아이들이 뇌성마비인지는 전혀 몰랐다. 오로지 우리의 유일한 소망인 아들이 태어나면 나의 삶의 새로운 지평이 열리기를 기대했지만 꿈에도 생각지 못한 일이 일어났다. 대학 시절에 세브란스병원 재활원 마당에서 휠체어를 타고 다니는 장애인을 보면 다른 세계 사람처럼 낯설었는데 내 자녀가 장애인으로 그것도 3명이나 태어나 막막하던 앞길에 겹겹으로 철조망이 둘러 쳐진 듯했다.

쌍둥이는 돌이 되었는데도 많이 울었고 걸음을 걷기는커녕 바로 서지를 못 하고 양다리가 꼬여 뒤꿈치가 바닥에 닿지를 않았다. 온전히 제대로 서지 못하고 마치 무용하는 애들처럼 발뒤꿈치를 세우다 보니 설 수도 없고 걸을 수도 없었다. 애들 뼈가 어떻게 잘못되었는지 병원에 가서 진찰을 받아 보라고 해서 경희대병원에 가서 X-Ray를 찍었다. 의사들은 벌써 알고 있는 것 같았다. 의사들 말로는 X-Ray를 찍어 보니 뼈에는 이상이 없지만 뇌성마비라고 진단했다. 가뜩이나 힘든 시절인데 청천벽력 같은 소리였다. 어디 가서도 현대의학으로는 고칠 수 없다고 했다.

80년대는 우리나라에 성령부흥운동이 불같이 일어나던 시기였다. 순복음 교회도 여의도에 짓고, 빌리 그레이엄 목사님을 위시해서 영적으로 충만한 목사님들의 부흥회가 많이 있었던 때다. 한번 부흥회를 하면 사람들이 엄청 모였다. 전국적으로 열기가 대단했다. 60년대부터 시작된 성령운동은 80년대 들어서 정점을 찍었다. 그 당시는 기도원이고 교회고 사람들로 꽉꽉 찼다. 병자들이 치료되는 기적도 일어났다. 기독교 신자가 폭발적으로 증가하던 시기였다. 사실 우리나라 기독교 신자는 한국

전쟁 때까지는 보잘것없었다. 이승만이 기독교 신자였는데도 그랬다. 북한에서 내려온 교회들도 많았다. 새문안교회, 영락교회, 광림교회, 충현교회 등은 꾸준히 활동하고 있었다. 당시 현신애 권사가 용산역 앞에 천막을 치고 부흥회를 했었다. 현 권사는 대구에 사셨던 분인데 돌아가셨다. 그분이 하는 선교교회에 쌍둥이 둘을 둘러업고 어머니는 아내와 함께 기도 받으러 다녔다. 내가 절망의 끝에 있을 때였다.

• 이천석 목사님과 제직들

들불처럼 번져 간 우리나라의 성령운동은 세계 역사에 없는 부흥을 이루었다. 그리고 이 부흥운동을 주도한 중요한 인물 중 한 명이 이천석 목사님이다. 이천석 목사는 1967년 5월 성복중앙교회를 개척했고 한얼산기도원 설립자로 유명하다. 한얼산기도원에서 70~80년대 한국 교회의 성령·부흥운동을 이끌었다. 그는 당대 김준곤, 신현균, 김창인, 조용기 목사와 비견될 정도로 대단한 사역 활동을 했다. 이천석 목사는 1986년 9월 여의도 순복음교회에서 열린 연합 집회에서 설교하던 중 과로와 고혈압으로 쓰러져 결국 1989년 8월 17일 60세에 소천했다. 너무 일찍 부름을 받고 하늘나라에 올라가셨다. 내 인생에서 이천석 목사님은 아주 중요한 역할을 하신 분이라 지금도 항상 그 은혜를 잊지 못하고 기도드린다.

우리는 예수님을 온전히 믿지 않고 그냥 "복 주세요, 구원해 주세요."라고만 한다. 하나님을 믿는 것에 대한 본질을 잘 모른다. 사람들은 정성이 부족하다고 하는데 정성이 아니라 믿음이 부족한 것이다. 내가 누군지 알고 내 죄를 고백하고 용서를 먼저 구하고 하나님께 구원을 청해야 한다. 이걸 모르고 교회를 백날 다녀도 소용이 없다. 그렇게 교회를 다녀서는 구원을 받지 못한다. 우리는 세례 받을 때 "나는 죽을 수밖에 없는 죄인입니다."라고 고백한다. 예수님은 우리의 죄를 대신 짊어지고 십자가에 못 박혀 돌아가셨다. 세례를 받을 때 예수가 내 죄를 구원하는 것을 믿느냐고 물으면 "예, 그렇습니다."라고 대답한다. 하나님은 세상을 창조하신 분이다. 창조하신 분이니 망가뜨릴 수도 있고 고치실 수도 있다. 우리 인간의 인생을 누가 제일 잘 고칠까? 현대자동차는 현대자동차 서비스센터에서 가장 잘 고치듯이 우리 인간은 우리를 만드신 하나님이 가장 잘 고치신다. 하나님은 무에서 유를 만드신 분인데 못 하실 일이 하나도 없다. 그래서 전지전능(全知全能)하신 하나님이라 칭한다. 하나님을 알고 난 후 인간의 노력이 끝이 아니라는 번쩍하는 깨달음을 얻었다. 세상살이에 고민 고민하다 죽을까 생각했던 그 끝에서 하나님을 만난 것이다.

나는 당시 가족들의 생계를 위해 밥벌이를 해야 해서 미아리에 있는 알루미늄 새시 공장에 취직해서 일하고 있었다. 나는 절망의 시기에 아내와 장애 자녀를 둘러업고 현신애 전도사님의 용산역 은사 집회에 참석하게 하여 기도를 받기도 했고 또 김계화 전도사를 소개받아 돈암동 주택에 찾아가서 안수 기도를 받았으며 오로지 하나님의 치료하심에 전심 전력을 기울였다. 김계화 전도사 집에 기도를 받으러 다닐 때 김 전도사는 초기에는 성경을 쓰라고도 했고 기도도 해 주셨다. 또 나를 만나서는 아빠 믿음이 개떡 같다고 판단했는데 나중에 깨닫고 보니 그 말이 맞는 말이었다. 당시엔 예수님도 잘 몰랐고, 예수님의 부활도 믿지 못하고 천국에 대한 확신도 없던 때였다. 그분이 우리 쌍둥이 둘을 기도하는데 뇌성마비여서 전도사님께서 아이 정강이를 붙잡고 기도를 해 줬다. 그런데 한 아이 정강이를 손으로 문지르는데 피부가 벗겨지고 피가 났다. 그런데 다른 한 아이는 피부도 벗겨지지 않고 그냥 맨질맨질했다. 똑같은 쌍둥이인데 한 아들은 불이 들어간다고 하고 또 한 아이는 불이 안 들어간다고 했다. 그 후 정강이에서 피가 난 아이는 초등학교도 목발을 짚고 다니고 전철 타고 고등학교도 졸업했고 기숙사 생활하며 건국대학 사회복지학과를 졸업했으나 기도가 듣지 않던 큰 아이는 20년을 꼼짝을 못하고 침대에만 누워 있어 이 땅에 한 걸음도 떼어 보지 못하고 소망재활원에서 살다가 하늘나라로 올라갔다.

그 당시 이천석 목사님은 미국을 위시하여 아프리카의 남쪽 끝까지 세계 각국을 다니며 부흥회를 인도하셨고 국내 집회도 6·25전쟁에서 잃은 한쪽 다리에 목발을 끼우시고 피땀을 흘리시며 방방곡곡을 누비며 생명을 다 바쳐 복음을 전파하셨다. 이 목사님의 은사는 병 고치는 사역에서 한 걸음 더 나아가 사람의 영혼을 뒤집어 놓아 새사람으로 변화시키는 불같은 은사를 내리시기에 지금도 그 당시에 이 목사님으로부터 은혜받

앉노라고 수많은 성도가 "와장창" 목사라고 간증하고 있다. 성복중앙교회는 1년에 교회 내에서 4번 이상 부흥 집회를 가졌고 또 가평에 있는 교회 부설 한얼산기도원에서도 여름철 부흥회와 겨울철 부흥회를 여는데 당시 마장동 시외버스터미널은 기도원 참여 성도들로 인산인해를 이루기도 했었다. 우리 가족들도 처음엔 주말 기도만 받으러 다니다가 온 식구가 다 교회에 출석하게 되고 집회에도 열심히 참석한 결과, 성령의 불길에 이끌려 은혜를 받기 시작하였다. 그러나 아직도 심령에 갈급함이 커서 한얼산기도원 성회에 참석하여 성령체험을 하고, 방언 은사도 받고, 하나님을 만나고 나니 저절로 탄식하기를 "아, 하나님은 나를 잊지 않으시고 나를 한결같이 사랑하셨구나!"라고 고백했고, '그동안 나는 까맣게 하나님을 잊어버리고 고아같이 방황하고 살았는데…' 하고 나의 어리석음을 깨닫고는 통회자복하며 철저히 회개했다. 그 이후 "이제부터는 어떤 일이 있더라도 절대로 하나님을 잊거나 떠나지를 않겠습니다."라고 마음의 결단을 내렸다.

• 80년대 이천석 목사님 모습

80년대 제2의 성령운동으로 「내게 강 같은 평화」라는 노래가 전국 방방곡곡에 퍼져갈 때 이천석 목사님을 만났다. 이 목사님은 일본에 원자폭탄이 떨어질 때도 있었던 분이다. 비록 다른 도시였지만 말이다. 이천석 목사는 격동의 시대에 역동적인 삶을 살았다. 그는 일본 히로시마에서 중학교를 다녔다. 히로시마에 원자폭탄이 투하되기 하루 전, 도쿄로 심부름을 가서 극적으로 살아났다고 한다. 한국전쟁에 참전해서 압록강까지 진격하여 통일을 눈앞에 두었으나 중공군의 참전으로 후퇴하여 치열한 전투를 치르던 중에 부상을 당하여 한쪽 다리를 조국에 바친 6·25 참전 용사로 상이군인이다. 그분은 전장에서 부상당한 몸으로 5일 동안이나 견뎠고, 결국 한 다리를 절단하고 평생 의족을 낀 채 흐르는 피를 닦아 내며 부흥회를 인도하신 분이다. 목사님은 상이군인으로 상이용사 단체까지 조직했었는데 이후 회심하고 평생 교회와 상처받은 사람들을 위해 사역을 했다. 이천석 목사의 회심은 아내 변지영 여사의 역할이 컸다. 이 목사님은 아내가 부탁해서 1959년 10월 24일 삼각산제일기도원 집회에서 참석했다가 회심했다고 한다. 은혜를 체험한 그에게 병 고침의 은사가 임했다. 성복중앙교회와 한얼산기도원에서는 성령의 수많은 역사가 일어났다. 축구선수 차범근이 다리 수술을 받아야 한다고 담당 의사가 진단했으나 이천석 목사의 기도로 병이 완전히 나았고, 연예인 고은아 씨가 이 목사의 안수 기도로 은혜를 체험한 일 등은 일간지에 보도될 정도였다. 또 현정화 선수와 양영자 선수도 목사님의 기도를 받았다.

이천석 목사는 덩치도 크고 우락부락한 분이다. 상이용사회를 조직하고, 조직원들과 다니며 명동에서 술값을 내놓으라고 행패도 부렸다고 한다. 술 먹고 맨날 건달로 사셨는데 회심 후 사역 활동을 열심히 해 한국교회 부흥의 일등 공신이 되었다. 이성봉 목사님이 한강에서 백사장 집회를 할 때도 상이군인 깡패들과 경찰들이 다 모여들었다. 부하들에게 호각만 불면 깽판 치라고 했다. 근데 거기 가서 그분의 설교를 듣는데 목사님의 귀를 솔깃하게 하는 이야기를 많이 했다. 예를 들면 예수를 믿으면 버스가 변해서 삐꾸(BUICK) 차가 되고, 천한 인간에서 좋은 사람으로 변한다는 설교를 듣고는 마음을 뺏겨서 호각 부는 것도 잊고 집회가 끝났다. 부흥회가 끝난 후에 "나도 그렇게 될 수 있습니까?"라며 질문하니 이성봉 목사님은 '당신은 더 큰 일도 할 수 있다'고 대답해 주었다. 돌이켜 생각해 보니 하나님은 이천석 목사님을 통해 세계복음화에 크게 사용하셨음을 확신한다. 목사님은 그때부터 예수를 믿었다. 이천석 목사는 예수를 믿으면서 은혜를 받으러 삼각산에 들어가 기도를 했다. 그런데 삼각산 산마루에서 집채만 한 불덩어리가 날아와 자기를 꽝 때리더란다. 그래서 3일 동안 온몸이 뜨거워 방구석을 헤맸다고 한다. 자기는 중학교도 중퇴하고 제대로 배우지 못했다면서 그전에도 공부도 안 하고 건달쪽으로 빠져 주먹만 믿고 살았다고 한다. 그런데 예수를 믿고 난 후 성경을 가르치고 선한 길을 인도하는 거룩한 사람이 된 것이다.

하나님의 놀라운 은혜를 받고 탕자처럼 아버지 품에 안긴 나는 다니던 직장도 때려치우고 더욱 열심히 봉사하였다. 더 큰 은혜를 사모하여 교회 전도사님들과 기도꾼들의 인도로 삼각산 흔들바위를 찾아 밤새워 부르짖기도 했고 또, 고등부 강용만 전도사님 밑에서 교사로 3학년생을 인도하여 수련회도 참여하고, 특별기도회도 가져서 성경을 찾아가며 설교를 하기도 하였다. 다음 해에는 청년부를 맡아 청년들을 지도하며 은사 집회에 참여하여 찬송 인도를 하였고 교육전도사 임명도 받았다. 김규정 부목사님의 권면으로 장애인을 섬기는 사역에 헌신하기로 하고 총신대학교 신학대학원에 합격하였다.

• 1988년 성복중앙교회 주보

　하지만 신학교 시절엔 또 막막했다. 신학이라는 학문을 처음 대하는
것이고 성경 내용도 잘 몰라서 헤매다가 2학년이 되고서부터 조금씩 눈
이 틔었다. 교회 안에서는 선배이신 김장천 부목사, 김규정 부목사 또 같
이 총신에 들어간 박세형 목사를 위시해서 윤상철 목사, 김명수 목사, 정
연홍 목사, 이은상 전도사, 김동희 전도사, 신순희 전도사, 김희재 전도사
등 10여 명 이상의 교역자들이 있었으나 두 분 부목사님 외엔 내 나이가
제일 많았다. 처음 전도사 임명받을 때 이천석 목사님은 나와 정연홍 목
사를 옆에 세우고선 여긴 고대, 여긴 연대라고 한껏 뽐내시기도 하였다.
당시 이천석 목사님은 성복중앙교회와 한얼산기도원은 개만 빼놓곤 다
방언을 한다고 공공연하게 자랑을 했다. 교회의 부흥으로 성전이 좁아
종암동 고대 옆에 터를 마련하고 또 부흥회를 연속으로 열기도 하여 교

회 건축이 거의 완성되어 갈 즈음 신설동교회를 부목사에게 물려주고 새 성전 지하에서 예배를 드리기 시작하였고 나도 잠실 주공1단지에 살다가 종암동으로 이사를 하여 교회 가까이에서 살게 되었다.

그동안 나는 신학교를 졸업하고 광진구 동원교회에서 황동노회 목사로 안수를 받고 교구를 맡아 시무하고 있었다. 그러다가 성복중앙교회의 입당 날짜를 정하고 마무리 공사를 진행하던 때였다. 이천석 목사님께서 부흥회 도중 뇌경색이 발병하여 신촌 세브란스병원에서 수술을 받았으나, 경과가 좋지 않아서 혼수상태로 3년을 투병하시다가 하나님의 부르심을 받고 주님 품에 안겼다. 목사님이 병원에 계실 때 교회 안에 갈등이 있어 분쟁으로 몸살을 앓던 중 윤상철 목사님이 먼저 개척해 나갔고, 다음엔 박세형 목사님도 개척하였고, 나는 분쟁 중에 기도하고 광진구 자양3동으로 개척하여 분쟁의 소용돌이에서 빠져나갔다. 그 후 성복중앙교회는 십수 년 동안 몸살을 앓았지만 여러 훌륭한 목사님들의 말씀으로 잘 양육 받고 또, 정성껏 목양하였으며 오래된 성도님들이 하나둘씩 하늘나라로 떠나가시고, 새로 들어온 성도님들이 신앙을 지켜 와서 오늘에는 장안에서 으뜸가는 모범적인 교회로 우뚝 서게 되었다.

2. 사당동 신학교 시절

나는 어린 시절에 하나님을 잘 알지도 못하고 믿음의 뿌리도 없이 호기심으로 교회 구경을 하려 했다. 또 전쟁 후에는 교회에서 나누어 주던 원조품도 받고 즐거워했다. 시간이 지나면서 과연 교회란 곳이 더욱 궁금하였고 점점 자라나면서는 그동안 궁금했던 이성을 교회에 나가서 사귀고 싶은 생각까지 들었다. 국민학교 시절부터 교회 주변만 서성이던 시골 촌놈이 중학교 때 친구의 소개로 난생처음 교회를 나가게 된다. 나는 우리 가족 중 유일하게 교회를 나가는 사람이 된 것이다. 교회에 가서 학생부를 거쳐 청년부에 들어갔다. 주일학교 교사도 하고 성가대원으로 참여도 했다. 그러나 온전한 믿음을 갖지 못하고 친구 따라서 교회를 다녔고 건성으로 주일을 지키는 정도였다.

• 졸업식 날 박세형 목사님과

동대문교회 김보환 선배의 권유로 연세대를 택하고 진학하여 대학 생활이 나의 몸에 익숙해져 갈 즈음 아버지가 갑작스러운 중병을 앓게 되었다. 급기야는 간암으로 돌아가시어 장남인 내 인생의 좌표가 완전히 바뀌게 되었다. 나는 생활전선에 뛰어들었고 당시에 밥벌이하던 장사가 공휴일이 없던 관계로 한 주, 두 주 예배를 빠지기도 했다. 그러다가 마침내는 그게 습관이 되어 20여 년이나 교회를 안 나가는 긴 방학을 하게 된 것이다.

나를 사랑하사 나를 잊지 않고 부르신 하나님을 다시 만나서 이제는 결단코 하나님을 배반하거나 한 걸음도 떠나지 않겠다고 굳게 믿음을 다짐하였는데 김규정 부목사님께서 당신은 사명이 있으니 신학을 공부하라는 말씀을 하셨다. 나는 한사코 사양했다. 나의 지난 삶은 성직을 감당할 수 없는 쓰레기더미 같은 삶이고 죄악으로 엉클어진 몹쓸 인생이니 그저 장로가 되어 교회를 섬기겠다고 거부했다. 그러나 목사님은 당신을 훈련시킨 하나님이 당신을 사용하여 장애인과 장애인의 가족들을 구원시키기를 원하신다는 말에 "아! 나를 그 고통에서 해방시키시고 우리 가정을 지옥에서 천국으로 변화시키신 그 하나님 전하는 일, 암흑 속 터널에서 방황하는 장애인과 그 가족에게 복음 전하는 일 하겠습니다!" 하고 승낙을 했다. 그러나 그 앞길은 캄캄했다.

그간 18년이란 긴 세월은 책을 덮고 살았고 그 옛날에 가졌던 쥐꼬리만 한 성경 지식도 까맣게 잊어버려서 40살이 넘어 다시 공부한다는 일에 감히 엄두를 낼 수가 없었다. 또한, 대학원 입학 등록금을 마련하기도 난감해서 등록금 고지서를 무릎 앞에 펼쳐 놓고서 기도를 했다. "하나님, 등록금이 없네요. 노력은 다해 보겠습니다. 그러나 마련이 안 되면 신학을 하지 말라는 응답으로 믿겠습니다." 그러나 아무리 애써도 등록금은 마련되지 않아서, 등록 마감 날 신학교 서무실에 가서 분납하겠다고 말하였더니 분납은 재학생들만 되니 완납을 하라고 대답한다. 나는 사당동 86번 버스 정거장까지 걸어오며 하늘만 바라보았다. 공중전화에서 아내가 지키고 있던 사진인화점에 전화를 하니 밝은 목소리로 "여보, 해결됐

어요. 남촌댁이 통장하고 도장을 갖고 왔어요."라는 음성을 듣고는 "아! 하나님은 과연 살아 계시는군요." 하며 감격이 차올랐다. 그길로 한걸음에 달려가 등록을 했다. 하나님의 역사는 신비로운 것 같다. 남촌댁이란 여인은 과거 내가 청계천 뒷골목에서 방황할 때 단골로 다니던 술집 주인으로 우리 집 사정을 알고는 우리 집 장애인 자녀들에게 옷도, 고기도 사 준 분이다. 술집을 그만둘 때는 나에게 그 술집을 인계해 주고 장사하는 법도 가르쳐 주던 누이 같던 여인이었다. 지금은 소식이 끊겼으나 소문에는 순복음교회에 나가서 예수를 믿는다고 들었다.

하나님은 참으로 오묘하시다. 술집 하던 과부의 돈으로 신학교 첫 등록을 해 주시는 분이 하나님이시다. 나는 그분의 도움으로 신학대학원 A반에 등록은 하였으나 신학대학원 커리큘럼을 듣지도 보지도 못한 채로 대학원 공부를 해야 하니 도통 감이 잡히질 않았다. 그래서 저절로 끼리끼리 모이다 보니 우리 동아리는 정상적인 학부과정을 거친 젊은 학생이 아닌 세상을 한 번씩 살다가 돌아서온 30대 후반에서 40대에 걸치는 중늙은이들이 모였다. 반 평균 나이보다 10년 이상 차이가 나는, 비록 신학 지식은 짧지만 인생 경험이 풍부한 중년 신사들만 모이게 된 것이다. 총신대 우리 동기들은 당시에도 꽤 많아서 사당동에 Mdiv(Master of Divinity, 목회학 석사)의 두 개 반과 양지의 연구원 반 또 연수원 반까지 합하면 6~700명 정도는 족히 될 듯하다. 78회 동기 목사님들이 너무 많아서 자기 반 학생이 아니면 얼굴도 잘 모른다. 더구나 우리 반은 사당동에서 입학하고 사당동에서 졸업하였으나 연구원생과 연수원 반은 용인의 양지에서 입학하고 양지에서 졸업하였다. 그래서 얼굴을 한 번도 대할 기회가 없어 이름도 성도 잘 모르는 동창생도 있다.

• 은목회원 부부

　사당동 우리 A반 친구 중 서로 기도해 주며 가까이 교통하던 친구들은 신실하고 배려심도 깊고 또 늦게라도 부름을 받았기에 사명감도 확고했다. 그중 우리 은목회 안에 제일 연장자였던 이복희 전도사님은 건강이 좋지 않아서 세광교회를 사역하며 암으로 투병하시다 일찍이 소천하셨다. 홍성강 목사님도 망우리 고개 아래서 교회를 개척하고 교회를 부흥시켜 가던 중 사모님이 먼저 후두암으로 하나님의 부름을 받고 가셨고 수년 후에 홍성강 목사님도 지병인 혈압으로 하나님 나라로 가셨다. 또 채영간 목사님은 주변의 모든 사람에게 존경을 받고 시무하던 금곡교회도 새 성전을 건축하고 일취월장 부흥하다가 지병이신 당뇨가 중해져 시력도 약해지고 몸 전체가 쇠약해져서 하나님의 품에 안기셨다.

　채영간 목사님은 삶 전체가 예수님 사랑으로 넘쳐난 분이셨다. 내가 신학교 다닐 때부터 내 집은 종암동이고 채 목사님 집은 제기동으로 거리도 가깝고 성품도 훌륭해 친밀히 교제를 나누며 나의 멘토로 생각하고 닮아 가고자 노력을 기울였다. 우리 집 장애 자녀들을 위해서 기도도 많이 해 주셨고 나에게 부족한 모든 것들을 나누어 주셨다. 옷도 신발도 코트도 나눠 받아 사용했고 우리 장애인 시설을 내가 시작할 때부터 소천하실 때까지 한결같이 후원해 주셨다. 그분은 온유하고 마음이 넓어서 타 교단 목사님들까지 존경을 마지않았다. 채 목사님이 소천할 때는 내가 제주 기적의교회(감리교감독) 정성학 목사님께 연락하였는데 당시 휴가철 비행기 좌석이 없는데도 급히 티켓을 구해 조문을 오셨고 또, 채 목사님 장례식에도 하나님이 역사하심을 나타내셨다. 채 목사님은 지금 동작동 국립묘지 장군묘역에 안치되셨다. 부친이신 주월사령관 채명신 장군께서 하나님께 충성하다가 먼저 간 아들 채영간 목사님을 국립묘지 자기의 장군묘역으로 인도하고는 자신은 사병묘역에 묻어 달라고 부탁하셨기 때문이다. 곧 신실하신 아버지의 신앙이 사랑으로 꽃피운 아들의 장례를 더욱 빛나게 해 줬다.

• 신학대학원 시절 (오른쪽 두 번째가 채영간 목사)

정종호 목사님과 김인규 목사님은 요즘 연락이 끊겨 소식을 잘 모르고 지금 현재는 김일규 목사님, 고석건 목사님, 신교균 목사님, 나 이렇게 네 가정이 다들 은퇴하고서 여행도 다니고 교제도 나누며 소일하곤 한다. 최근에는 코로나19로 인하여 매년 정기적인 가족 여행도 가지 못하고 보고 싶은 얼굴도 마주하지 못하며 맛있는 음식도 못 나누고 살아가는 중이다.

• 1986년 목사안수

3. 생각을 바꾸면…

미국의 유명한 암 치료 박사인 원종수 박사는 감리교 권사이다. 그분이 미국에서 암 치료를 하면서 환자들에게 예수님을 심어 주었다. 우리가 암을 고치면 5년, 10년 더 살 건데 예수님을 믿으면 영생을 얻고 천국에 갈 수 있다고 말한다. 그렇게 사람들에게 예수님을 믿으라고 했는데 수많은 사람이 그분의 말씀을 듣고 암으로 죽어 가면서도 나는 행복하다고 말했다고 한다. 죽으면서 행복하다고 말하는 것은 천국을 소개받고 천국 백성이 되었다는 얘기다. 원 박사님은 몸의 치료를 넘어 마음과 영혼의 치료까지 해 주신 것이다. 몸은 어차피 다 죽는 것이다. 안 죽는 사람은 아무도 없다. 아브라함도 죽었고, 이삭도 다 죽었다. 969해를 살았던 무드셀라도 죽었다. 이 땅 위에서 영원히 산다는 건 오히려 지옥이고 저주다. 지금 사람들은 기껏해야 100세, 많이 살아 봤자 120세인데 100세를 건강하고 행복하게 사는 사람은 별로 없다. 다 온갖 병이 들고, 쇠약해지고, 치매 등으로 고생하다 죽는다. 그러니 오래 사는 게 다 축복은 아니다. 오랜 중병에 매여 고통당하는 사람은 사는 게 오히려 지옥인 것이다.

식물인간이 되어 20년을 산 내 친구 주정삼 씨가 있었다. 이 친구는 얼마나 빨리 죽고 싶었겠는가. 이 친구는 철원경찰서 정보과장으로 군인들과 가을철 군 연합작전을 펴다가 과로로 쓰러져 식물인간이 되었다. 이 집은 일제 시대부터 평양에서 예수를 믿던 집이었다. 그 친구는 일찍이 예수를 잘 믿던 가정인데 다른 식구들은 다 믿는데 이 친구만 안 믿었다. 엄마, 아빠, 형 다 권사인데 이 친구만 안 믿었다. 나하고 친한 중학교 때부터 친구였는데 교회는 안 나왔다. 그런데 쓰러지고 나서 권면을 했다. 경찰병원에 있을 때 내가 가서 예배를 드렸는데 대답도 못 하고서 20

년간 힘들게 살다가 하늘로 올라갔다. 구원을 받아서 천국으로 갔는지는 알 수 없다. 그런데 더 기가 막힌 건 자기가 식물인간이 된 그 날짜로부터 딱 20년을 채우고 갔다. 이게 하나님의 비밀이다. 나훈아가 테스 형을 부르지만 소크라테스도 사람 아닌가. 하나님과 비교할 수 없다. 하늘에서 볼 때 인간은 개미와 같다. 비교가 안 되는 것이다. 우리야 처절하지만 생로병사는 다 겪는 것이라 하나님이 주신 생명을 어떻게 유익하게 쓰느냐가 중요하다. 하나님이 우리를 이 땅에 보낸 건 하나님의 사명이 있어서 보낸 것이다.

나훈아는 세월에 끌려가지 말라고 노래하지만 이건 노래로 호기를 부리는 것이다. 찬송가 503장을 보면 이 풍랑으로 인하여 더 빨리 간다고 한다. 풍랑을 이용해서 더 빨리 앞으로 가는 사람이 있다. 세월은 흘러가는데 이 세월을 유용하고 보람 있고 사명감을 가지고 살아야 한다. 인간은 뇌성마비든 장애인이든 고쳐서 정상으로 돌아오게 할 수가 없다. 그런데 80년대 성령부흥운동이 일어나면서 앉은뱅이가 일어났다. 여의도 광장에 100만 명의 사람이 모였다. 병 고치는 사람도 있었고, 뒤집어 놓는 사람도 있었고 귀신 쫓는 사람도 있었다. 그때 이천석 목사님을 만났다. 그분이 나를 뒤집어 놓았다. 머리부터 발끝까지 생각을 다 뒤집어 놓았다. 그 양반은 함경도에서 소를 팔아 서울에 내려온 사람이다. 일본에가서 공부도 했는데 원자폭탄이 떨어지기 전에 한국에 돌아왔다. 경비대 군인을 했고, 6·25 때는 헌병을 했다. 백선엽 장군의 백마고지 전투에서 상사로 전투를 치르다가 부상을 입어 다리 하나가 날아갔다. 이천석 목사님도 죽으려고 생각했다. 목사님은 거구인데 자유당 때에는 정치 깡패 이정재한테 돈도 뜯었다고 한다.

• 이천석 목사님 추도 예배

나는 처음에는 우리 쌍둥이들 기도를 받으러 갔다. 근데 목사님이 너무 바빴다. 부흥을 위해 여기저기 불려 다녔다. 미국에서도 오라고 했다. 새 신자 만나고, 병자들 만나고, 환자, 귀신들린 사람들을 만났다. 축구선수 차범근도 이천석 목사님에게 와서 기도를 받고 예수를 믿었다. 차범근 선수가 외국에 가서 무릎 대수술을 받아야 한다고 의사가 진단했는데 그 부인이 목사님에게 데리고 왔다. 차범근 선수에게 손을 얹고 기도를 하는데 막 데굴데굴 굴렀다고 한다. 목사님이 안수하고 나서 수술을 안 받았다. 만약 수술을 받았으면 축구 인생이 끝났을 것이다. 차범근은 그 이후 독일로 가서 펄펄 날았다. 그 이후 국가대표 선수들이 많이 찾아왔다. 그 정도로 능력이 있는 분이었다. 쌍둥이 문철이, 인철이가 밤에 발작할 때 목사님에게 전화를 걸면 전화로 기도를 해 주셨다. 나는 당시에 한 손은 전화기에 또 한 손은 아픈 아이의 가슴에 얹고 믿음으로 기도를 받았다. 하나님을 믿으면 하나님은 해결해 주신다. 믿음으로 기도하면 하나님은 응답해 주신다. 성경은 믿음으로 기도하면 산이 들려 바다가 될 수도 있다고 말씀한다. 그러나 하나님이 특별히 신유의 은사를 주어서 강력히 사용하시는 경우가 많이 있다. 특별히 외지에 가서 복음을 전하는 선교사들에겐 하나님이 살아 계신 증거를 확실하게 보여 주어 이방인들을 구원하게 하신다. 우리가 하나님을 알고 믿음으로 기도할 때 세상이 달라진다. 내게도 우리 쌍둥이들과 나의 환경은 여전했으나 나의 마음은 기쁨으로 넘쳐 났다.

• 이천석 목사님 추도 예배 초대장

4. 하나님은 시시때때로 우리의 필요를 채워 주신다

내가 겪어 보니 하나님은 나에게 힘이 많이 남아 있을 때는 별로 일을 안 하신다. 기도도 안 하고 자기가 알아서 다 하니 하나님이 일할 게 별로 없다. 그래서 가난한 자에게 복이 있다고 말한다. 곧 약하고 부족한 자에게 복이 있는 것이다. 하나님이 우리에게 주는 게 무엇이냐 하면 부자되고 많이 가지라는 것이 아니라, 부족하지 않은 게 축복인 것이다. 모든 것, 모든 하는 일에 부족함이 없는 것이 축복이다. 성경에도 "여호와는 나의 목자시니 내게 부족함이 없으리로다."라는 구절이 있지 않은가. 목자가 하나님이신데 인간의 욕심대로 요구하는 많은 것을 미리 주시지는 않는다. 내가 기도한다고 그때그때 딱딱 주시지는 않는다. 우리가 원하는 때가 아니라 하나님이 원하는 때에 주신다. 내가 제일로 즐겨 부르는 찬송가(합) 410장은 나의 진솔한 신앙 고백이다.

"내가 믿고 또 의지함은 내 모든 형편 잘 아는 주님, 늘 돌보아 주실 것을 나는 확실히 아네."

나는 새벽에 잠자리에서 일어나 기도를 한다. 하나님이 어떻게 하실지를 기대하고 있고, 알아서 잘해 주실 거라고 기도를 한다. 경기 광주의 베다니동산도 하나님이 해 주신 일이고 건물 지을 때도 하나님이 다 하신 일이다. 내가 용기가 없어서 주저할 때도 나를 이끌어 신학교에 가게 하셨고 장애인 사역을 하게 하신 것도 하나님이시다. 나는 "장애인을 위해 일하라."는 하나님의 음성을 듣고 "그러면 하겠습니다."라고 답을 했다. 사실 시장 바닥에서 장사하며 사람들을 속이고 살아온 과거 때문에 목회 일은 절대로 못 한다고 했는데 굳이 나를 장애인을 위해 쓰셨다. 내가 3명이나 되는 장애인 자식을 데리고 죽으려고도 해 보고 버리려고도 해 본 사람인데 그 절망의 끝에서 하나님은 그 아이들을 통해서 장애를 뛰어넘어서 천국을 보여 주셨다. 나라면 얼마든지 장애인들의 고통을 덜어 줄 예수를 전할 수 있다고 생각하신 것이다. 나는 그런 체험을 했다.

내가 주로 약하고 부족한 개척교회에서 목양했는데 그때마다 하나님이 나타나셨다. 필요를 채워 주시는 하나님의 모습으로 나타나셨다. 그러면서 크고 비밀한 일을 너에게 보여 주리라고 하신다. 예레미야가 이스라엘 말기 때 시위대 뜰에 갇혔을 때 하나님이 임하셔서 일을 행하셨다. 하나님은 일을 행하시는 하나님이다. 감옥에 갇힌 사람은 아무것도 할 수 없다. 하나님은 일을 지어서 성취하시는 분이다. 계획도 하시고 과정도 다 주관하시고 완성까지 성취하신다. 그 하나님이 나타나서 "너는 내게 부르짖어라. 내가 응답하겠다."라고 말씀하신다. 내가 할 수 있는 건 부르짖는 것밖에는 없었다. 이때의 하나님은 전능하신 하나님, 성취하시는 하나님이시다.

나는 일을 만들어서 행동하시는 하나님, 사랑의 하나님, 용서의 하나님을 만났다. 예레미야처럼 시위대 뜰에 갇혀서 아무것도 못 하던 나에게 나타나셔서 나를 일으켜 세우셨다. 아주 절박한 상황에서 하나님께 부르짖으니 행동으로 실천하셨다. 너는 부르짖기만 해라. 행하는 것은 하나님이 하실 것이다. 모든 성취 과정, 계획을 다 하나님이 쥐고 계신 것이다. 모든 걸 주관하시는 분이라는 얘기다. 내가 절박했을 때를 생각해 보면 지금 현재의 내 모습은 상상도 할 수 없는 모습이다. 그걸 하나님이 다 이루어 주셨다. 내 부르짖음을 들어주셨다. 나는 꿈도 못 꾼 것을 하나님이 하신 것이다. 그래서 나는 자랑할 게 하나님밖에 없다고 얘기한다. 밭고랑 한번 매 본 적 없는 내가, 벽돌 한 장 쌓아 본 적 없는 내가 지금의 이 베다니동산을 이루었다. 나는 아무것도 할 줄 모른다. 기도하고 하나님 말씀을 따르는 것 말고는 할 줄 아는 게 없다. 나머지는 다 하나님이

해 주신 것이다. 나를 너무나도 잘 아시고 내 형편 사정을 속속들이 다 아시는 하나님만 알 뿐이다.

다만 나의 욕심을 온전히 비우고, 하나님께서 싫어하는 일은 삼가고, 나의 모든 것을 다 맡기면 나의 하나님은 그때그때 딱 맞춰서 넘치지도 않고 부족하지도 않게 채워 주시는 최고의 보호자가 되신다.

5. 나는 하나님을 자랑하고 싶은 사람

내가 총신대학교 신학대학원에 들어간 시기는 연대를 졸업하고 장사를 한참 하다가 또 사업에 실패하고 세상을 방황한 후 40대 초반이다. 42 살에 총신대학원에 들어가 젊은 학생들과 같이 공부를 했다. 꿈에도 생각하지 못한 신학대학원 공부는 엄두도 낼 수 없는 일이었다. 18년 만의 낯선 하나님에 관한 공부는 감히 엄두도 낼 수 없는 일이었고 또 라틴어, 헬라어, 히브리어를 대하고는 신학 공부 포기도 생각했으나 차영배 교수님의 좀 더 참아 보라는 권고에 조금씩 적응하려고 애를 썼다. 어쨌든 그들과 함께 신학교를 다니며 내 삶의 고난에서 주저앉지 않고 하나님의 품으로 조금 더 가까이 갈 수 있었다. 비록 내 이야기가 대단한 것은 아니지만 나는 이 책을 내가 아는 목사님에게도 드리고, 장애인 후원하면서 기도해 주시는 사람들에게도 드리고 우리 장애인 계통에서 일하는 사람들과 나누어서 나와 함께하셨던 자랑스러운 하나님이 그분들에게 조금이라도 용기를 주고 힘을 얻게 하고 싶은 소박한 바람이 있다.

우리는 신앙생활을 하면서 우리가 힘들 때 하나님이 우리 기도를 들어 주지 않는다고 실망할 때도 좀 있다. 하나님은 사실 우리가 평안할 때는 특별히 큰일은 안 하신다. 우리가 매우 절박하고 힘들 때가 곧 하나님이 일하실 때다. 나에게 해결하기 어려운 문제가 생길 때 하나님이 어떻게 해 주실 것이라는 게 믿음이다. 내가 이렇게 나의 이야기를 쓰고 그 글을 책으로 펴내는 것도 다 하나님이 내 뜻을 들어주는 것이라 생각한다. 나이 들면서 언젠가 내가 살아온 길을 돌아보는 책을 썼으면 좋겠다고 생각했는데 그걸 이렇게 이루어 주셨다. 많은 목사님이 은퇴 후 설교집을 내는데 나는 설교집이 아니라 내가 하나님을 만난 이야기를 사람들에게 소개해 주는 책을 꼭 쓰고 싶었다. 이 책을 마무리한 다음에는 기회가 된다면 진리의 말씀을 쉽게 전할 수 있는 설교집도 쓸 수 있으면 좋겠다.

나는 사실 설교는 잘하는 편이 아니다. 한적한 시골 산골짝에서 지적 장애인들과 함께 살다 보니 전도사 때 흔히 읽던 철학책이나 주석 책들은 다 정리하여 젊은 목사님께 나눠 주었고, 지적장애인의 수준에 맞도록 예배의 설교는 짧고 단순하게 요점만 반복해서 강조하는 편이다. 특별히 우리 지적장애인들은 노래하기를 좋아해서 예배 중에 찬송을, 특별히 복음성가를 많이 부른다. 우리 친구들은 오랫동안 집중하지도 못하고 수준 높은 설교에는 하품만 하거나 졸기 일쑤다. 하나님은 찬송으로 영광 받으시길 기뻐하시므로 장애인의 어눌한 찬송도 매우 기뻐하신다. 찬송 가운데 치료의 역사가 나타나고 심령이 변화되는 실례를 종종 느낄 수 있어서 감사드린다. 그리고 메시지는 짧고 간결하게 전하고 중요한 점은 반복 또 반복하여 머릿속에 각인하려 한다. 또 말씀 전할 때는 유언적인 생각으로 핵심을 선포한다. 내가 언제 이 성도들을 다시 만날 수 있을까 생각해 본다. 나의 내일도 미지수이고 또 내 앞의 성도님의 내일도 알 수 없기에 마지막 순간의 유언같이 진지하게 전한다.

  수년 전 하얼빈에 가서 조선족 교회에서 설교를 했는데 그때도 내가 이 성도님들을 다시는 볼 기회가 없을지도 모른다는 마음으로 처음이자 마지막같이 전하고 권면했다. 그냥 생각나는 대로 짧게 하나님 자랑하는 정도로 성경의 말씀대로 나에게 역사한 은혜 받은 말씀을 증거로 설교할 뿐이다. 그런데 사실 그 이야기들은 오히려 더 농축된 이야기라 할 수 있다. 나이 들어 하나님이 언제 부를지 모르는 상황에서 나의 설교는 유언적인 설교 정도일 것이다. 다윗의 유언적인 설교, 여호수아가 모세에게 당부하는 설교들, 그게 핵심 중 핵심이다. 그들의 유언은 자기가 만난 하나님을 이야기하고 평생 동안 하나님이 함께하신 기록들을 증거하며 하나님이 원하시는 방향대로 자녀들이 살기를 원한다. 곧 하나님 말씀대로 살라고 한다. 하나님 말씀이 나를 이끌고 용기를 심어 준 사실적인 삶의 이야기를 한다. 나는 설교를 하라고 하면 조리 있고 철학적으로는 못 하지만 하나님 자랑만큼은 누구보다 많이 할 자신이 있다. 어디든지 가서 내가 만난 하나님, 나를 도우신 하나님이 당신들도 만나 주고, 당신들도 도울 수 있다고 용기를 심어 줄 수 있다. 나는 그게 설교의 핵심이고 그게 예수 말씀이라고 확신한다. 내가 분명하게 체험한 것이니 더 자신 있게 얘기할 수 있다.

  팔십 인생을 살다 보니 겪어 볼 만한 건 다 겪은 것 같다. 그리고 두세 사람만 거치면 전국에 통하지 않는 사람이 거의 없다. 고등학교 친구, 대학교 친구 또 세상에서 알게 된 친구 등 다 통하게 되어 있다. 유명한 사람들, 재벌, 권력가, 학자, 세도가 등 그들 중에 나는 이 세상을 살면서 정말 행복하게 살았다고 얘기하는 사람이 몇 명이나 될까. 대부분 살면서 못 해 본 것들에 대한 아쉬움이 클 것이다. 내 나이 또래들은 그런 경우가 많다. 내가 대학교 1학년 때 크리스마스에 여자들과 파티를 한 기억이 난다. 인근 여고 졸업생들하고 만났는데 그때 내 파트너가 나중에 듣고 보니 잘나가는 유명한 정치인 쪽 인척이었다. 그때는 옆 친구들이 당시 그 파트너를 왜 안 잡았느냐고 서운해했으나 후에 소문을 들으니 그 가문은 큰 환란에 휩쓸려 여러 사람이 죽고 상처를 받았다고 들린다. 지금 보니 그때 서로 안 엮인 것이 오히려 다행이었다는 생각이 든다. 인생 살아 보니 별별 것을 다 본다. 세상 돈 가진 게 전부가 아니라는 것도 알게 되었고 명예도 부귀도 다 부질없다는 것을 깨닫게도 되었다. 대학 시절의 한 친구는 큰 재벌이었는데 재계의 일에 골몰하다가 쉬지도 놀지도 못하다가 암으로 세상을 하직하였다. 최근에 유명을 달리한 세계적인 한 재벌 회장도 그토록 힘써 온 모든 일이 물거품으로 변하고 만 것을 우리는 목격하였다.

먼저 간 우리 재벌 친구가 죽기 전에 하는 말이 산에도 놀러 가고 친구들과 바둑도 두는 건강한 너희들이 정말 부럽다고 하며 자기는 돈은 많지만, 정치판 눈치 보며 부질없이 살았던 것 같다고 독백을 하기도 했다. 괴테도 90년 넘게 살았는데 자기 인생을 돌아보면서 하는 말이 "89년은 헛된 인생이었다. 지금의 내가 중요하다."라고 했다.

나는 무수한 고통 속에서 살았지만, 지금이 제일 행복하다. 돈이 많다고 해서 행복한 것이 아니다. 나에게 주어진 돈을 어떤 방식으로 보람 있게 쓸지를 생각하지, 가진 것보다 더 많은 재물을 얻으려고 하지 않는다. 가지고 있는 것을 어떻게 써야 하나님이 기뻐할지를 더 생각한다. 난 장애인, 그들이 바로 예수라고 생각한다. 여기 베다니동산의 직원들에게도 항상 강조하는 것이 '세상에서 가장 보잘것없는 이 소자들에게 하는 것이 바로 나에게 하는 것'이라는 예수님의 말씀이다(마 25, 양과 염소에 비유). 나는 그렇게 예수님을 믿고 예수님의 사랑을 실천하며 살려고 힘써 왔다. 작은 자에게 함부로 무시하고 천대하는 사람은 지옥으로, 그렇지 않고 약한 자를 사랑으로 감싸고 돌보아 주는 사람은 천국으로 간다. 장애인(소자)에게 대한 태도가 바로 예수님을 대하는 태도이기 때문이다.

나는 앞으로도 장애인을 챙기면서 장애인을 위한 일을 할 것이다. 성경 말씀 누가복음 16장에 한 부자가 등장하는데 그는 성경에 이름이 올라가지도 못하고 무명으로 한 부자라고 기록됐으나 나사로라는 거지는 천국에 이름이 올랐고 예수님이 그 이름을 친히 부르셨다. 그는 천국에서 아브라함의 품에서 참 안식을 누린다. 그러나 대부분의 부자는 이름도 없이 사라졌다. 아무리 돈이 많아도 세상 부자는 천국에 이름이 없으면 천국에 못 들어간다. 문제는 세상 것을 더 갖고 덜 갖고 가 아니라 나의 이름이 천국에 있느냐 없느냐가 더 중요하다. 나는 성경을 보다가 깜짝 놀랄 때가 있다. 내가 성경을 몰랐다면 하마터면 짐승 같을 뻔했다는 것이다. 나도 세상 사람들을 닮아 가고 싶고 부럽다고 생각하지만, 시편 73편의 말씀을 들어 보면 지금 세상 사람들은 자신들의 죄악으로 미끄러운 낭떠러지 위에서 히히덕거리며 아래로 떨어지는 중인데도 그것을 모르고 있다는 것이다. 서로 재밌다고 웃고 떠들지만 잠시 후면 결국 낭떠러지 아래로, 지옥으로 미끄러져 떨어져 죽을 것이다. 세상 사람들이 다 그렇다. 바로 코앞이 지옥이고 그렇게 지옥으로 떨어지고 있는데도 그걸 전혀 모른다. 나는 그걸 깨닫고 심장이 뛰었다. 시편 말씀대로 나는 '하늘에서도 하나님뿐이고, 이 땅에서도 하나님뿐이고 나에게 하나님만이 가장 큰 보배'라는 고백이다. 지옥에 떨어지는 사람은 떨어지면서 알지 못하나 그때 깨달으면 이미 늦은 것이다. 잠언 1장에도 자기가 행한 대로 갚으리라고 말씀하고 있다. 그게 삶의 원칙이고 하나님의 원칙이다.

6. 나를 태운 용광로, 빛을 향한 시발점

나는 사업도 실패했고 가정으로도 딸 셋에 장애 쌍둥이 아들 먹여 살릴 일이 가장 큰 문제였다. 장래가 더 큰 짐 덩어리인 장애 가족 3명이 짓누르고 있어서 바늘구멍만큼의 소망도 보이질 않았다. 그리고 내 몸에도 간디스토마가 있다는 한양대병원의 진단을 접하고는 더더욱 절망에 빠졌다. 내가 이 짐을 해결할 수 있는 길은 무엇일까. 인생에 실패한 내가 이 세상에서는 해결할 수 없는 장애 쌍둥이들과 동반 자살하는 것 이외에는 방법이 없다는 결론을 내렸다. 그리고는 매일 술에 또 술을 찾으며 자살할 기회를 엿보았으나 미처 실행하지 못했다.

그러던 가운데 내 암울한 상황과는 별도로 세상의 기운은 뜨거워져 가고 있었다. 하나님의 은혜로 우리나라에 제2의 부흥의 불길이 타오르기 시작한 것이다. 빌리 그레이엄 목사님의 여의도 집회에 100만이라는 성도님들의 모임을 시작으로 굿델 목사님과 국내적으로도 이성봉 목사님과 조용기 목사님, 이천석 목사님, 신현균 목사님 등 수많은 부흥사가 전국 방방곡곡에서 성령의 불을 활활 타오르게 하여 온 나라가 성령의 도가니로 뜨거워졌다. 시내 골목골목에는 「내게 강 같은 평화」라는 복음성가의 찬양이 울려 퍼졌고 각 기도원은 기도하는 성도들로 인산인해를 이렸다. 평창동 삼각산 골짜기와 솟아오른 바위마다 밤새도록 울부짖고 기도하는 성도들의 기도 소리가 밤잠을 설치게 해서 산 입구마다 철조망을 쳐 놓고 들어가지 못하게도 했으나 모두 다 헛수고였다. 기도원의 산상 집회가 열리는 날에는 인근 버스터미널은 사람들로 가득했다.

　나는 이전에 들은 설교 중에 "세상에서 해답을 찾지 못한 어떠한 문제라도 하나님 앞에서는 결코 문제가 안 된다."라는 설교 말씀이 떠올라서 내 안에 깊이 자리 잡고 계시던 그분, 하나님을 찾기로 결심했다. 그래서 아내와 어머니에게 우리 집 제일의 문제이고 화급한 쌍둥이 둘을 업고는 기도해 주는 은사자를 바로 찾아가 기도를 받게 했다. 처음엔 잠실에 계신 권사님을 찾았고 또 용산역전에서 천막을 치고 집회를 하시던 현신애 권사님의 기도도 받았다. 또 돈암동 연립주택에서 기도해 주던 김계화 전도사의 기도를 받다가 주변 성도님의 권유로 신설동에 있는 성복중앙교회 이천석 목사님을 찾아가서 기도를 받게 되었고 그곳 사역자님의 권면으로 교회에 등록하고 신앙생활을 다시 시작할 수가 있었다.

　당시 70년대 말에는 이전에 동대문시장 시절의 절친인 전병유 선배님의 도움으로 신설동 지하철역 동쪽 입구에 작은 사진인화점을 열고 있을 때였다. 성복중앙교회가 도보로 3분 거리 정도로 가까워서 교회 출석이 너무나 편했다. 교회에 등록하고 예배에 출석하면서 나는 교회의 뜨거운 열기에 휩싸이게 되었고 마침내는 살아 계신 하나님을 대하게 된다. 우리 교회는 이천석 목사님의 은사대로 뜨거운 불덩어리 같은 교회다. 일년에 4번의 큰 은사 집회가 계절마다 열리고 새벽 기도와 주일의 3번의 예배도 매우 뜨거워서 대부흥을 이루며 성복중앙교회는 '개만 빼놓고는 다 방언한다'는 별명을 듣는 교회이기도 하였다. 나는 교회에 나가면서

부터 열심을 다했다. 하나님을 꼭 만나 뵙고는 응답도 기필코 받아야겠다는 마음으로 오로지 하나님만 붙들고 매달렸다. 나중에 깨달은 응답은 나의 바람을 훌쩍 넘어서는 너무나도 크고 훌륭한 결과로, 하나님의 크신 일을 맡는 주의 종 사명이었다. 또, 나의 생각을 변화시켜 주시니 내 앞에 천국이 활짝 펼쳐졌다. 이제껏 나를 억압했던 문제가 오히려 큰 축복으로 변화되었다. 시편 기자가 노래한 바와 같이 "고난당한 것이 내게 유익이다. 이로 인하여 내가 하나님의 율례를 배우게 되었나이다. 주의 입의 법이 내게는 천천의 금은보다 승 하나이다(시 119:71-72)."라는 이 말씀이 바로 나의 고백이 되었고 나의 가치관도 완전히 변하여 "세상의 금은보다 하나님 나라가 최고입니다."로 바뀌었고 세상의 그 어떤 것과도 바꿀 수 없음을 고백한다. 이제껏 나를 죽음으로 끌고 가던 장애의 문제도 이제는 더 큰 은혜의 선물로 변해 버렸다.

• 1992년 성탄 예배 가족창

고난 속에서도 행복한 목사

하나님을 만난 후로부터 나는 제대로 방구석에 누워 잠잘 수가 없었다. 담요를 챙겨 기도실에 가서 철야를 하고 새벽 제단을 쌓기도 하며 일주일에 한 번씩 삼각산 다락방기도원과 흔들바위로, 도봉산으로 거의 매일 은혜 집회나 기도회를 찾아다니며 조금이라도 하나님을 더 알고 하나님의 은혜를 더 받으려고 산으로 들로 뛰어다녔다. 그때가 바로 하나님을 사랑했던, 첫사랑을 불태웠던 때였다.

7. 지렁이 같은 나도 붙들어 주신 사랑

내가 지금의 내가 된 것은 모두 다 하나님의 기적 같은 사랑의 기록이다. 나는 새까맣게 오염된 시궁창 안에서 뒹굴던 쓸모없는 지렁이 같았다. 그런 나를 하나님께서 손을 내밀어 건져 주셨다. 하나님은 나에게 눈길을 들어 하늘을 바라보게 하고 천국 백성으로 삼아 주셨다. 그리고 거룩한 하나님의 나라를 전하고 외치는 사명까지 주셨다. 이것은 지렁이가 용이 되는 것보다 더 귀하고 어려운 일이다. 이런 일을 사람은 할 수 없지만 하나님께서는 얼마든지 가능하며 지금도 나처럼 지렁이 같은, 시궁창을 뒹구는 사람에게 손을 내밀어 기적을 보여 주신다. 성경에 지렁이 같은 야곱을 연단시켜 믿음의 조상으로 하나님이 만들어 놓으셨다.

지렁이 같은 야곱, 그게 바로 나였다. 과거의 나도 그랬고 지금의 세상 사람들도 그렇듯이 짐승처럼, 지렁이처럼 감히 하늘은 보지 못하고 땅바닥만 뒤지며 산다. 서로 속이고 속으며 거짓말을 하고 욕심으로 아귀다툼을 한다. 이들이 바로 지렁이 같은 인생들이고 이기심으로 똘똘 뭉쳐진 짐승들이었다. 성경 말씀처럼 육신의 정욕과 안목의 정욕, 이생의 자랑 속에 살면서 거짓과 온갖 죄악으로 물들었고 쾌락에 찌들었다. 그런 속물 중의 속물은 한 마디로 쓸데없는 쓰레기 인생인 것이다. 하나님은 그런 인생조차 다 사랑하시는 분이다. 바울의 고백과 같이 '나의 나 된 것은 오직 하나님의 은혜'라고 나도 고백한다.

나는 지금은 바다보다 더 넓은 하나님의 은혜로 죽을 뻔한 인생을 구원받아 하나님의 일꾼이 되어 살고 있다. 나는 행복하고 보람 있는 주의 종이 되어서 개척교회 일을 10여 년 하였다. 그리고 가장 힘없고 약한 이들, 장애인들 사역을 했다. 나는 중증 지적장애인들을 20년 넘도록 섬기며 행복하게 잘 지내고 있다. 하나님께 돌아온 뒤에 사명을 맡으라는 목사님의 권유가 있었다. 나는 그 거룩한 성직을 내 양심으로는 절대 할 수 없다고 한사코 거부했다. 그러나 하나님이 먼저 나에게 생사를 걸고 철저하게 훈련시켜 얻은 결론은 장애인의 고통과 아픔을 돌보라는 것이었다. 장애인의 구원과 장애인 가족들을 구원하는 일이 내가 할 일이었다. 나는 이런 확신에 찬 결론을 떠올리고 나서 결국 내 사명은 장애인의 구원이었구나 하는 생각을 했고 바로 그 즉시 "아멘." 하며 하나님이 내게 내리신 사명을 따르기로 결정했다.

장애인의 아픔은 당해 보지 못하면 모른다. 장애인의 아픔은 장애인의 가족이 아니라면 도저히 공감할 수 없다. 나는 장애인의 가족이자 가장으로 살았다. 그 고통이 너무나 심해 같이 죽을 결심까지 한 사람이다. 그런데 내게 보내 준 장애인들이 결국 하나님의 뜻이었음을 알게 되었다. 나에게 신호를 보내신 것이다. 나와 내 가족, 장애인들이 극심한 고통에서 해방될 수 있는 유일한 길은 오직 예수를 믿고 구원받는 일이었다. 나는 그동안 나를 짓누르던 그 무거운 짐들이 예수님을 만나는 순간 멀리 흔적도 없이 날아가는 걸 느꼈다. 나는 그제야 장애인 사역에 감히 참여하겠다고 대답하고 신학교 입학을 흔쾌히 결정한 것이다. 나의 장애인 사역은 나와 내 가족은 물론이고 이 땅의 모든 장애인 가족과 가정에 꼭 필요한 일이었다. 나는 이 일에 참여하는 일이 너무도 당연한 사명이라고 생각하고 신학교에 지원했다.

그렇게 해서 나의 사역으로의 첫걸음이 시작되었다. 신학교 시절을 거쳐 와장창 모임, 자양동 개척교회, 은목 회원들, 전장연 회원들… 그동안의 내 옆을 지켜 준 사람들과 내가 한 활동들이 주마등처럼 스쳐 지나간다. 나에게 새로운 인생을 시작하게 하시는 하나님, 나는 사랑부 사역을 시작하였으나 그 사이에도 정일이의 죽음을 마주해야 했고 하나님의 힘으로 건축의 도움도 받았다. 그 건축물은 신고 시설로 인가받았는데 이 모든 것은 내가 하나님 앞에 약속드린 정직과 순종에 대한 대가였다. 하나님은 늘 누구에게 임무를 맡길 것인가를 보고 계신다. 나는 내 인생의 마지막 사역도 주님을 위한 일에 바칠 것이다. 그게 내 목숨을 살린 하나님께 보답하는 유일한 길이라 생각한다. 지금도 22명의 사랑하는 베다니 가족들의 내일을 생각하며 주님 앞에 기도드린다.

8. 와장창 회원 모임

와장창이란 무슨 얘기일까? 여러분의 예상이 맞다. 큰 오지항아리가 박살 나는 소리다. 우리 이천석 목사님이 외치시던, 성도로 거듭남의 목표가 바로 "와장창, 중창, 주장창, 창!"이다. 옛 죄악에 찌든 삶이 철저하게 완전히 깨지고 부서지고 또 깨져서 다시는 돌이킬 수 없는 가루가 되어야만 비로소 새사람으로 거듭난다는 외침을 표어처럼 부르짖으셨다. 그 말씀처럼 실제로 이 목사님의 불같은 은혜를 받고 거듭난 성도들은 지금도 한결같은 믿음으로 새사람으로 거듭나서 하나님께 충성하며 헌신하고 있다.

• 와장창 회원들 모습

그중에서도 내가 80년대 청년회를 맡아 함께 생활하던 청년들이 열심히 특심(?)했고 불같이 뜨거워서 모두 목사님으로부터 큰 은혜를 받았다. 용광로 불같은 은혜를 받고 옛사람이 박살 났고 새사람으로 거듭난 이들은 30여 년이 지난 오늘날에도 세계 곳곳에 나가서 하나님의 일꾼으로 헌신하고 있다. 와장창 모임 구성원으로는 멀리 미국에 있는 고승경 목사와 김옥구 사모, 나영호 목사와 사모, 백문관 집사와 사모, 한석창 집사 가정, 윤상철 목사와 사모, 최성칠 목사와 사모님 외에도 많은 주의 종들이 헌신하고 있다.

국내에는 유미열 목사님을 위시하여 박세형 목사님, 조성천 목사님, 정연홍 목사님, 전태현 목사님, 권근행 목사님, 정승화 목사님, 최병원 목사님, 강용만 목사님, 김명수 목사님, 박준채 목사님, 조동진 목사님, 박승호 목사님 등 수많은 주의 종들이 세계를 누비며 현재도 사역하고 있다. 또 일찍이 소천하신 신순희 전도사님, 김희재 목사님, 김영진 목사님도 끝까지 죽도록 충성하셨다. 이은상 전도사님은 강화기도원에서 사역하고 김동희 전도사님은 노인 사역을 열심히 하고 있다. 한순전 권사님은 연세병원에서 손정옥 권사와 오영채(선순) 권사님, 이명희 권사님, 김진환 집사님과 박효숙 집사님도 각기 섬기는 교회에서 또 박영철 집사님과 장태준 집사, 한성현 장로님과 박재근 목사와 사모 조병일 집사, 임필선 집사, 정현필 집사, 박은숙 집사님도 교회를 잘 섬기고 있다. 신영목 장로님은 지금도 본 교회 성복중앙교회에서 훌륭하신 길성운 목사님을 보필하며 성복중앙교회의 은혜의 물줄기를 잘 이어가고 있다. 모두 다 와장창 회원들로 한결같이 훌륭한 일꾼으로 충성스럽게 잘 섬기고 있다.

나는 지금도 감사드리며 아쉽게 생각하는 것이 있다. 지난 80년대에 한국 교회에 성령의 대부흥 불길이 없었다면 나는 아마도 세상을 방황하다가 하나님 모르고 천국도 알지 못하고 지옥에서 헤매며 고통을 겪고 있었을 것이다. 하나님의 크신 사랑으로 저를 부르시고 이천석 목사님을 통하여 저를 건져 주시고 하나님의 사람으로 거듭나게 하시고 또 큰 사명까지 주셔서 지금까지 살려서 하나님을 증거하게 하시는 것을 깨닫고 끝까지 충성을 다짐한다.

• 와장창 회원들과 행복한 한 컷

9. 자양동 개척교회

　태초에 하나님이 천지를 창조하시니라(창세기 1:1). 모든 만물의 시작은 하나님께서 하셨다. "옳습니다! 맞습니다!" 그러나 인간은 자신들이 시작하고 만들어 간다고 믿고 있다.

　내가 하나님을 만나고 크신 은혜를 받고서 하나님의 큰일에 조금이나마 헌신하고자 하여 성복중앙교회에서 부목사로 사역하던 중, 생각지 못했던 중대한 사건이 일어났다. 여의도 순복음교회에서 열린 연합집회에서 설교하시던 이천석 담임 목사님이 설교 도중에 뇌출혈이 왔다는 것이다. 급히 연세대 세브란스병원으로 입원하여 진찰한 결과 담당 의사 말로는 이대로는 3~4시간 이상 살 수 없으니 수술할 수밖에 없다고 했다.

　　　　고난 속에서도 행복한 목사

그러나 수술을 해도 후유증이 올 수 있다고 하니 한걸음에 달려온 가족들과 교회 장로님들, 교역자들의 걱정이 컸다. 왜냐하면 목사님은 평소에 자신의 지병인 고혈압을 익히 아셨고 또 주의 종은 하나님의 뜻에 순종하여야 하므로 평소에도 "내가 쓰러지면 절대로 내 몸에 칼을 대지 말라." 하신 말을 온 성도님들이 다 알고 있었기 때문이다. 그래서 누구 하나 "수술합시다." 하거나 "수술은 안 됩니다."하는 의견을 말하지 못했다.

수술 결정은 우선은 변 사모님과 목사님의 자녀와 가족의 뜻에 따르기로 했다. 이 목사님은 수술하기로 결정한 가족들의 뜻대로 수술을 받으셨다. 수술의 결과는 의사의 예측대로였다. 목사님은 86년 6월부터 89년 8월까지 신촌 연세대학병원에서 혼수상태로 고통을 받으시다가 마침내 하나님께 부르심을 받았다.

목사님이 병석에 계시는 동안 교회에는 큰 사탄의 역사가 일어났다. 교역자들이 두 편으로 갈라지고 장로님들도 서로 갈등하면서 큰 분쟁에 휩싸이게 된 것이다. 그동안 뒤편에서 불만이 쌓여 있던 장로님들과 당시 실권을 행사하던 장로님이 서로 갈라져서 분쟁할 때에 노회에서 해결해 보려고 시도했으나 모두 다 욕심이 많아서 실패를 거듭했다. 마침내 한편이 쫓겨 나가면 같은 편에 섰던 사람들끼리 또 싸워서 분쟁이 끊이지 않았다. 백방으로 해결해 보려는 노력도 허사가 되었다. 이 목사님의 선배 되는 조충식 목사님을 모셔 와서도 해결하지 못했다. 총신대학장 정성구 목사님을 설교 목사로 모셨을 때 교회가 조금은 안정을 찾기도 했다. 그러나 결국은 그 앙금이 깨끗이 가시지 않았고 후임으로 나성균 목사님을 거쳐 현재의 길성운 목사님의 부임까지 오랜 세월이 흘렀다. 또 당시의 분쟁에 참여했던 어르신들이 한 분씩 하늘나라로 떠나고 말씀과 사랑으로 잘 양육하시는 길성운 목사님이 담임 목사로 부임하여 성도들을 잘 인도하시고 정성껏 말씀으로 잘 양육하여서 비로소 하나님의 아름다운 교회로 든든히 설 수 있게 되었다.

• 자양동 신성복교회 개척교회 시절

내 생각으로는 그동안 하나님께서 성복중앙교회를 은혜와 진리로 우뚝 선 완전한 교회로 만들기 위해 맹훈련을 하셨던 것 같다. 평소에 이천석 목사님은 자신은 영적 은혜는 충만하나 진리의 말씀이 조금은 부족하다고 하여 특별히 교육 부서를 많이 중요시하였고 또 학벌이 좋은 전도사를 임명할 때는 매우 기뻐도 하셨다. 성경 말씀에 해박한 강용만 목사님이나 조성천 목사님에게는 기대를 많이 하시기도 했다.

나는 교회가 오랫동안 분쟁하고 있을 때 이런 생각을 했다. 이곳에서 잘못 처신하다가는 혹시 분쟁에 휘말릴 수도 있겠다는 생각이 들었다. 그래서 평소에 행동을 더욱 조심했고 또 나의 사명은 장애인을 섬기는 일이므로 나의 거취를 하나님께 직접 물어봐야겠다고 다짐했다. 그래서 시간을 내어서 영락기도원에 올라갔더니 그날 설교 제목이 여호수아 17장 18절 "네가 개척하라, 네가 능히 그를(가나안 사람) 쫓아내리라."라는 응답을 받았다. 나는 그 즉시 기쁘게 내려와 개척을 놓고 기도하기 시작했다.

'그러면 어디서 시작할까? 어디에 주님의 교회를 세워야 기뻐하실까?' 기도하던 중에 현재 사역 중인 교회에서 좀 멀리 떨어진 곳이며, 또 당시에 우리 집 장애인 큰아들 문철이가 있는 성남소망재활원에서 멀지 않은 곳으로 가는 것이 하나님의 뜻이라 믿었다. 종암동 우리 교회에서 성남소망재활원으로 일직선을 그어서 그 중간이 우리 교회의 자리라고 생각하고 지도를 펼쳐 보니 성동구 자양동과 구의동이 눈에 들어왔다. 그 지역을 샅샅이 살피던 중에 자양3동 동자초등학교 앞의 상가건물 지하실을 발견하고 계약은 하였으나 그 지하 건물은 물이 정강이까지 차 있었고 오랫동안 비어 있어서 수리할 곳이 너무나도 많았다. 그러나 하나님이 허락하셨기에 성복중앙교회의 신실한 일꾼들인 이종수 집사(장로)님과 전태현 집사(목사)님, 신철희 집사(장로)님을 불러서 팔을 걷어붙이고 장화를 신고서 그 지하실 바닥의 물을 다 퍼내고, 쓸고, 닦고, 말끔히 손을 보았다. 그렇게 하여 88년 6월 18일 오전 11시에 황동노회 목사님들을 모시고 성복중앙교회 성도님들을 초대해서 '신성복교회'로 간판을 붙이고 개척교회 창립 예배를 드렸다.

왜 그렇게 종암동 우리 집에서도 멀고 본 교회에서도 먼 곳으로 교회 자리를 잡았느냐는 질문에 나는 "온전한 하나님의 교회를 시작하고 싶었다."라고 대답했다. 만일 본 교회에서 가까우면 가까운 교인들이나 섬기던 성도님들이 따라올까 봐 먼 곳을 찾았고, 또 돈 많은 장로님이나 권사님이 따라와 돕는다면 하나님보다 사람의 뜻을 따르는 교회가 될까 두려웠다. 그저 먼 곳에서 하나님만이 주인이시고 하나님의 뜻을 온전히 따르는 교회가 되고 싶었다. 동남쪽 성남 방향으로 정한 것은 장애아들 문철이를 더 멀리 떠나지 않으려고 결정했기 때문이었다. 그 결과 당시 소외되었던 자양동의 목말라 한 영혼들에게 초점을 맞춰 인근의 연립주택 지하실에 살던 형편이 어려운 가정들을 찾아 전도하며 초신자들 위주로 복음을 전하니 하나님께서 외로운 영혼들을 보내 주셨다. 하나님은 나에게 이들과 친가족처럼 교제하게 하셔서 30여 년이 지난 현재까지도 서로 기도하며 후원하고 대소사에 정을 나누는 사랑스러운 가족으로 교통하고 있다. 개척 후 교회가 점차로 부흥하던 중에 하나님께서 새로운 이름을 허락하셔서 교회 명칭을 열린문교회로 변경하여 우리 교회에 들어오는 사람들이 다 천국 문으로 입성하기를 기원하며 일꾼들을 양육하였다. 30년이 지난 지금도 그때의 신실한 일꾼들이 온 나라에서 교회의 기둥들로 충성하고 있다.

한 가족처럼 친밀하고 신실한 일꾼으로 20년 이상 어려운 교회를 담임 목사로 몸 바쳐 충성하고 계신 나의 후임 전태현 목사님 가정과 초대 장로로 한결같이 교회를 지키고 헌신하는 오신환 장로님 가정과 이영우 권사님, 김복섭 집사님 가정과 박진만 집사님 가정, 주형수 집사님 가정, 손성오 집사님 가정, 한경자 손양호 집사님 가정, 손두성·손현미 집사님 가정, 이성재 집사님 가정, 임영배 장로 이명숙 권사님 가정, 이옥태 권사님, 김찬규 집사님, 전성국 집사님, 정순남 집사, 오선순 권사, 홍경리 권사, 신영목 장로, 박옥희 권사, 한상연 집사, 이순례 권사, 장성숙 집사, 배도열 목사, 이은희 전도사, 이기영 집사, 정정숙 전도사 등 수많은 성도님이 지금도 서로 기도하며 교통하고 친형제 자매처럼 잘 지내고 있어 하나님께 다시 한번 감사드린다.

• 1988. 6. 18. 개척 예배 후 인사

10. 시작하게 하시는 하나님

"태초에 하나님이 천지를 창조하시니라(창 1:1)." 세상 모든 만물에는 시작과 끝이 있다. 전도서 기자는 "천하의 범사에 기한이 있다."라고 말한다. 곧 다시 말해서 해 아래의 모든 피조물은 다 유한하다고 노래한다. 날 때가 있으면 죽을 때가 꼭 있는 것이다. 시작할 때가 있으면 끝나는 때도 있는 법이다. 하나님께서 이 세상을 시작하셨듯이 우리 인생도 탄생으로 시작하여 자라고 늙고 병들어 죽는 일이 누구에게나 다 있게 마련이다. 우리는 평생 살아가면서도 수없이 많은 시작과 끝을 거듭하게 된다.

사람은 누구나 경험해 보지 않은 새 일을 시작하기를 두려워하기 마련이다. 철저히 몇 년씩 준비하고 연습했던 일도 두려움과 불안으로 머뭇거리며 임하는데 세상에서 한 번도 듣지도 보지도 못한 일은 누구나 쉽사리 시작하지를 못한다. 나는 세상 속에 뒹굴다가 하나님의 일방적인 사랑으로 구원을 받아서 하나님의 일에 참여는 하였으나 모든 부문에 서툴렀고 낯설었다. 그래도 신학을 공부하고 훈련을 받아서 교회를 섬기는 일반 목회는 시작하였으나 하나님께 약속드린 장애인 사역에는 너무나 무지하였고 장애인을 섬기는 지식도 방법도 몰랐고 또 물질도 인맥도 주변에서는 쉽게 찾을 수가 전혀 없었다.

하나님과의 약속은 지켜야 하는데, 또 내 나이는 60줄(교회 장애인 사역을 시작할 당시의 나이)에 가까운데 언제, 어디서, 어떻게 시작해야 하나 조바심에 불안해하며 지하실에서 조그만 개척교회만 섬기고 있었다. 그러던 중 1997년 초여름에 자양1동 큰 길옆 열린문교회 지하실에서 새벽 기도를 인도하던 중에 하나님의 말씀이 나에게 임하셨다.

"예레미야가 아직 시위대 뜰에 갇혔을 때 여호와의 말씀이 그에게 다시 임하니라, 가라사대 일을 행하는 여호와, 그것을 지어 성취하는 여호와, 그 이름을 여호와라 하는 자가 이같이 이르노라. 너는 내게 부르짖으라, 내가 네게 응답하겠고 네가 알지 못하는 크고 비밀한 일을 네게 보이리라(렘 33:1-3)." 하시는 말씀을 받고는 나는 너무나 뛸 듯이 기뻤다. 그리고 감사를 드리고 '아! 하나님께서 이제 시작하게 하시겠구나.'

　　　　고난 속에서도 행복한 목사

확신하며 말씀을 꽉 붙들고 더욱 기도에 힘을 쏟았다.

이 말씀은 내가 설교도 여러 번 했고 많은 성도님이 대부분 다 잘 아는 말씀이다. 그날에 찾아와 말씀하신 하나님은 완전히 다른 분으로 나를 깨우쳐 주셨다. 곧 시위대 뜰에 갇혔다는 말은 스스로는 아무 일도 할 수 없는 불능의 상태로 나와 똑같은 불가능한 처지인 것이다. 그리고 일을 행하는 여호와란 하나님이 직접 행동해 주시는 분이심을 나타내 주시고 지어서 성취하시는 분이란 계획도 진행도 완성도 다 해 주시는 분으로 자신을 알려주시는 것이다. 다만 네가 할 일은 부르짖는 일뿐이라고 말씀해 주신 것이다. 그러면 하나님이 응답해 주셔서 내가 알지 못하는 크고 비밀한 일을 이루어 주시겠다는 말씀으로 내가 유일하게 할 일은 부르짖어 기도만 하면 끝이다. 기도는 내가 분명히 할 수 있으니 얼마든지 가능한 것이었다.

나는 잔뜩 기대하면서 하나님의 구체적인 신호를 기다리던 중 한 달포쯤 지났을 때 전화벨이 울렸다. 평강교회를 섬기고 있는 김명수 목사님이었다. 그분은 전화로 나를 얼마나 찾았는지 모른다며, 성복중앙교회에 연락해서 번호를 알아서 전화했으니 빨리 자기 교회로 달려오라고 재촉했다. 우리 교회와 평강교회가 같은 광진구에 있어서 곧바로 달려갔더니 김 목사님은 "당신, 이제는 고생 그만하고 장애인 사역에만 전념하세요."라고 말하며 자신이 준비한 프로그램을 펼쳐 설명하였다. 평강교회는 구의역 동서울 버스터미널 뒤쪽에 본 교회가 있고 또 양평 용문산자락에 기도원이 있는데 김명수 목사님이 그곳에 장애인 시설을 일찍이 계획하여 건축 계획까지 다 세우고 시설의 평면도와 입면도, 측면도까지 다 설계하여 도면을 패널로 만들어 당회장실에 비치해 놓고 기도하는 중이라

하며 당장 박 전도사를 불러서 신 목사님에게 현장을 안내해 드리라고 하여 그날로 양평의 기도원 자리를 답사하고 오게 하였다.

김명수 목사님은 성복중앙교회에서 이천석 목사님을 모시고 나와 같이 사역하던 선배 전도사로 나를 인도해 주었고, 총신대도 같이 다녔고, 한얼산 봉사도 같이하며 성복중앙교회 청년회를 나에게 인계해서 섬기게 하였다. 본 교회 2시 은사 집회에는 김명수 전도사님이 설교하고 안수하는데 내가 찬송 인도를 하며 안수에도 보조하였던 가장 가까웠던 선배 전도사였다. 그분이 함께 봉사하며 신앙생활을 하면서 나의 장애인 가족들에게 관심을 가지고 기도하며 성미도 나누어 주기도 한 가족보다 더 친밀하였다. 총신을 졸업할 때 한얼산기도원에서 사역하는 전도사님의 소문을 듣고 소망교회 곽선희 목사님이 자기 교회로 데리고 와 섬기게 했다. 그리고 광나루 장신대학을 다니게 하고 졸업시켜 부목사로 섬기다가 김명수 목사를 따르던 성도들 일부를 떼어서 김 목사님으로 평강교회를 개척하게 했다. 그렇게 하여 구의동 동서울터미널 부근에서 700여 명의 성도로 부흥하던 중견 교회로 성장하고 있었다.

그분이 특별히 장애인 사역을 할 줄은 생각도 못 하였는데 가서 보니 대형교회들도 하지 못하는 사랑부를 만들어 장애인 친구들 15명가량을 정성껏 잘 섬기고 있었다. 하나님이 그렇게 다 준비해 놓으시고선 나에게 말씀해 주신 것이다. 나는 이와 같이 준비하신 하나님의 계획에 소스라치게 깜짝 놀랐고 "과연 하나님이십니다!" 고백했다. 그리고 나의 섬기던 교회는 사랑이 많고 신실한 성복중앙교회의 전태현 목사가 목사 안수를 받는 즉시 열린문교회로 청빙하여 모든 것을 인계하고는 나는 장애인 사역에만 전념하였다. 그 후에는 평강교회의 교구도 맡아서 성도님들을 섬기게 되니 성도님들도 저의 가정 형편과 기도 제목을 알고선 관심을 가지고 기도해 주셨고 나중에는 후원회원이 되어 큰 힘이 되기도 하였다. 그중에는 원계태 집사, 양혜선 권사님 가정, 신영희 권사님, 김동필 집사님, 백향님 권사님, 전정숙 권사님 등 여러분의 기도가 오늘의 베다니동산의 밑거름이 되었다.

평강교회를 섬긴 지 한 해 정도가 된 1988년 1월 말경에 그동안 소망재활원에서 생활하던 큰아이 문철이가 원장님의 예측대로 만 20세를 넘기지 못하고 주님 품으로 떠났다. 20여 년을 누워만 있다 보니 소화 기관도 쇠퇴하고 뼈도 약해져 골절이 자주 오고 욕창기도 있어서 극도로 쇠약해져 하늘나라로 떠났다. 나는 우리 문철이의 소천에 그동안 섬겨 준 수많은 손길을 생각하고는 이제는 아들 문철이 대신 여러 장애인을 섬겨서 보답하고 장애인과 그 가족들에게 복음을 전하는 공동체를 손수 만들어 예수를 전하자 했다. 그래서 소망재활원에서 올려다보이는 성남시 산성동 50번지 산마루에 단독주택 한 채를 월세로 얻어서 샬롬의 집이라 간판을 내걸고 장애인 시설을 마침내 열게 된 것이다.

1998년 당시는 IMF 시기라 인간적인 계산으로는 시작할 때가 아니었다. 큰 회사들이 부도가 나고 많은 사람이 실직해서 기존에 있던 시설들도 문을 닫던 때였다. 나는 하나님께 기도하며 고백하기를 "하나님, 최선을 다하겠습니다. 그러나 문 닫으라면 닫겠습니다." 하고 또 신실한 주의 종, 전태현 목사님과 정연홍 목사님을 불러 주택을 완전히 개조하여 샬롬의 집을 개장하였다. 그러나 하나님은 그냥 두지 않으시고 또다시 새 일을 시작하셨다. 당시의 어려움에 처한 사람을 위하여 푸드뱅크라는 음식물 나누기 운동이 일어나 새로 시작해 별 후원자가 없던 우리 샬롬의 집 사람들을 제과점의 바게트나 성남초등학교의 급식으로 고른 영양을 공급해 주셨다.

이제껏 시작하게 하시고 이끌어 가시는 하나님은 우리 장애인 시설을 곤지암으로 옮겨 발전케 하시어 현재는 대지 220평 위에 건물 80평에서 장애인 22명과 종사원 9명의 대가족으로 성장시켜 주셨다. 나의 힘으로는 불가능한 크고도 비밀한 일을 하나님이 시작하셨고 또한 부흥 성장케 하여 오늘까지 돌보고 계신다. 그러나 요즘도 코로나19로 인하여 봉사도 올 수 없고, 가족들도 방문할 수 없고, 후원자도 점차 감소하여 운영상에 많은 애로가 있다.

• 시설을 방문한 열린문교회 성도들

지금 이 글을 쓰고 있는 시점이 2021년 1월 말이다. 벌써 내 한국 나이가 81세가 되었다. 일찍이 정년이 지났고 손을 내려놓아야 함에도 우리 장애 친구들이 좀 더 나은 환경에서 안정되고 행복한 삶을 살 수 있도록 하기 위하여 시설의 법인 전환을 시도했다. 그동안 여의치 못해 안타까이 기도하던 중 정형석 목사님을 만나 상의한 결과, 베다니동산과 원우들을 밀알복지재단에서 인수하여 잘 섬기기로 결정했다. 그리고 베다니동산 시설을 온전히 밀알복지재단에 기부하기로 약정하였다. 그동안 밀알에서도 장애인 거주 시설 운영을 기도하던 중이니 하나님의 응답이라 생각한다. 이번 법인 전환 역시 하나의 큰 시작이요 나에게는 아름다운 마무리이기에 다시 한번 간절히 기도한다. "교회도 시작하게 하시고 장애인 시설도 시작하게 하신 하나님, 이제 법인으로의 전환도 하나님이 주관하시고 저의 사역도 아름답게 마무리하게 하여 주십시오, 아멘."

11. 눈물, 콧물의 강

하나님에 대하여 무지했던 짐승처럼 욕심으로 똘똘 뭉쳐 있던 허물 많은 죄인인 나는 사업은 망했고 거기에 더하여 졸지에 장애인 가족을 3명이나 무거운 짐 덩이로 받아 더욱 절망하였다. 인간의 끝은 하나님의 시작이라는 설교 말씀에 뇌성마비 쌍둥이 아들을 둘러업고 하나님 은혜를 받으려던 중에 어렴풋이나마 하나님을 알게 되었다. 그러나 좀 더 확실히 알고 싶고 그 전능하신 하나님을 만나고 싶어 간절히 사모하다가 그동안 나를 다 지켜보시고 훈련하신 하나님을 무슨 수를 써서라도 꼭 만나 봐야만 문제를 풀 수 있겠다고 생각했다. 그래서 이불 보따리를 싸서 한얼산기도원을 찾아가서 일주일 동안 기도했다. 그러나 은혜를 받지 못하고 내려와서는 결단을 내려 과감히 다니던 직장에 사표를 내고는 은혜를 받지 못하면 산에서 내려가지 않겠노라고 죽기 살기로 다시 기도원을 찾았다.

울창한 잣나무를 끌어안고 뿌리가 뽑힐 때까지 기도하라는 목사님 말씀대로 기도하고 성회 이틀째 날 설교를 듣고 기도하던 중에 갑자기 눈에서 코에서 목에서 눈물과 콧물이 폭포수같이 한없이 솟구쳐 나와 앉아 있던 마룻바닥을 흥건히 적셨다. "내가 바로 죄인입니다. 내가 정말 나쁜 놈입니다. 내가 살인자입니다. 제발 용서해 주세요!"라고 빌었다. 나는 집회가 마친 후까지 엉엉 울부짖었다. 2~30분을 통곡하며 부르짖고 나니 내 몸이 날아갈 듯이 가벼워졌고 언제나 나를 덮어씌워서 짓누르던 깜깜한 먹구름이 온데간데없이 사라지고 새파랗고 맑디맑은 하늘이 나를 부르는 듯이 반기고 있었다. 집회가 끝나고 주변을 둘러보니 내가 앉아 기도하던 마룻바닥이 마치 진한 곰탕 한 그릇을 통째로 부어 놓은 것 같이 거의 지름 1m 정도의 원이 끈적끈적한 액체로 흥건하였다. 당시 가방에서 스포츠신문을 꺼내어 그 눈물 콧물을 닦아냈다. 아무리 생각해 봐도 그 많은 물이 어디에 있다가 솟아났는지 이해가 되지 않았다. 그러나 그 눈물 콧물로 나의 몸도 영혼도 너무나 새로워졌고 주변의 모든 것들이 새롭게 느껴지고 아름다워 보였다.

한얼산의 계곡물이 조올졸 노래 부르고 잣나무 위를 나르는 산새는 나풀나풀 춤을 추며 노래를 한다. 산속의 나무들도 바람 소리에 맞춰 몸을 흔들며 춤을 추고 있었다. 나는 너무나 기쁘고 기뻐서 곧바로 잣나무밭으로 올라가서 하나님께 감사 기도를 드렸다. "정말로 세상이 끝나기 전에 이렇게 불러 주시고 크신 은혜를 주시니 너무너무 감사합니다!!" 그날 밤에도 산에 올라가 잣나무를 붙들고 기도하던 중에 갑자기 목으로부터

"추, 추, 츄!"하고 시작된 기도가 마침내 내가 그토록 사모하던 방언으로 바뀌어 하나님의 방언 은사를 체험하게 되었다. 그리고 내 마음에도 '내가 이제는 하나님의 자녀다!' 하는 확신을 갖게 되었다. 그 이후로는 산기도를 가든지 또는 혼자서 기도할 때는 방언 기도를 하곤 한다. 방언 기도는 하나님이 주시는 은사(선물) 중 하나로 자신의 믿음에 확신을 주며, 또 마귀를 물리치기도 한다. 그래서 밤새워 기도할 때에도 지치지 않고 영으로 하나님과 교통하는 영적인 대화다.

당시 80년대 한얼산은 기도의 성지로 불렸고 내가 신학교에 입학한 후에는 여름 성회와 겨울 신년성회 때는 한얼산에 올라가서 처음에는 기도원 주변 경비도 섰다. 나중에는 기도원 전도사로서 찬송 인도를 하고 이천석 목사님 옆에서 안수 기도에 보조도 하며 3년을 봉사했다. 지금 생각해 보면 이 목사님이 사셔서 10년만이라도 더 사역하셨다면 얼마나 좋았을까 하는 마음이다. 그랬다면 한국 교회에 은혜의 역사도 더 많이 일어나고 수많은 영혼이 거듭났을 것이다. 그리고 훌륭하고 신실한 주의 종들도 많이 배출되어 한국 교회가 이렇게 지금처럼 세속화되지는 않았을 것이라는 생각이다. 그런 생각을 해 보니 더 크고 위대한 하나님의 뜻에는 우리가 감히 헤아릴 수 없는 은혜와 경륜이 있을 것이라는 확신이 든다.

12. 내 삶의 역사는 하나님의 역사하심

나는 하나님 일을 위해 쫓겨 가면 하나님이 거기다 터를 마련해 주셨다. 거기서 또 다른 데로 가게 되면 그것 또한 해 주셨다. 성남에 처음 전세를 얻었다. 산성동 산꼭대기 조그만 집에 살았다. 장애인 친구들이 많아지니 집이 너무 좁았다. 빌라, 노후주택, 반지하가 많은 산동네였다. 거의 달동네였다. 거기 13평 정도의 전셋집을 완전히 리모델링했다. 다락을 헐어내고 아궁이도 내가 다 뜯어고쳐 입식 부엌으로 만들었다. 변기가 있는 작은 화장실에서 장애인 친구들 목욕까지 다 해결해야 했다. 너무 좁아서 몸이 제대로 돌아가지 않았고 좁디좁은 부엌에는 냉장고가 안 들어가서 마루에 놓아야 했다. 장애인 친구들이 늘어나니 너무 좁아서 도저히 못 살 것 같아 조금 넓은 곳을 찾아 광주로 이사 갈 것을 기도했다.

나는 참 이사를 많이 다녔다. 내 주거 역사가 곧 하나님의 역사하심이다. 주거 이력이 나온 초본만 해도 3~4장이 된다. 서울에 올라와서 처음에는 창신동에 살았다. 거기서 동대문교회를 다녔고 연세대학교에 입학했다. 지금 내가 살던 창신동 그 자리는 재개발이 되어서 빌딩들이 들어와 있다. 창신동 집을 팔아 그다음으로 하월곡동으로 갔다. 미아리 길음 시장 쪽으로 가다 보면 미아리 텍사스촌이 나오는 그곳이다. 거기서 여관 사업을 했다. 서울 작은어머니가 그 사업을 했다. 그런데 텍사스촌이 가깝다 보니 술집 여자애들만 바글바글했다. 그냥 여관 손님이 숙박하고 가는 곳이 아니라 술집 애들이 죽치고 손님들 불러들여 엉망진창이 되었다. 그래서 이것도 안 되겠다 싶어 번동으로 이사 갔다. 거기 샘표 간장이 있는 곳에 살았는데 거기 살 때 동생이 물에 빠져 죽었다. 미아리와 가깝다 보니 점집도 많았다. 그 후에는 구리시로 가서 솜 공장을 운영하다가 또 중화동으로 공장을 이전했다. 다른 사람이 운영하던 공장을 인수해서 들어갔다. 거기에서 사업이 망했고 서울 집도, 시골 땅도 다 날리고 난생처음으로 인생의 낙오자, 실업자의 길을 걷기 시작했다.

공장이 문을 닫고 나서는 서울 상봉동으로 이사 와서 첫딸을 낳았고 대학생들하고 같이 세를 들어 살았다. 그런데 아이가 귀신을 본 것인지 너무 울어대서 불가피하게 응봉동 산꼭대기 시민아파트로 이사 갔다. 화장실도 없는 8평짜리 집으로 이사 갔다. 거기서 둘째, 셋째, 쌍둥이를 낳았다. 그 아파트를 40만 원 주고 샀는데 나중에 삼백몇십만 원으로 올랐다. 그때 평창 금당계곡에서 또 한 명의 동생이 물에 빠져 죽었다. 응봉동 집을 팔아 그다음으로 잠실 1단지 아파트를 700만 원대에 샀다. 그래도 집을 조금 불려 간 것이다. 평수도 13평짜리로 넓혀갔다. 그게 1,200만 원까지 올라갔다. 신학교 들어갈 때는 그걸 팔아서 고대 바로 뒤 종암아파트 22평으로 이사 갔다. 우리 교회가 그쪽 땅을 사서 교회를 건축하기에 1,200만 원 주고 종암아파트를 샀다. 오래된 종암아파트를 재건축하여 종암동 선경아파트가 되었으나 자양동 개척교회를 하게 되어 한 번도 살아 보지 못하고 그대로 개척교회 가까운 자양동 연립 반지하에서 살았다.

개척교회 할 때는 사돈 팔촌이고 친구고 아는 사람이 한 명도 없었다. 그냥 하나님만 보고 했다. 자양동은 종암동하고 성남의 중간 지점이었다. 그래서 그곳으로 내 개척교회 생활 터를 정했다. 문철이가 있는 성남을 너무 멀리해서 안 되었고 종암동의 교회 사람들도 너무 가까우면 의지할 것 같아서 자양동으로 정했다. 천막을 치더라도 하나님이 주는 대로 살자고 마음먹었다. 거기서 교회가 조금 부흥되었고 그 동네에도 비싼 아파트들이 많이 들어왔다. 처음에는 우성아파트만 있었는데 삼성아파트도 들어오고 롯데백화점도 들어왔다. 98년도에는 성남의 산성동에 샬롬의 집을 개설했고 신흥주공아파트에 살았다. 지금 그 아파트는 다 허물고 재건축을 했다. 광주에 와서는 코아루 아파트에도 살고 현진아파

트에도 살았다. 봉현리에서도 살았고 그 후에 이곳 수양리에 와서 터를
잡게 되었다.

• 최초에 설립한 샬롬의 집(성남시)

쫓기고 또 쫓겼지만 결국은 교회 가까운 곳, 하나님과 가까운 곳이 우
선이었다. 하나님이 시작했고 하나님 때문에 할 수 있었다. 이사를 많이
다니다 보니 아이들도 전학을 많이 다녔다. 큰딸은 처음에는 종암여중을
다니다가 자양동으로 이사했을 때는 광진구청 앞의 명성여고에 들어갔
다. 작은딸은 대원여상을 다녔고 셋째 딸은 주몽학교(장애인 학교)를 다
녔다. 큰딸은 나중에 성남에 있는 경원대학교에 들어갔고 둘째, 셋째는
대학을 못 보냈다. 쌍둥이 막내아들 인철이는 장애인 특별전형으로 충주
에 있는 건국대학교에 들어갔다. 성경에는 욥이 고난을 참 많이 겪었다
고 이야기하는데 내가 욥처럼 살았던 것 같다고들 이야기한다. 참 많이
옮겨 다녔고 그 과정에서 너무도 많은 시련이 있었다. 동생 둘도 하늘로
보냈고, 큰딸도 보내고, 어머니도 가셨고, 아내도 보냈다. 그런데 그 과정

에서 하나님에 대한 믿음은 더 커져 갔다. 욥도 고생을 많이 했지만 하나님에 대한 믿음은 더 좋아졌지 않은가. 결국, 주신 이도 하나님이시고 가져가신 이도 하나님이셨다. 먼저 떠난 가족들을 생각하면 나도 빨리 하늘나라에 가고도 싶으나 아직도 여기에 할 일이 남은 듯하다.

요즘 사람들을 보면 대부분이 절망적으로 산다. 그런데 하나님이 없으면 더 절망이다. 사람들은 돈 있고 권력 있다고 오만해진다. 근데 그것도 하나님 앞에서는 새 발의 피다. 나는 쫓겨 다니고, 이사 다니면서 시련 속에서 그런 깨달음을 얻었다. 나는 복지사들 가르치고 실습을 지도할 때 무슨 신앙이든지 신앙을 꼭 가지라고 얘기한다. 그리고 돈 벌려고 하는 직업적 복지는 자기가 가진 역량의 50~70%밖에 쏟아붓지도 않고 돈을 안 주면 틀어진다. 100% 집중하는 경우가 별로 없다. 그런데 자기 사명이 있는 사람은 열심히 한다. 특히 하나님을 알고 하나님을 만나면 그 역량이 200%로 발휘된다. 없던 에너지도 나오고 외부로부터 힘을 더하는 기적이 나타난다. 곧 하늘은 스스로 돕는 자를 축복한다는 말이 있다. 그래서 복지 쪽 일을 하는 사람들에게 신앙을 가지라고, 특별히 기독교 신앙을 가지라고 권면한다. 사랑으로 실천하는 복지는 하나님 앞에도 점수가 엄청 많고 세상에서도 박수를 받는 일이다. 우리가 하나님의 자녀가 되었다는 것 그 자체만으로도 너무 감사한 일이다. 하나님 백성이라고 하는 건 선택받은 백성, 곧 선민이라고 말한다.

요즘 종교가 욕을 먹는데 다 욕심 때문이라고 본다. 기독교도, 불교도 욕심 때문에 망하는 것이다. 우리는 하나님 이름을 함부로 불러서는 안 된다. 자기 아버지 이름도 함부로 부르지 못해 무슨 자, 무슨 자 하면서 함자를 대는데 하나님을 어찌 함부로 부를 수 있겠는가. 욕심으로 하나님 이름에 먹칠하면 벌을 받는다. 그러나 좀 덜된 목사는 하나님을 자기 심부름꾼 정도로 생각하고 세상 사람들 앞에서 큰소리치며 무례를 떨고 있다. 나는 하나님을 어설프게 믿어 징계를 받았었고, 제대로 믿고 사역 활동을 하면서는 은혜를 받았다. 하나님을 모실 때는 목욕재계하고 마음 정리하고 깨끗한 상태에서 모셔야 한다. 나는 내 삶의 역사하심 속에서 행동하는 하나님, 사랑하는 하나님, 경외의 하나님을 다 만났다. 하나님을 믿을수록 하나님이 더 두려웠다. 인간은 보잘것없는 존재다. 어찌 하나님 이름을 함부로 할 수 있겠는가.

4장

하나님은 인간의 머리, 계산으로는
할 수 없는 일들을 내게 보여 주셨다.
경기도 광주에 내려온 일도,
베다니동산이 자리 잡은 일도,
태풍같이 불어오는 시련들도 인간의 힘으로는
헤쳐 나갈 수 없는 일이지만
하나님은 아무렇지 않은 듯
척척 해결해 주셨다.
고난 속에서 하나님을 만나는 그 은총,
그 유익함이 내 인생에
여러 가지 기적을 만들었다.
모든 영광은 하나님께 돌릴 수밖에 없음을…
내 뒤에도 내 앞에도 오직 하나님뿐이었다.

고난의 유익

1. 사랑이 꽃피는 동산, 베다니!

　내 인생은 시행착오가 많은 방황의 길이었다. 흐트러지고 헝클어진 발자국, 맴돌다 끊어진 자국, 어지럽고 부패한 자국들이 나의 방황을 그대로 보여 준다. 그래도 인생 후반전은 하나님의 빛을 쫓아 곧은 길로 사뿐사뿐 걸어간 것 같다. 그 길은 지옥에서 천국으로 오르는 길이었다. 밀어주고 이끌어 주는 길이었고 지혜로운 말씀으로 인도하니 노래하며 동행하는 아름다운 길이었다. 저 앞에 그립고 사모하는 내 집을 향해 오르는 야곱의 사닥다리가 선명하고 천국으로 가는 그 길에 사랑이 넘치는 주님의 목소리가 내 걸음을 재촉한다.

　나는 죽음의 터널에서 기적적으로 탈출했다. 무거운 짐을 지고 캄캄한 암흑 속에 갇혀 있다가 그 어둠을 말끔히 벗어 던지고 광명의 빛, 예수님을 만났다. 그 순간이 바로 고난의 축복, 고난의 유익이었다. 세상 사람들은 누구나 고난을 겪는다. 하나님을 믿고 그 고난의 길을 걷다 보면 반드시 나처럼 하나님을 만나는 축복의 시간이 찾아온다. 내 인생은 야곱과 같다. 야곱처럼 험한 인생을 살았다. 야곱은 그냥 욕심이 많아서 사람들을 속이고 아버지를 속이고, 어머니를 속였다. 그러다 자식들한테 속고, 삼촌한테 속는다. 물욕으로 꽉 찬 야곱의 실패한 인생이 나를 닮았다. 야곱은 믿음의 조상이다. 실패한 인생이지만 믿음은 하나님 따라가는 것이고 정직의 대가이다. 우리가 시설을 자진 폐쇄할 때도 정직하게 말하라고 해서 손해도 보았다. 그런데 하나님은 더 큰 위로를 주시고 용기와 도움을 주셨다. 일하시는 나의 하나님이 분명하심 아닌가! 작은 이익 때문에 거짓에 이끌리기보다 손해가 나도 정직을 택한 나에게 하나님은 즉시로 더 큰 은혜를 부어 주셨다.

　하나님은 건물을 짓게 하는 기적을 일으키셨다. 그리고 나를 짐승에서 깨닫는 자의 인생으로 바꿔 놓으셨다. 우리 인간은 멸망으로 달려가는 짐승과 같다. 성경의 시편에도 그렇게 나온다. 성경의 역사를 보면 사람의 미래가 보인다. 미련한 인간들은 아무리 머리를 써도 안 보이지만 성경의 지혜로는 다 보인다. 권력을 잡은 사람 중에 누가 감옥에 갈지도 다 보인다. 데모로 일어난 사람은 데모로 망한다는 것도 역사에서 알 수 있다. 성경에 나오는 하나님은 용서하는 하나님이다. 십자가는 바로 용서의 현장이다. 십자가 없는 기독교는 가짜다. 용서하고 용서받는 게 제일 큰 축복이다. 잘못 없는 사람은 이 세상에 하나도 없다. 그러니 진심으로 용서를 구해야 한다. 용서 하나로 친구도 될 수 있고 원수가 되어 더 미워할 수도 있다. 우리는 반성을 하고 용서를 구해야 한다. 그런데 대부분의 사람은 뭐가 그렇게 잘났는지 용서를 구하지 않는다. 죄가 작을 때 잘

못했다고 진심으로 용서를 구해야 죄의 불씨가 꺼진다. "용서해 주십시오." 하고 매달리면 하나님은 더 사랑하고 믿어 주신다. 사람도 마찬가지 아닌가. 나에게 와서 용서를 구하고 자신이 실수했다고 잘못했다고 하는 사람을 어찌 사랑하지 않을 수 있는가. 우리는 용서를 받아야 하나님 앞에 갈 수 있다.

창세기 1장에는 보시기에 참 좋았다는 말이 여러 번 나온다. 우리는 하나님이 보시기에 참 좋은 삶을 살아야 한다. 우리가 어떻게 살아야 할지 하나님 아버지에게 물어봐야 한다. 살아가는 데 걱정이 없는 사람은 없다. 사람들의 그 걱정은 하나님 앞에서 새털보다 더 가볍다. 그 걱정거리를 짊어지고 다닐 게 아니라 하나님 앞에 기도하고 내려놓아야 한다. 기도는 하나님이 주시는 놀라운 축복이다. 하나님을 만나는 소중한 시간이다. 기도하면 하나님이 여건을 변화시켜 주신다. 내 눈앞에 산이 답답하게 있으면 그걸 뻥 뚫어 주시는 것도 하나님이다. 그런데 산을 밀어 버리는 게 쉬운가, 내 마음을 바꾸는 게 쉬운가. 내 집 앞에도 동산이 하나 있는데 그걸 나쁘게 생각할 게 아니라 마음을 바꾸면 공기도 신선하고 바람도 막아 주고 얼마나 좋은 나의 정원인가? 이 동네 사람들이 나를 괴롭히던 것도 하나님이 그 마음을 바꾸게 해 주지 않으셨는가. 나를 그렇게 반대했던 완고한 사람들의 마음을 바꾸어 이제는 나를 존경한다.

내가 왜 여기 이 시대에 살고 있는가. 무언가 사명이 있다. 이걸 깨달아야 한다. 하나님의 뜻을 좇아서 살아가는 사람이 최고의 사명이다. 하나님이 보내신 뜻은 나로 하여금 하나님을 존경하고 그 이름을 높이는 것이다. 우리가 하나님의 영광을 위해서 산다고 하지 않는가. 하나님 안 믿는 사람을 내가 믿게 했다고 해서 내가 그 사람을 구원한 것이 아니다.

구원은 하나님이 하신다. 나는 하나님의 말씀을 열심히 전할 뿐이다. 나는 인생에서 자랑할 게 별로 없는 사람이다. 있다면 하나님밖에 없다. 내 인생의 모든 순간마다 하나님이 다 나를 주관하셨다. 이 지구상에서 최고로 비밀스러운 일이란 없다. 있다면 그건 천국의 일이다. 하나님이 가장 든든한 배경이다. 하나님이 하려고만 하면 못할 게 없다.

• 베다니동산 본관

베다니동산의 베다니는 예루살렘 동쪽 감람산 기슭에 있는 베다니라는 동네 이름을 따서 만들었다. 예수님도 성전에서 사람들을 가르치다가 밤에는 감람산에 가서 기도를 하셨다. 감람산은 기도하는 산이었다. 그 산 너머가 베다니라는 동네다. 그곳에는 예루살렘에서 소외된 서민들이 산다. 성경에 나오는 나사로 형제도 그곳에 살고 문둥이 시몬도 산다. 마리아, 마르다도 그 동네에 살았다. 예수님은 그 가난한 동네 사람들을 특별히 사랑하셨다. 예수님이 죽은 나사로를 살려 낸 기적도 그곳에서 보여 주셨다. 예수님이 하신 기적은 인간으로서는 이해가 안 되는 일들이다.

그런 걸 인간의 기준으로 이해하려면 안 된다. 하나님이 생각하는 이 세상의 비밀은 인간의 머리로는 이해할 수가 없다. 또한, 그 동네 사람들도 자신들의 모든 것을 다 바쳐 예수를 사랑했다.

감람산 동편 베다니마을은 세상에선 별로 볼일이 없는 마을이나 하나님의 눈으로 보면 너무나 아름답고 정과 사랑이 넘치는 사랑의 동산이다. 예수님의 마음이 항상 머무는 곳이요, 그곳에 있는 모든 사람이 자신의 귀한 것을 다 바쳐 뜨거운 사랑을 쏟아붓는 사랑의 샘터요, 사랑의 열매가 주렁주렁 열린 사랑 동산이다. 우리 베다니동산도 예루살렘의 베다니 마을을 닮아 가며 예수님을 섬기며 사랑하기 위하여 베다니동산으로 이름하고 예수님 사랑을 한 몸에 받고 예수를 더 뜨겁게 사랑하려고 온 식구들이 오늘도 기도하고 있다.

• 자양동 열린문교회 성도님들

고난 속에서도 행복한 목사

2. 지역이기주의를 극복한 행정심판

　IMF 가운데서 성남 산동네에서 시작한 장애인 시설이 하나님의 도우심으로 번창하여 가족의 숫자가 증가함에 따라서 좀 더 넓고 안전한 경기도 광주시로 내려와 이전하였다. 그러나 모든 것이 부족하고 미비하여 시청에는 아직 등록을 못 하고 지낼 때, 2005년 복지부에서는 전국에 흩어져서 천막이나 비닐하우스 등에서 거주하던 장애인들을 정비하고 안전하게 관리하기 위하여 신고 시설로 업그레이드를 시키고 일정 기준에 못 미치는 곳은 폐쇄하기로 했다. 또한, 계속 유지하는 시설에는 복권기금의 지원을 받아서 시설장의 2급 복지사 자격 획득을 지원하고 건물은 개인이 규격에 맞는 땅을 구입하면 건축비 1억 5천만 원을 지원하여 신축하도록 하였다. 우리 베다니동산도 미등록 시설이라서 구비 조건을 갖춰야 하는데 당시 봉현리 토지가 농림 지역에 속하여 건축법상 복지 시설 용도로는 사용이 불가하여 조건에 맞는 땅을 샅샅이 찾아봤으나 찾을 수 없어 부득이 토지가 준농림 지역인 기존 건물을 매입하여 건물 용도를 변경하기로 하였다. 현재 시설이 있는 곤지암읍 수양리 377번지와 377-2의 주택과 근린 시설을 매입하고 용도변경을 신청했는데 수양리 주민들이 대동회를 열고, 장애인 시설 입주를 결사반대하는 결의를 했다. 광주 시청과 경기도에 민원을 제기하니 시장은 용도변경 불가의 공문을 보내와 존폐 위기가 닥쳐왔다.

　나는 법적으로는 하자가 없으나 주민들의 님비현상으로 용도변경 불가 판정을 내린 시장을 상대로 경기도에 공식적으로 행정심판 청구를 할 수밖에 없었다. 그러나 이 일에도 불가사의한 일이 벌어졌다. 광주 시장이 주민들의 님비로 인하여 잘못된 결정을 했으니 이를 바로 잡아 달라는 행정심판 청원을 듣고서 광주 시청의 복지팀 과장과 팀장이 발 벗고 법규를 찾아 상사의 잘못을 지적한 것이다. 이 일도 하나님께서 돕지 않으셨다면 해결할 수 없는 사건이었다. 여하튼 나중에는 읍장이 먼저 전화를 걸어와서 용도변경을 받았고, 또 2급 복지사 자격도 모래내에 있는 명지대학에 가서 6개월 만에 따 신고 시설로 복지부에 정식 등록을 마치고 오늘날까지 장애인 사역을 하게 되었다. 그때 앞장서서 도와주었던 유복순 과장님은 이후 사회복지협의회를 만들었고 또 광주 돌봄 회장으로 복지계에 종사하며 헌신했다. 지금도 종종 만날 때 당시의 행정심판 사건을 잊지 않고 기억하며 그때 일을 보람 있게 이야기한다.

또 하나 우리의 앞을 가로막던 날카로운 바윗덩이는 바로 담을 경계로 붙어 있는 뒷집 할아버지였다. 그분은 입에 거품을 물면서 절대로 장애인을 옆에 들일 수 없다고 한사코 반대했다. 그러면서 장애인 시설을 건설하려면 자기 집도 마저 사서 하라고 큰소리를 쳐 댔다. 하는 수 없이 기도하던 중에 당시에 덕소에 살던 이명숙 집사를 만나서 옆집 노인의 반대를 설명하니 그 집사님 가정이 그 집을 사서 이사를 함으로써 어려운 문제가 해결되었다. 지금 다시 생각해 봐도 장애인을 향한 관심은 하나님이 제일이신 것 같다. 성경 곳곳에는 고아와 과부, 병든 자와 약한 자, 또 가난한 자와 천한 자를 대신하시고 그들의 원한을 풀어 주시고 부족함을 채워 주시며 그 약한 소자, 그가 바로 예수님 자신이라고 분명하게 말씀하신다. 베다니동산이 존폐 위기에 처했을 때 시청의 직속 직원과 함께 시장의 잘못을 발 벗고 나서 바로 잡은 유복순 과장님, 또 집을 사고 이사를 와서 자신의 불편을 감수한 이명숙 권사님과 임영배 장로님의 결단, 이 모든 일이 하나님 없이는 불가능한 사건들임을 확증해 주고 있다.

3. 세상 것 비워야 하나님은 채워 주신다

오늘의 우리 세상은 이기주의로 똘똘 뭉쳐 있다. 국가 간에도 자기 나라뿐이고 지역도 이기주의로, 회사도 가정도 형제도 아니 부부까지도 제각기 주머니를 따로 하고 네 것, 내 것을 열심히 챙기는 세상이다. 하물며 세계를 좌우하던 전 미국 대통령도 성경책을 높이 들고서 '아메리카 온리 퍼스트'를 외치며 벽을 쌓고 철조망을 높이 두르고서는 가난하고 약해서 살려달라는 중남미 사람들을 외면한다. 한마디로 휴머니즘 제로다.

우리 주변에는 자기 것을 꼼꼼히 잘 챙기는 사람들이 너무나 많은 것 같다. 누구나 자기 몫보다 조금이라도 더 챙기려고 호시탐탐 노리는 이기주의자들이 거의 전부다. 우리 집에도 맛있는 것, 좋은 것을 자기 앞으로 끌어다 놓는 사람이 있다. 그러나 이와는 반대로 자신의 몫까지 남을 위하여 내어놓는 사람도 가끔 볼 수 있다. 그런 사람을 세상에서는 '쓸개 빠진 놈'이라고 부르기도 한다. 나도 쓸개가 빠진 놈이다. 약 15년 전쯤에 현대 아산병원에서 건강검진을 받았는데 쓸개에 돌이 있다고 하며 그냥 둬도 괜찮지만 만일 말썽을 일으키면 췌장암이 될 수도 있으니 결정을 하라고 했다. 그래서 복강경 시술로 쓸개를 절제해 내어 쓸개 빠진 놈이 되었다. 예수를 잘 믿으려면 쓸개를 빼야 한다. 이기주의와 인간의 욕심은 죄의 속성에 가깝기 때문에 욕심쟁이는 예수를 믿기가 어렵다. 쓸개가 빠져 욕심을 깨끗이 청소하면 예수 믿기가 쉽고 즐거워진다.

성경은 "욕심이 잉태한즉 죄를 낳고 죄가 장성하면 사망을 낳는다."라고 말하며 과도한 욕심, 탐욕은 우상숭배라고 분명히 정의한다. 이 세상의 모든 것은 육신의 정욕과 안목의 정욕 그리고 이생의 자랑으로 모두

다 하나님으로부터 온 것이 아니라 세상으로부터 비롯된 것으로 세상 욕심을 비워야 하나님의 은혜가 들어갈 수가 있다. 또한, 없는 자가 복이 있고 가난한 자가 복이 있다고 말씀하신다. 구원도 지혜도 하나님이 주신다. 그건 인간이 주는 그 어떤 것보다 월등하다. 인간의 머리로는 이해가 될 수 없다. 인간적인 것을 비워야 하나님이 채우신다고 할 수 있다. 머리를 굴려서 예수님을 믿을 수는 없다. 인간적인 머리로는 도저히 안 되는 일이다. 인간이 만든 최고의 지식으로도 하나님을 이해할 수는 없다. 우리가 중요시하는 과학, 지식, 경험, 상식 이런 것들을 떠나야만 비로소 하나님이 지혜를 주신다. 어쭙잖게 머리 굴리면 절대로 예수님을 온전히 믿을 수는 없다. 나의 보잘것없는 보물 보따리를 멀리멀리 던져 버리자. 그 욕심의 보따리에는 수많은 죄악의 바이러스가 우글거리고 있다는 걸 깨닫고 과감하게 버리자. 그러면 나의 마음의 빈자리에 가장 좋은 것, 성령님 자신을 선물로 채워 주실 것이다(눅 11:13).

오만하고 똑똑한 사람들이 세상엔 참 많다. 그들은 머리로 예수님을 이해하려 한다. 불가능한 일이다. 감리교 신학교 학장을 하던 변○○ 박사가 있다. 이분은 미국에 가서 신학 공부도 했던 사람인데 나중에 자기 고백을 했다. 예수님의 부활을 못 믿겠다고 고백을 했다. 예수님의 세계는 아무리 공부를 열심히 한다고 이해되는 것이 아니다. 성경 연구를 하는데도 부활은 도저히 믿어지지 않는다는 것이다. 맞는 말이다. 정직한 고백이다. 인간의 머리로는 이해가 불가능한 것이다. 머릿속에 창조주 하나님에 대한 것이 들어와야 하는데 그게 안 들어오면 의심이 많아진다. 지식이 많고 해박한 사람들이 하나님을 더 믿기 힘들다. 세상의 것을 많이 가진 자가 더 못 들어오는 곳이 하나님의 세계다. 성경에서는 믿음도 은사라고 한다. 곧 내가 믿겠다고 믿어지는 것이 아니라 하나님이 선물로 믿는 마음을 주셔야 하는 것이다. 우리가 스스로 없다고 느낄 때 하나님이 해 주신다. 자기가 많이 가졌다고 오만한 사람에게 하나님은 아무것도 주지 않으신다.

인간은 없을 때 하나님을 부른다. 절망적일 때 하나님을 더 찾는다. 그때가 되어야 하나님의 가치를 인정하고 절대적인 하나님을 부른다. 내가 힘들 때 조금이라도 좋은 일이 생기면 '아, 이건 하나님이 해 주신 거구나.' 하고 느낀다. 지금 인간 세상은 부모도 자식을 징계하지 못하게 해 놓았다. 법적으로 벌을 주기가 힘들다. 인간 세상이 그렇다. 그런데 하나님은 하신다. 징계라는 건 사랑의 매다. 징계는 인간이 잘못했을 때 하나님이 야단을 치시는 사랑의 매인 것이다. 맨 처음에는 꾸중하시고 죄를 지적해 주신다. 지적해 주다가 안 되면 회초리를 드시고 그래도 말을 안 들으면 더 강한 몽둥이를 치신다. 도저히 말을 안 들을 것 같으면 판을 뒤집어 버리신다. 우리 인간 세상에도 다리몽둥이를 부러뜨려서라도 자식 똑바로 가르치겠다고 하지 않는가. 다른 집 아들 다리몽둥이를 부러뜨린다는 말은 안 한다. 자기 사랑하는 자식에게만 그렇게 한다. 자기 자식을 사랑하는 징계, 부모의 마음과 같은 것이 하나님의 마음이다. 많이 아프게 해서라도 바르게 꼭 가르치시는 것이다. 나의 삶에도 하나님의 사랑의 매의 흔적이 생생히 남아 있어 오히려 자랑스럽다.

하나님은 인간에게 암에 걸려서라도 예수님을 믿게 하신다. 그렇게 해서 천국에 가게 만드신다. 그게 하나님의 진짜 참사랑이다. 세 살 버릇 여든 간다는 말처럼 우리도 어릴 때 아이들 버릇을 바로잡으려고 애쓴다. 어느 게 옳고 어떤 게 그른지를 알려 준다. 예의범절, 삼강오륜도 가르친다. 부모를 섬기는 마음, 형제를 사랑하는 마음을 가르친다. 매를 들어서라도 가르쳐야 나중에 잘 굴러간다. 모든 것이 자기 자리를 잡고, 질서 있게 잘 굴러가야 한다. 그게 우리 부모들이 바라는 것이고 더 위에 계신 하나님이 바라시는 것이다.

성경은 어린아이들에게는 미련한 것이 얽혀 있다고 말한다. 미련한 것은 욕심이다. 사람은 태어나면서부터 욕심을 가지고 태어난다. 하나라도 더 가지려고 한다. 우리는 주먹을 꼭 쥐고 태어난다. 하나라도 더 가지려는 본능이다. 그게 제2의 유전이라고 한다. 아담과 이브가 사탄의 유혹을 받아 범죄를 저지른 후 그 유전적 죄악이 인간 세상에 내려온 것이다. 지금 내가 죄를 안 지었어도 그 원죄만큼은 그대로 내려온 것이다. 아담으로부터 내려온 원죄이다. 사람의 육신을 따라서 내려오는 죄가 유전적 죄인데 그걸 끊으려면 아버지한테서 내려오는 게 없어야 한다. 예수님은 그런 게 없다. 아버지가 없고 오로지 동정녀 마리아에게서 태어났다. 예수님은 유전적 죄, 원죄가 없으신 분이다. 만약 예수님이 요셉의 씨를 받아 태어나셨다면 우리 인간과 마찬가지의 원죄를 가졌을 것이다. 예수님은 요셉의 씨를 받지 않고 성령으로 잉태한 마리아에게서 태어났다. 그러니 아버지가 없는 것이다. "여자의 후손이 뱀의 머리를 상하게 할 것이오."라는 말이 성경에 나온다. 여자의 후손, 이 세상의 모든 사람은 다 아버지의 아들이라는 점이다. 그런데 마리아는 여자 혼자만 있다. 그러니 예수님이 무죄하다는 걸 증거한 것이다. 그저 마리아의 몸만 빌려 태어난 것이다. 그러므로 예수님이 곧 하나님이신 것이다.

예수님은 죄가 없으신 분이다. 유전적인 죄, 원죄가 없으신 깨끗하신 분이다. 죄가 없어야 다른 사람의 죄를 대신 짊어질 수가 있다. 죄가 있으면 자기 죄 때문에 자신이 죽어야만 한다. 내 죄가 있는데 다른 사람의 죄를 어떻게 감당하는가. 죄 없는 사람만이 다른 사람의 죄를 대신 받을 수 있다. 예수님은 우리 인류의 모든 죄를 스스로 대신 받으셨다. 교회를 10년 이상 다녔고 기도를 열심히 했다는 게 중요한 게 아니다. 예수님이 누구고, 성령이 무엇인지를 알아야 한다. 우리가 어떻게 살아야 예수님을 다시 만날 수 있는지 알아야 한다. 예수님의 부활을 믿어야 구원을 받고 천국 백성이 될 수 있다. 가장 추하고 더럽고 죄악의 뿌리인 욕심은 예수님이 지신 십자가에서만 풀림을 받고 뿌리째 뽑혀 나갈 수 있다. 하나님의 모든 것은 성결하고 깨끗하기 때문에 인간의 더러운 탐욕, 불의, 죄악, 거짓들을 깨끗하게 비워낼 때만이 비로소 하나님의 신령한 선물, 좋은 것, 성령님을 우리에게 충만하게 부어 주실 것이다.

4. 신 목사! 거기서 만나!

내가 다니던 성복중앙교회에 잊지 못할 권사님이 한 분이 계셨다. 따로 신학을 배운 분도 아닌데 학식이 있고 예수님을 잘 믿었다. 신심을 가지고 새벽 기도도 열심히 다니신 분이다. 성경도 열심히 읽던 분인데 그 권사님 딸이 80년대 성복중앙교회 김동희 전도사셨다. 그 권사님 딸이 나와 같이 파트너가 되어서 한 교구를 맡아 섬긴 적이 있었다. 한 조가 되어 교구를 맡아서 돌아보며 섬기는 것이다. 내가 신학교를 졸업하고 대심방을 할 때였다. 당시 정기 대심방은 규모가 컸다. 한 교구는 보통 2~300가정으로 구성되어 있었다.

대심방은 각 가정의 형편을 잘 살펴서 신앙을 지도해 주고 문제점을 파악하여 함께 기도하고 그 가정에 축복의 말씀을 전하고 축복 기도를 해 주는 연례행사로 모든 가정이 손꼽아 기다리며 정성스럽게 음식도 대접하는 일종의 축제행사였다. 나는 1985년 초에 신학교를 졸업하고 처음 교구를 맡았고 또 첫 번으로 맞이하는 대심방이기에 기도원에 올라가서 기도와 말씀을 준비하고 내려와 대심방을 고대하고 있었다. 그러던 차에 대심방 바로 전주 토요일에 성가대 반주자의 집에 점심 초대를 받았는데 차가 막혀서 조금 늦게 도착했다. 점심으로 준비한 갈비찜이 조금 식어 기름이 끼었는데 그것을 그대로 빨리 먹고서는 귀가했었다. 그때 그 고기가 내 배 속에서 문제를 일으켰다. 소화가 안 되고 장이 꼬여서 극심한 고통을 겪은 것이다. 토요일 밤부터 시작된 통증이 주일날도 또 월요일까지 계속되어 고통 가운데도 참고 첫날 대심방을 대충대충 넘어갔다. 화요일은 다른 교역자가 대신했고 나는 병원에 입원까지 하였으나 장이 완전히 막혀 가스 한번 나오지 않고 배도 맹꽁이 배처럼 빵빵해졌다. 어떤 약도 듣지 않고 별의별 처치를 해도 꿈쩍도 안 했다. 수요예배 후에 정복만 권사님께 기도를 부탁드려 안수 기도를 받고 집으로 가서 잠을 잤다. 그날 밤 잠자는 중에 갑자기 온몸이 불덩이처럼 펄펄 끓어서 "아! 하나님이 치료하시는구나." 하고 외쳤다. 그러고 나니 꼬였던 장이 다 풀리고 가스가 빠지고 배 속이 뻥 뚫렸다. 너무너무 시원해졌고 깨끗이 나아서 하나님께 감사드리고 권사님께도 인사드리고서 그다음 대심방을 은혜롭게 잘 마칠 수가 있었다. 내 평생 잊지 못할 큰 신유의 역사 체험이었다.

실제로 하나님을 체험한 적이 없으면 믿음을 유지하기가 어렵다. 삶을 통하여 늘 하나님을 만나야 한다. 성경에서 "너희는 하나님의 선하심을 맛보고 알지어다."라고 말하고 있지 않은가. 다른 종교는 그냥 '믿어라,

믿어라' 하지만 하나님은 실제로 맛을 보라고 한다. 말로만 하지 말고 체험을 해 보라는 것이다. 직접 맛을 보고 체험을 하라는 얘기다. 하나님은 우리에게 하나님의 선하심을 직접 맛보고 체험하라고 하신다. 보통은 잘 못 믿는다. 하나님이 계신 건 어렴풋이 알겠는데 확신을 가지고 믿지 못한다. 그래서 "하나님, 나에게 한번 보여 주세요."라고 한다. 그게 인간 세상에서 납득할 수 있는 기적이다. 내가 아는 하나님은 체험의 하나님이시다.

나에게 기도를 해 주신 그 권사님은 암으로 투병을 하다가 하나님 품으로 가셨다. 내가 개척을 나온 이후에 그 권사님을 병석으로 만나러 간 적이 있다. 예배를 드리고 나니 권사님이 나에게 "신 목사, 나 먼저 갈 테니 거기서 만나." 이러신다. 천국에 가서 예수님 곁에 먼저 있을 테니 거기서 만나자는 것이다. 나는 그 말보다 더 소망 있는 말은 듣지 못했다. '부자 돼라.', '로또 돼라.'가 아니고 '천국에 가서 만납시다.'가 정말 아름다운 소망, 아름다운 유언이라고 생각한다. 그 어떤 약속보다도 가장 아름다운 약속이 아닌가?

천국은 영생이고 우리가 믿는 바인데 천국 못 가는 사람이 참 많다. 교회는 다니지만 하나님은 그들 중에서 고르신다. 추수 때 가라지 뽑듯이 고르신다. 자신이 예수를 믿었고, 예수님을 만나면 좋은 거 다 해 드리겠다고 하는 사람들도 다 갈라놓으신다. "너는 나한테 잘해 줬으니 이쪽으로 와." 하신다. "제가 언제 잘해 드렸습니까?" 물으면 배고프고 목마른 사람에게 네가 해 준 것이 곧 나에게 해 준 것이라고 말씀하신다. "저는 예수님을 만난 적이 없는데요."하고 대답하면 "네가 가난한 자, 병든 자, 소아마비인에게 해 준 그 일. 그들이 바로 나였다."라고 말씀하신다. 그게 마태복음 25장에 나온다. 그리고 사람들을 업신여기고 멸시한 사람들을 한쪽으로 갈라놓으며 네가 함부로 대했던 그들이 나였다고 말씀하신다. 그러면서 지옥 불에 보내는데 이들은 슬프게 울며 이를 간다는 것이다. 그러하니 이 세상에서 목사냐 권사냐가 중요한 게 아니다. 하나님 앞에 어떻게 살았느냐가 가장 중요한 심판이다.

5. 시설 개설 후에 닥쳐 온 첫 번째 시련

이천석 목사님이 병원에 누워계시는 동안 성복중앙교회는 분쟁에 휩싸였고 얼마 후엔 윤상철 목사가 먼저 개척해 나갔다. 조충식 목사님이 와서도 분쟁이 멈추지 않았으나 총신대 정성구 목사님이 설교 목사로 오셨을 때 그나마 교회가 안정되어서 나는 영락기도원에 올라가 기도했다. 그 후 1988년 6월 18일에 뚝섬 부근 한강 가의 자양3동에서 상가 지하실을 임대하여 개척교회 신성복교회를 창립하고 개척 예배를 드렸다. 당시 이천석 목사님이 병원에 입원 중이셔서 황동노회 임원 목사님들과 성복중앙교회 성도님들이 많이 참석하여 성황리에 교회가 시작되었다. 첫 주일 예배 때는 우리 가족들만으로 조촐하게 드렸으나 부흥의 꿈은 자양동의 방황하는 영혼들로 교회를 가득 채우고 있었다.

자양동 지역에서 9년이나 열심히 목양하였으나 연립주택 지하에 살던 성도님들은 서울 변두리에 지어지는 시영아파트에 당첨만 되면 그토록 원하던 집을 향해 뒤도 안 돌아보고는 평촌으로, 김포로 멀리멀리 이사를 갔다. 그래서 조금 부흥되면 집 따라 이사 가고 또 떠나고를 반복해서 매년 성도들의 수는 제자리걸음을 하고 있었다. 나중에 깨달은 것은 나의 사명이 장애인과 함께 사는 일이므로 하나님께서 나를 일반 목회 사역에 붙들어 매어 놓지 않으신 것 같았다. 개척 9년 차인 1997년 초여름에 하나님의 말씀을 받고는 김명수 목사님의 평강교회 사랑부를 담당하여 1년간 훈련을 쌓아서 1998년 6월 18일에 성남시 산성동에서 장애인공동체 샬롬의 집을 열어서 마침내 장애인들을 섬기며 함께 살아가는 신앙공동체를 시작하였다.

• 성복중앙교회 입당일 (1부 예배)

당시는 IMF 시절이라서 모두가 다 어려운 때였기에 김대중 정부는 금 모으기를 시작하여 온 국민의 마음을 모아서 국난을 극복해 나갔다. 그러나 처음엔 형편이 정말로 어려웠기에 서민들의 생계를 돕기 위하여 성남에서 시작된 푸드뱅크가 우리 식구들의 까마귀가 되어 IMF 시절 굶기지 않고 양식을 날라다 먹여 주었다. 그리고 또 1년쯤 지나서는 큰 문제가 발생하였다. 7~8명으로 늘어난 장애인 가족들을 위해 마련한 이층집에서 장애인 친구들이 점심 식사 후 단대공원으로 산책을 나가는데 "운동 나가자."라는 총무의 말에 장애인들이 뒤에서 너무 서둘러 밀치며 아래층으로 우르르 몰려 내려가면서 앞에 있던 정일 군이 대문 위 난간에 걸쳐 넘어졌다. 정일 군은 지적 장애 1급 중증장애인으로 말도 못 하고 밥도 먹여 주어야 했으며 대소변도 처리를 못 하며 걸음만 어정어정 위험하게 걷는 20세 정도의 남자였다. 가정에서 돌보다가 처음으로 우리 시설에 들어온 친구로 그때에는 말도 못 하고 표현도 못 하고선 넘어졌다가 그대로 다시 일어나 친구들과 공원을 산책하고 들어와서는 저녁밥도 먹고 밤에 잠도 잘 잤다. 그리고 그다음 날도 별 이상 없이 지냈는데 밤에 갑자기 호흡을 못 하고 쓰러져서 김순동 총무가 119에 전화하여 구급차를 부르고 응급조치를 하며 성남중앙병원 응급실에 도착했다. 그러나 안타깝게도 이미 숨을 거두었다.

나는 성남 수정경찰서에 가서 조사를 받았고 시신 부검을 국과수에 의뢰하고 장례도 치렀으나 손 군의 아버지는 폭행으로 맞아 죽었다고 억지로 우겨서 국과수에서 부검을 또다시 했다. 그러나 넘어질 때 부러진 갈비뼈가 장을 찔렀고, 그로 인해 장에 피가 고여 죽었다는 부검 결과가 나왔다. 이전의 부검 결과와 다를 게 없었지만 손 군의 부모가 형사소송을 걸어 수원지방법원에서 1차 재판을 했다. 그 부친은 불복하고 2차로 고등검찰청에 상소하여 나는 서초동 검찰청에 가서 또 조사를 받았다. 고등검찰청에서도 기각 결정이 나오자 그분은 우리 집 전세 보증금과 매입해 놓은 땅까지 가압류를 걸고 대구법원에서 민사소송을 걸겠다고 협박하며 1억 원의 배상을 요구해 왔다. 그때 우리 사정을 잘 아는 정연홍 목사님이 중재에 나서 잘 타협을 이루어 합계 4,000만 원으로 합의를 보고 사고 후 만 1년 만에 겨우 해결했다.

고난 속에서도 행복한 목사

시설을 개설하고 장애인 가족들이 늘어나며 희망에 차서 열심을 내던 차에 닥쳐온 날벼락 같은 사건이었다. 그간의 용기도 사라졌고, 또 계속되는 송사로 경찰서로 재판정으로 불려 다녔고, 고등검찰청까지 가서 조사를 받다 보니 장애인 사역에 회의가 생기고 처음 가졌던 의욕이 점점 식어 갔다. 그토록 기뻐하던 보호자가 180도로 변하여 장애 자식의 죽음을 빌미로 거액을 뜯어내려는 마음을 보고는 세상 사람의 인심이 과연 이렇게 달라지는구나 하는 행태를 대하고는 복지 사역에 싫증이 났고 나는 과연 어디로 가야 하나 하고 회의감을 품게 되었다. 만 1년간 소송에 시달리면서 하나님의 뜻이니 사명을 가지고 일해야겠다는 소명의식이 희미해지는 것을 느꼈고, '이 일을 하는 것이 과연 하나님의 뜻일까?' 하는 의심도 들어 마음이 흔들리기도 했다.

이 과실치사 사건은 수원지방법원 성남지원에서 담당하였는데 부검 후에 사망자 부모의 요청대로 장례를 치르고 국과수의 부검 결과에 따라서 성남지원에서 약식기소로 총무 600만 원, 원장 600만 원의 벌금을 통고했다. 이후 정식재판을 열었는데 원고는 총무가 발로 옆구리를 차서 갈비뼈가 부러져 창자를 찌른 것이라고 주장했다. 그러나 총무도 지체장애인이었고 교통사고로 오른쪽 정강이 일부를 절단했으며 오른팔도 거의 다 절단된 상태였다. 검사가 오른발을 올려 보라 했는데 50cm도 올라가지 않아서 원고의 주장을 기각하고 벌금으로 총무 100만 원, 원장 100만 원 합계 200만 원을 냈다. 그러나 그들은 끈질기게도 또 고등검찰청에 상소했다. 그 부모가 검찰관과 싸우고 기각 판정을 받았지만, 그 이후에도 나에게 대구법원을 통해 민사소송을 걸겠다고 협박하며 거머리처럼 붙어 계속 괴롭혀 왔다. 나는 이기고 지고가 문제가 아니라 그 사람의 괴롭힘에 모든 것을 다 포기하고도 싶었다. 그래도 항상 내 옆에서 나를 붙들어 주는 요나단 같은 정연홍 목사님이 중간에 나서서 4,000만 원에 해결 지었다. 사건 후에 법조인에게 문의하였더니 보상금을 사회 통념상 너무 후하게 주었다고 말했다. 금액에는 그리 관심이 없었으나 이 사역을 계속해야 하나 하는 회의가 일어났고 사람들의 마음이 돌변하는 모습을 보면서 실망의 마음이 나를 좌절하게 했다.

6. 베다니동산을 건축하게 한 천사

정일 군 일로 인하여 의욕도 잃고 하나님께 받은 사명감까지 의문이 생겨서 과연 이 일을 계속해야 하나 하고 용기를 잃고 있을 때 하나님은 또 새 일을 시작하여 나에게 용기를 주셨다. 샬롬의 집 개설 후 1년 안에 장애인 가족이 점차 증가하여 너무나도 좁아서 좀 더 넓은 자리, 산책도 하고 운동도 할 수 있는 값싸고 넓은 땅을 기도하며 찾았다. 그러던 중에 경기도 광주 곤지암 봉현리의 산기슭에 밭을 가진 도시가스 공사업을 하는 동네 사람을 소개받아서 그분의 밭을 매입하여 시설을 확장하려고 주인과 흥정을 해 보았는데 그분은 한 푼도 깎아 줄 수 없다고 하여 포기했었다. 그러나 3개월 후에 그 밭 주인이 먼저 찾아와서 이천시에서 가스배관 공사를 수주하게 되었으니 제발 그 땅을 먼저 내가 요구했던 값대로 사 달라고 오히려 매달렸다. 세상일이 참, 한 치 앞도 모르는 것 같았다. 일단 그 땅을 먼저 가격대로 평당 14만 원에 매입은 하였으나 건축할 자금이 한 푼도 없어 그냥 기다리고 있었다.

그런데 기도하던 중에 갑자기 낯모르는 전화가 걸려 왔다. 장애인 처녀를 죽을 때까지 맡아 주면 거액을 주겠다고 해서 처음엔 거절하였다. 왜냐하면 만일 맡겨 놓은 돈을 나중에 반환을 요구한다면 도저히 갚을 길이 없을 것 같아 거절한 것이다. 그런데 그 처녀의 오라버니가 5,000만 원을 건축 헌금으로 내겠으니 제발 맡아만 달라고 하여 우선 입주시키고 먼저 사 놓은 땅에 조립식 건축으로 60평짜리 건물을 지었다. 그 헌금으로 딱 맞아떨어진 것이다.

• 베다니동산을 건립하게 한 천사들

장애를 가진 그 처녀의 이름은 명찬주였는데 찬주 씨는 10살 때 뇌염을 앓을 때 고열로 인하여 몸의 건강이 나빠져 그 후유증으로 휠체어를 타고 먹는 것도, 배설도 곁에서 누군가 도와야만 했다. 신체의 모든 기능이 약해져서 음식물도 먹여 줘야 하고 대소변도 가릴 수 없어 그분의 어머니가 30년을 돌봐 왔으나 나중엔 어머니마저 중풍으로 건강을 잃어서 부득이 시설로 입주해야만 했다고 한다. 새집을 짓고 찬주와 다른 장애인 식구들이 입주한 후 넓고 아늑한 그림같이 하얀 넓은 집에서 모든 식구가 행복하게 지내게 되었다. 그 후 3년쯤 지나 찬주 씨는 전반적으로 건강이 악화되어 성남에 있던 인하대부속병원에 입원하였다가 회복할 수 없다 하여 그 오빠가 퇴원시켜서 임종케 하였다. 찬주 씨의 장례를 치르고 보니 명찬주 씨를 나에게 보내 베다니동산을 건축하여 장애인을 섬기게 하신 일도 다 하나님께서 계획하시어 보내 준 천사인 듯싶었다.

하나님이 하시는 일은 남지도 않지만, 모자라지도 않게 모든 것을 정확하고도 온전하게 완성하심에 놀라움을 금할 수가 없다. 규모는 비록 작지만 60평짜리 하얀 조립식 건물에 편의 시설을 갖추고는 광주 시청에 조건부 신고 시설로 등록을 하고서 점차로 안정되어 갈 즈음이었다. 2005년 복지부에서는 미신고 시설의 열악함과 안전, 인권 등 사각지대를 없애려고 복권기금의 지원으로 명지대학에 위탁해 사회복지 교육을 해 주고 시설장이 복지사 자격을 획득하게 하였다. 또 시설의 규격도 복지법에 맞추어 준농림 지역에 땅을 준비하면 신축 비용을 1억 5천만 원 정도 지원해 주었다. 우리처럼 규격에 맞는 건물을 매입하면 그 가격의 일정 부분을 지원해 줘서 우리는 매입자금으로 9천만 원을 복권기금에서 받아 총 3억여 원을 들여 시설의 모든 편의 시설을 구비하였다. 정상적인 신고 시설로 신고하니 안정을 이루고 관리의 수준이 높아지게 되었다. 그래서 베다니동산의 원장도 복지사 2급을 획득하였고 정상적인 신고 시설로 신고했다.

먼저 거주하던 봉현리 시설은 농림 지역이므로 시설로 등록이 불가능했다. 그리하여 우리는 복권기금에서 나온 지원금 9천만 원에 우리 자금을 보태어 새로이 준농림 지역인 수양리 377, 377-2번지 건물을 매입했다. 또한, 건물의 용도를 노유자 시설로 변경하여 정식으로 신고 시설에 필요한 모든 것을 구비하였다. 그러나 그곳으로 이전하는 과정에서도 주민들의 님비현상으로 건물의 용도변경이 불가하다는 통보를 시에서 받고는 관계자들에게 도움을 청했다. 그래서 경기도청에 행정심판을 신청해서 3개월이 지나기 전에 허락을 받아 내고서 용도를 변경하여 지금까지 운영하고 있다. 오늘도 님비현상은 우리 사회의 발전에 큰 걸림돌이 되고 있다.

2013년에는 보건복지부의 모든 법규를 준수하는 시설이라 해서 법정 개인 시설로 인증을 받아서 사회복지법인과 거의 동일한 수준까지 이르게 되었다. 복지관계자들은 법인이 아닌 개인 시설이라서 국가가 지원해 줄 수 없다 하여 수차례 법인 전환을 시도하였으나 재정의 뒷받침이 모자라 지금까지도 국고 지원은 못 받고 있다. 지방자치단체에서 직원 수 9명의 절반인 5인으로 제한한 인건비 일부만, 그것도 기초임금에도 못 미치는 월 130만 원씩을 보조해 주고는 이제껏 증액도 없고 수당도 없이 8년을 이어온 것이다. 우리는 교대할 인원도 없고, 제 수당도 못 받고, 호봉수도, 승급도 없이 이제껏 근무해 왔다. 그토록 열악한 환경 가운데서 근무해 온 종사원들께 정말로 죄송스러울 뿐이다. 우리가 지금껏 문 닫지 않고 계속할 수 있도록 희생하고 애써 온 종사원 여러분들에게 이 자리를 빌려 다시 한번 감사드린다. 그리고 거주인들에게도 열악하지만 잘 참고 견뎌 주어서 너무너무 고맙고 죄송하다는 말씀을 드린다. 이제 내가 기도해 왔던 법인 전환이 은혜 중에 잘 이루어져 생활인들이 좀 더 행복해하고 안정되며 모든 종사원이 만족하고 성장하기를 기원한다.

7. 만신창이 몸이지만 아직 내게는 사명이

"인생 칠십 고래희"라고 성현들이 말했고, 모세는 "우리의 연수가 칠십이요 강건하면 팔십"이라고 시편을 통하여 노래한다. 맞다. 모든 인생은 유한하다. 태어날 때가 있으면 반드시 죽는 날도 있다. 제아무리 발버둥쳐도 누구나 언젠가는 꼭 죽음을 맞이해야만 한다. 내 나이가 팔십 고개를 넘고 보니 한 달 한 달의 컨디션이 달라져 가고 있음을 몸으로 분명하게 느끼게 된다. 이제 머지않아서 그동안 사모하고 그리워하며 사랑했던 주님을 뵐 시간이 올 것을 예감한다. 이 세상이 제아무리 좋아도 맡겨진 일을 마치는 날에 나는 나의 본향인 천국에 갈 것을 확신한다. 주님이 부르시는 날 기쁨으로 달려갈 것을 기대한다. 나에게 이 세상의 의미는 마귀들과 함께 싸워야 하는 영적인 싸움에서 예수를 믿고 죄악과 싸워서 승리하는 것이다. 또 맡겨진 사명을 완수하여 천국 가서 큰 상급을 받고 예수님과 함께 영원히 살게 될 과제를 완수하게 하는 것이다. 특별히 나와 같이 장애 가족이나 자신이 장애인으로 좌절하고 낙심해하는 수많은 불쌍한 영혼에게 눈을 들어 하나님을 바라보고 찾고 만나서 기쁨과 소망으로 하나님께로 나아가게 하는 이 귀한 맡겨진 사명을 온전히 완수하고 싶다.

사도 바울은 빌립보서를 통하여 분명히 말한다. 나는 예수님과 함께 천국에 가는 것이 더욱 좋으나 그러나 지금 내가 당신들과 함께 이 세상에서 일하는 것, 곧 당신들을 가르치고 정성껏 돌보아 천국 일꾼으로 삼는 일도 대단히 좋다. 그러니 나의 삶은 "살아도 예수요, 죽어도 예수님뿐입니다(빌 1:21)."라고 확신 있게 대답한다. 물론 나도 바울을 존경하고 바울처럼 예수 중심으로 살려고 노력한다.

나의 가족력을 살펴보면 아버지는 49세로 세상을 떠나셨고 큰아버지는 더 일찍 30대에 돌아가셨으며 어릴 때부터 친형처럼 같이 살아오던 4촌 형님도 60대로 사망한, 단명한 가족력을 가지고 있다. 그런데 나만 유독 80세를 넘어 81세를 살아가고 있다. 왜 내가 이제껏 살아 있을까를 생각해 본다. 건강해서가 아니다. 나는 고혈압과 당뇨병을 앓은 지가 20여 년이나 되었고 또 간경화증으로 서울대병원에서 약을 타서 먹으며 정기검진을 받아온 것도 3년이 지났다. 쓸개도 이미 절제했으며 아산병원에서 전립선비대로 진료받기도 20여 년째로 온갖 질병을 다 가진 종합병원 격인 노인이다.

　내 아내, 내 처제, 내 자식들이 아픈 것에만 신경 쓰다 보니 내 병은 미처 돌보지 못했다. 팔십 고개를 넘어 서산마루에 걸린 태양처럼 곧 스러질 내 시간, 이제는 몸속 어디든지 고장 나는 곳이 많아지고 그게 당연한 시기다. 나는 그래도 하나님의 은혜로 이만큼이라도 건강한 것을 감사하게 생각한다. 나는 간경화, 간염, 전립선 비대증, 위궤양 등의 질병을 앓고 있다. 종합검사를 하면 지방간이 늘 안 좋다고 나온다. 평소에는 곤지암에 있는 병원에 다니지만 간경화를 진료할 때는 분당 서울대병원에 6개월에 한 번씩 가서 검사하고 처방받아 약을 먹는다. 전립선질환은 한 15년 이상 앓았는데 6개월에 한 번씩 약을 받으러 서울의 아산병원에 간다. 당뇨, 혈압은 매월 한 번씩 동네 병원에서 진료하지만 아직은 운전도 하고 이렇게 컴퓨터에 앉아 자서전도 검토할 수 있다. 모든 게 다 하나님 은혜다. 하나님이 나를 붙들고 계신 것이다.

　몸 관리도 잘 못 하고 운동도 제대로 못 하는 정말로 내일 일을 장담할 수 없는 만신창이인데도 하나님이 살려 두시고 일하게 하는 뜻은 아직도 나에게 이 세상에서 할 일이 남아 있다는 생각이다. 또 한편 생각해 보면 떠나기 전에 정리해야 할 일들이 조금은 있다는 생각도 든다. 현국아! 남은 네 일들을 잘 정리하라! 곧 베다니동산과 생활인들이 안정되고 행복한 삶을 살 수 있도록 하나님의 손에 맡기는 중요한 일과 또 우리 자녀들 셋, 근이양증 딸 은경이와 지적 중증장애 딸 은선이 그리고 뇌병변 중증 아들 인철이의 최소한의 안정된 삶이라도 마련하게 해 보라고 하나님께서 이제껏 붙들어 주시고 사명을 주신 것으로 느끼고 있다. 시작도 끝마무리도 완전하게 하시는 하나님께서 이 모든 일을 아름답게 이루어 주실 것을 믿는다.

8. 시설 인허가를 위해 집도 바꾼 권사님

2005년 복지부에서는 미신고 시설을 신고 시설로 인허받게 하기 위한 획기적인 계획을 세웠다. 또 복권기금의 지원을 받아 그동안 산속이나 들판에 무질서하게 난립되어 있는 미인가 시설들을 일정 수준으로 규격화하고 안정화시켰다. 그리고 관계 기관으로 하여금 잘 관리하게 하고 통제했다. 그동안 수없이 많은 문제를 일으켜 왔던 각종 경영상의 비리나 착취, 그리고 장애인에 대한 폭력, 장애인 학대 등의 인권문제와 그 외에도 많은 심각하고 무질서했던 모든 문제를 정리하려 한 것이다.

그 첫째로는 시설장의 자격을 복지사로 규정하였다. 시설장이 복지의 궁극적 목적이나 관리하는 방법을 알아야 하므로 복지사로서의 일정한 자격을 갖춘 2급 이상 복지사로만 시설장의 자격요건을 갖추게 하였다.

이를 위해 복지사 단기 교육을 받도록 지원하고 다음으로는 시설의 구비 요건과 편의 시설을 구비하여 거주인들의 안전과 인권을 보호하도록 계획하였다. 복지부가 복권기금의 지원을 받아서 미인가 시설에 지원해 주어 장애인 복지를 한 단계 성장시키려는 원대한 계획을 세우고 시행에 들어갔다. 만일 기준에 미달하는 시설이 있다면 폐쇄하도록 시달하였다.

나도 우리 지역의 미인가 시설장들과 함께 서대문 밖에 있는 명지대학교까지 다니며 6개월간 복지를 공부하고 2급 복지사 자격을 땄다. 그동안 우리 시설이 농림 지역에 지어져서 건축법상 노유자 시설로의 용도변경이 불가능했다. 그래서 다른 지역 준농림 지역을 찾아야 했고 '1997년 이전에 분할된 300평 미만의 준농림 지역'이라는 복지부의 까다로운 조건에 맞춰야 했다. 광주시의 모든 지역과 성남, 이천까지 샅샅이 찾아보았으나 규격에 맞는 토지를 구할 수가 없어 현재 우리가 시설이 있는 광주시 곤지암의 수양리 377번지와 377-2의 기존 건물을 계약했다.

건물의 용도변경 신청을 법률 기준에 맞춰 광주 시청에 냈으나 수양1리 주민들이 대동회로 모여서 "동네 가운데 장애인 시설 설치를 반대한다."라고 결의했다. 주민들의 눈치를 보던 광주 시장은 '노유자 시설로 용도변경 불가'라는 공문을 보냈다. 우리는 당시 담당이던 광주시 복지과의 유복순 과장님의 조언으로 제반 관계 법령을 다 찾아서 경기도청에 행정심판을 제기하였다. 두 달 즈음이 지난 어느 날, 읍장이 전화를 통해 용도변경은 허락해 주겠으니 행정심판을 취하해 달라는 부탁을 했다. 그렇게 행정심판을 취하해 주었고 어렵게 시설 용도를 변경하였다. 우리는 그 유명한 주민들의 님비현상을 뚫고 승리를 쟁취한 것이다.

큰 산 하나를 잘 넘었으나 더 높은 바윗덩어리가 앞길을 막아섰다. 시설과 붙어 있는 377-3번지의 뒷집 주인인 노인이 입에 거품을 물고 결사 반대를 한 것이다. 자기 집의 손자도 장애인이었는데도 이해하기는커녕 자기네 집값이 떨어지니 우리 집까지 다 사라고 한사코 반대하였다. 이분은 법을 말해도 막무가내로 떼를 썼다. 나는 높은 벽을 넘을 방법을 여러 가지로 구해도 보았으나 도대체 길이 보이질 않았다. 이 문제도 하나님께 맡기자고 생각하며 매일 기도하며 응답을 구했다.

내 주변에서 기도해 주던 기도의 용사들에게 특별 기도를 부탁하고 응답을 기다리던 중에 덕소 한강 변 현대아파트에 사는 나의 개척교회 때 성도였던 임영배 집사, 이명숙 권사님 집을 방문하여 사정을 이야기했다. 권사님은 자기의 아파트가 전세 만기가 다 되었는데 자기네가 전세금을 뽑아 그 집을 사서 이사하면 어떻겠냐고 했다. 그러면 장애인 시설 하나가 살아나게 되고 하나님이 대단히 기뻐하실 것이라 했다. 그 권사님 부부가 곧바로 전세금을 뽑아서 3억 원으로 우리 뒷집을 사서 이사 오심으로 우리 시설이 수양리에 자리 잡게 되었다. 권사님 가정은 1년 정도 수양리에서 전원생활을 하시다가 서울로의 직장 출퇴근이 불편하여 서울로 다시 이사 갔다. 그래서 내가 그 집을 전세로 맡아 살다가 얼마 전에 우리 큰딸이 구리시에 마련한 구리 동양아파트와 맞교환하여 등기하고 내 가족이 지금까지 살고 있다.

이명숙 권사님은 내가 자양3동 지하실에서 신성복교회로 개척했을 때 알게 된 분이다. 교회 옆의 우성아파트에 살면서 처음엔 본인만 새벽 기도에 나오다가 나중엔 남편 임영배 씨와 아들 현수, 딸 소현이도 나와서 가족 전체가 믿음을 갖게 된 경우다. 세 식구는 내가 유아 세례도 베풀었

고 남편도 첫 믿음이라 내가 세례를 주었던 친가족과 같은 사이로 사업
상 많은 어려움을 통하여 믿음을 성장시켜 왔다. 지금은 서초동 법원 뒤
에 있는 서초교회에서 기둥 같은 장로님으로 교회를 섬겨 오고 있다. 또
부부가 함께 소아당뇨협회 임원으로 의료계에 오랫동안 헌신해 왔다. 임
영배 장로님은 최근에 김석년 서초교회 목사님과 함께 교회연합으로 새
로 출발한 한섬공동체의 이사장직을 맡아 열심히 섬기고 있다.

• 전도사, 부목사님과 이천석 목사님

9. 브리스길라 같은 양 권사님

20여 년 넘게 세상의 수렁에 빠져 몸부림을 치다가 멀리 비취는 하나
님의 빛을 따라 나올 때는 정말로 나 홀로 외롭고 고독했다. 염치 불고하

고 새로이 등록한 교회에는 사돈의 팔촌인 친척 한 명도 없으며 학창 시절의 친구 한 명도 없었다. 더구나 이전에는 감리교인 동대문감리교회를 다녔는데 엉겁결에 새로 들어온 교회는 합동 측 장로교회라서 낯설고 물설은 타향 같았다. 더구나 20년이나 걸린 긴 방학 동안 기도해 줄 친구도 다 떨어졌고 신앙을 지도해 줄 교역자나 선생들도 까맣게 멀어져서 전화 한 통 나눌 교우도 없는 외톨이 신세로 오로지 하나님의 능력만 원하는 이방인이었다.

그때 교회가 있던 위치가 신설동과 용두동을 경계 짓고 흐르는 개울가에 있었기 때문에 용두동시장을 중심으로 생활하던 주민들이 교인의 주축을 이루었다. 그 때문에 용두시장 구역의 구역장이 교회를 중심으로 큰 역할을 하였다. 당시 용두구역장으로 양남심 집사님이 사명을 맡아 동서남북으로 활동하셨는데 성인 열 명 이상의 몫을 해내고 있었다. 인근에서 소문난 전도 대장이었고 아픈 자에겐 손잡고 기도를 해 주었고 봉사하는 자리에는 어디나 빠지지 않고 다 참여하였다. 그 바쁜 시간에도 우리 아이들을 위해 기도해 주고 외롭고 연약한 나를 위해서는 평생의 기도 후원자가 되어 지금까지도 기도로 동역을 하고 있다.

양남심 권사님은 학생부 수련회로부터 시작하여 청년부 수양회까지 전국 어느 곳이나 봉사의 자리엔 항상 앞장서셨고 본 교회의 점심 식사 봉사나 교회의 행사들, 결혼식 잔치까지 전교회의 어떤 일이든지 척척 해 대는 봉사 대장이었다. 양 권사님은 나와 동갑인 신사년생으로 일찍이 자신의 병을 이천석 목사님의 기도를 받고 고침받고는 하나님께 몸 바쳐 충성하기를 다짐하고 열심을 다해 봉사에 힘썼다. 남편이신 이남석 집사님을 먼저 하늘나라에 보내고 어려운 형편에서도 5남매를 잘 양육

해서 큰딸 은이의 가족은 하나님을 잘 믿는 건전한 가정으로 축복을 받고 살고 있다. 둘째 딸 이은희는 총신대학을 나와서 내가 자양동에서 신성복교회를 개척할 때 전도사님으로 부임하여 열심히 봉사했고 청파동의 삼일교회에서도 헌신했으며 지금은 왕십리장로교회에서 결혼도 하지 않은 채로 충성을 다하고 있다.

또 셋째딸 은정이도 믿는 남편을 맞이하여 단란한 가정을 이루어 생활하고 있고, 넷째 딸 은주는 일본으로 시집가서 일본 복음화를 기도하며 가정을 잘 이끌어 가고 있으며 아들 세욱 씨도 교회의 일꾼으로 잘 섬기고 있다. 양 권사님은 본 교회뿐 아니라 우리 교회와 일꾼들을 위해 기도해 주시고 고향의 교우들도 잘 돌아보며 섬기는, 마치 바울의 동역자 브리스길라와 같은 신실한 일꾼이자, 나의 영원한 동역자요, 봉사자였다. 그동안 몸 바쳐 충성한 권사님은 나이가 80대가 되셔서 지금은 젊은 일꾼들을 지도하며 나라와 교회의 일꾼을 위해 기도하신다.

5장

어느덧 팔십이 넘은 할아버지가 되었다.
이제 하나님 품으로 돌아갈 날도
얼마 남지 않았다.
나보다 먼저 간 자식, 아내도 곧 만나겠지.
코로나19로 사람 만나기도 힘들다.
그런데 의외의 가족 예배를 선물 받는다.
하나님은 선물을 많이 주시는 분이라는 걸
새삼 깨닫는다.
나는 언제나 마지막처럼 살았다.
나는 마지막까지 가난과 장애를 위해
일할 것이다. 그 길만이 내가
하나님의 은혜에 보답하는 길이라 생각한다.

노목사의 단상

1. 내가 꼭 만나야 하는 그 한 분, 하나님!

사람은 사회적 동물이라고 한다. 다시 말해서 사람은 이 세상에서 혼자서는 살 수 없는 존재로서 만남과 헤어짐의 연속으로 사회생활을 하게 마련이다. 곧 "생자필멸 회자정리"의 원칙이 누구나의 삶에도 다 적용된다는 말이다. 탄생에서부터 사망에 이르기까지 만나고 부딪치고 스쳐 가는 사람의 숫자를 일일이 다 셀 수는 없으나 그중에서도 나에게 많은 영향을 끼치는 사람들은 우리의 일생을 송두리째 바꾸기도 하고 성공과 실패의 원인이 되기도 한다.

인생살이에 지대한 영향을 주는 만남에는 우연적인 만남도 있고 필연적인 만남도 있다. 우연적 만남으로는 친구와 이웃과 배우자로 나의 생을 성공으로도 실패로도 이끌 수 있으며 행복이냐 또는 불행한 삶을 사느냐로 나누어지기도 한다. 한편 필연적인 만남은 어떤 부모님을 만나고, 어떤 가족을 만나는 가로 금수저로서 부귀영화를 누리기도 하고 흙수저로서 비참한 삶을 살게 되기도 한다. 그러나 어떤 삶을 살았든지 성경은 모두 다 불쌍하고 비참한 인생이라고 하며 누구든지 다 자기의 죄때문에 지옥으로 가야만 하는 운명이라고 분명하게 선언한다.

우리는 우리 주변에서 수많은 형태의 만남과 그 결과를 보고는 마음아파할 때가 많다. 좋은 친구를 만나서 훌륭한 사람으로 우뚝 서기도 하고 현숙한 짝을 만나 행복한 가정을 이루기도 하며 신실한 친구를 만나서 구원받고 천국에 가기도 한다. 그러나 이와 정반대로 나쁜 친구를 사귀어서 죄에 빠져 철창 감옥에서 일생을 보내는 사람도 있고 나쁜 배필을 만나서 가정이 파탄 나고 가족들이 고통 가운데서 고생하기도 한다.

또 영적으로 악한 사람과 접해 귀신에 잡혀 대대로 고통을 겪다가 지옥으로 떨어지기도 한다.

그러므로 우리가 이 세상에 살면서 누구를 만나는가는 너무나 중요하다. 그래서 시편 기자도 누구를 만나 어떻게 살 것인가를 생각해 보고 연구하고 찾아보고는 그는 마침내 결론을 내리고 노래한다. 높은 산에 올라가서 동서남북을 다 바라보며 진정한 나의 도움이 어디로부터 와야 하나 하고 찾고 또 찾아본 결론은 "나의 도움은 천지를 지으신 여호와 하나님뿐(시 121)!"이라고 외치고 있다. 곧 하나님만이 진정한 도움을 주시는 분이라는 것이다. 우리가 흔히 착각하기를 부모님과 나의 가족이 나를 도울 수 있다고 생각하지만 실은 돕는 영역이나 시간이 너무나 짧고, 그 힘 또한 너무 미약하기에 시편 기자는 분명하게 "도울 힘이 없는 인생을 의지하지 말라(시 146:3)."고도 권고한다. 그러면 내가 꼭 만나야 할 그 하나님을 어떻게 만날 수 있을까? 나의 삶을 송두리째 바꿀 수 있고 천국까지 나를 인도하실 그분을 과연 어떤 방법을 통하여 만날 수 있을까?

예스! 그분 예수님을 만날 수 있는 길을 하나님께서 다 마련해 놓으시고 우리는 다만 믿기만 하면 얼마든지 만날 수도 있고 만나기만 하면 그분은 우리의 생을, 우리의 팔자를 바꾸어 하나님의 사람으로 천국 시민으로 영원히 살아갈 수 있게 우리를 선한 길로 인도해 주신다. 구체적으로는 우리가 "하나님을 사랑하고 간절히 찾으면 하나님이 만나 주시고 더 큰 사랑으로 나를 사랑해 주실 것(잠 8:17)"을 분명하게 약속해 주셨다. 그분은 세상의 금은보다 더 나은 부귀와 장구한 재물과 의도 우리에게 주시려고 준비해 놓으시고 있으며 그분의 계신 곳의 위치는 의로운 길과 공평한 길 한 가운데다. 그러므로 이제부터는 하나님을 더욱 열심히 사랑하고, 성경 말씀을 통해서나 설교를 통하여 간절하게 찾아 주님을 꼭 만나시고 더 큰 사랑을 나누시기를 바란다.

2. 쉐키나! 하나님의 영광

영이신 하나님은 우리 육신의 눈으로나 손으로는 볼 수도 만질 수도 없다. 그러므로 요한복음은 "태초에 말씀이 계시니라. 이 말씀이 하나님과 함께 계셨으니 이 말씀은 곧 하나님이시니라(요 1:1)."라고 얘기한다. 요한복음은 하나님이 곧 말씀이시고, 창조주이시며 생명이시고, 빛이시다 선포하시고 예수님이 참 빛으로 오셔서 각 사람에게 비추신다고 기록하고 있다. 구약성경의 속죄 제사 때도 지성소에서 제물의 피를 속죄단에 붓는 대제사장에게 하나님께서 열납하시면 쉐키나, 곧 하나님의 영광이 임하여 온 이스라엘 백성들은 죄 사함의 기쁨을 외쳤다. 곧 영광의 하나님이 우리와 함께하심을 나타내는 영광의 빛을 히브리어로 쉐키나로 표현하며 이는 하나님이 나와 함께하심을 확신하는 놀랍고도 신비한 체험이다.

내가 하나님을 다시 찾고 그간의 허물과 죄를 다 고백하고 기도에 열심을 다해 매달리고 있을 때 곧 1980년 여름밤에 한얼산기도원 중강당의 동쪽 끝에 자리를 잡고 잠들어 있을 새벽녘에 갑자기 동쪽 창문으로부터 휘황찬란한 황금빛 광채가 하늘에서부터 내리비춰 눈이 부시어 눈을 뜰 수도 없었다. 그런데 어렴풋이나마 그 빛의 중심에 황금 보좌 같은 의자 셋이 보여서 황급히 깨어 보니 꿈이었다. 다시 이전의 자세로 누워 더 자세히 보고 싶어 계속 꿈을 청하였으나 그 꿈이 이어져 꾸어지지 않아서 다음 날 아침 김규정 부목사님께 지난밤 꿈 이야기를 하고 해석을 구하였다. 그러나 목사님은 그냥 좋은 꿈이라고만 말해 주었다. 그 후로 계속 궁금해하던 중에 성경을 읽고 또 설교를 듣는 중에 비로소 그것은 하나님이 나를 찾아오셔서 나와 함께해 주신다는 것을 깨닫고는 마음속에 큰 기쁨과 확신과 감격으로 넘쳐났다.

하나님의 신비는 인간의 생각으로는 감히 헤아릴 수가 없다. 그러므로 우리가 상상할 수 없는 하늘나라 신비로운 비밀을 보여 주시는 것이 바로 계시로서 문자로 기록하여 주신 것이 바로 성경 말씀이고 그림으로 보여 주시는 것이 꿈이나 환상이다. 그래서 예수님도 천국의 신비를 세상의 사물을 통하여 여러 가지 비유로 설명해 주시면서 깨닫게 하셨다. 또 특별한 사명을 주시거나 앞으로 이루어질 일들도 꿈이나 환상으로 나타내 주셔서 그 비전을 이루어 나가도록 역사해 주신다.

나에게도 한얼산기도원 옆 맑은 계곡물 가운데 보석같이 반짝이는 새하얀 조약돌들이 잔잔한 물아래서 빛나는 꿈을 보여 주셨다. 그랬기에 나의 사역이 도시의 큰 교회를 돌보는 사명이 아니라 시골의 물 맑고 공기 좋은 산속에서 보석같이 깨끗한 장애인들과 함께 살아야 할 사명임을 예감하게 된 것이다. 나는 일반 목사님들이 목표로 하는 도시의 대형교회나 권위를 나타내는 직위 등을 처음부터 아예 바라지를 않았고, 당회도 없는 미조직 교회로 당회장도 노회 임원도 총회 총대도 꿈꾸지 않았다.

그러나 하나님은 산속에 묻혀 사는 나에게도 복지 분야에서 도지사와 국회의원 표창도 받게 하시고 또 연대행정학과 총동창회에선 사회봉사상을 수상도 하게 하셨다. 나의 사역에 아름다운 마감을 준비하면서 나와 같은 믿음이 연약했고 세상의 힘으로도 보잘것없던 나에게 영광의 빛을 비춰 주시고 때마다 일마다 힘을 주시고 은혜를 주시는 하나님이 나와 함께하여 주셨음을 감사드린다. 나는 앞으로 나의 남은 사역에서도 그 어떤 일을 맞이해도 두려울 것이 없음을 다시 한번 깨달았다. 그리고 무슨 일을 대하든지 강하고 담대히 하나님의 크고 비밀한 사업을 당당하게 완수하려 한다. 마치 요셉같이 때마다 일마다 은혜 주시길 다시 한번 기도하며 마지막까지 승리의 삶을 살 것을 다짐해 본다.

3. 노장로님의 팔순 잔치

세상 모든 사람이 이기주의로 얽히고설키어 서로를 믿지 못하고 불법을 저지르며 마귀의 손아귀 속에 놀아날지라도, 우리의 시선을 집중하여 찾고 또 찾아보면 아직도 세상엔 하나님이 숨겨 놓은 맑고도 깨끗한 숨은 보석들이 곳곳에 많이 있다. 엘리야 시대에 엘리야가 아합의 칼을 피해 로뎀나무 아래서 낙심하던 엘리야에게 하나님은 "바알에게 입 맞추지 아니한 칠천 인을 남겨 두었으니 너는 힘을 내어 네 사명을 완수하라 (왕상 19:18)." 하신 것처럼 지금도 하나님은 때 묻지 않은 하나님의 신실한 종들을 남겨 두어 하나님의 큰일을 이루어 가신다.

2000년에 곤지암 봉현리의 계곡에 하얗고 아담한 건물을 짓고 성남에서 정답게 함께 살던 친구들과 이사를 마치고 재미있게 살아가던 년말에 외부에서 전화 한 통이 걸려 왔다. 그 내용은 연말을 맞는데 시설에 꼭 필요한 물건을 신청하면 후원해 주겠다는 내용이었다. 우리는 그때 주방에서 사용하던 전자레인지가 고장이 나서 사용을 못 하고 있었는데 바로 "전자레인지 1대를 신청합니다."하고 답변을 하니 상대편에서는 "예, 알겠습니다."하고는 "또 더 필요한 것 있으면 신청하세요."라고 한다. 나는 "지금은 더 필요한 것이 없습니다."라고 대답했더니 며칠 지나지 않아 점잖으신 노신사분이 친히 전자레인지를 가져다주었다. 그분이 시설을 둘러보시고는 "대부분 많은 시설이 후원 물품을 신청하라면 컴퓨터나 냉장고 등 값비싼 물품들을 많이 신청하는데, 여기 베다니동산은 제일로 싼 전자레인지만 신청하고는 더는 필요한 것들이 없다고 하여 친히 방문했습니다."라고 말해 주시며 언제든지 필요한 것이 생기면 연락하라고 하였다.

그분 말씀이 자기는 영락교회의 김락규 은퇴 장로인데 얼마 전에 일본 사람과 함께 사업을 하다가 나이가 많아 사업을 정리하기로 했다는 것이다. 그래서 그동안 하던 사업을 마지막으로 정산을 하고 끝났는데 그때 포기했던 미수금이 연말에 새로 들어와서 동업자와 상의한 끝에 년 말에 좋은 일에 사용하기로 결정하여 경기도 내의 어려운 시설들을 찾아 도우려 한다는 말씀이었다. 모두 더 달라고 아우성인데 베다니는 부족하지 않다고 하여 이렇게 친히 찾아왔노라 하셨다. "개인 시설이라 부족한 것들이 많네요." 하시고는 그 후에도 수시로 찾아오셔서 격려해 주셨다. 또 명절이 다가오면 분당의 대형마트로 불러서 고기를 비롯해서 시설에 필요한 많은 물품을 여러 해 동안 후원하셨다.

우리의 형편을 잘 아시는 장로님은 시설에 튼튼하고 안전한 건물이 필요하여 기도 중인 것을 아시고는 함께 기도해 주시다가 팔순 생일을 맞이하게 되어 미국에서 활동 중인 자녀들의 초청으로 미국에 가서서 팔순 생일잔치를 하게 되었다. 김 장로님은 내가 치아도 안 좋고 많이 먹지도 못하니 내가 기도하는 일에 너희들의 잔치 비용을 써 주면 좋겠다고 하여 우리 시설 건축 헌금으로 1만 불(약 1천만 원)을 받아 오셔서 국민은행 초림역지점의 서평수 장로님께 맡기고 나에게 전화를 주셨다. 나는 아직 건물 건축이 구체화되지 않았으므로 나중에 시작할 때 주십사고 거절했으나 장로님은 '이 돈은 내 돈이 아니고 베다니의 돈'이므로 나도 가질 수 없다고 하여 국민은행의 안가용 과장에게 맡겨 놓으셨다. 그 건축자금이 종잣돈이 되어 2007년에 교회 겸 주거용 건물로 2층짜리 벽돌 건물(총 100평)이 아름답게 완성되었다.

그 후 장로님은 자녀가 사는 정자동의 고급 고층 아파트로 이사하셨는데 아파트 보안이 철저하여 방문도 못 했고 또 연세가 높으셔서 연락이 닿지 않아 이후에 천국에서 만나 회포를 풀어 볼 수 있기를 기도한다. 어쩌면 지금쯤 아브라함의 품에서 안식하고 계실지도?

4. 군고구마 장수 같은 따뜻한 목회자

나는 어떠한 모습으로 하나님의 일을 해 나갈까? 나의 목회 스타일은 어떤 방향으로 진행해 나가야 할까? 이런 생각을 그려 볼 기회가 있었다. 1984년 말 겨울방학 때 총신대학원 졸업을 앞두고서 우리 반 동기들이 설악산에 여행을 갔었다. 그때 저녁 모임을 가졌는데 이제는 자기들이 맡은 사명대로 그리고 각자의 스타일대로 성도들을 이끌어가야만 하기에 이런 자리는 꼭 필요했다. 자신이 앞으로 몰입하여 하여야 하는 일의 앞뒤가 바뀌거나 사역의 스타일이 하나님의 뜻과 서로 다르게 되면, 일의 성취도 불가능할 것이다. 그로 인해 엉뚱한 결과를 가져오게 되고, 나중에는 하나님의 크신 책망을 당하게 될 수도 있을 것이다.

순서에 따라서 내가 발표할 시간이 되었을 때 나는 어떤 일을 어떻게 해야 할 것인가를 먼저 말하고서 내가 해야 할 사명을 이야기했다. 나를 부르신 하나님의 뜻대로 사명을 수행해야 할 것을 깨닫는 것이 최우선 과제였다. 나는 세상 재미에 빠지고 돈을 사랑해서 수많은 사람을 거짓으로 속여서 기만하는 땡땡이 장사꾼으로 살았다. 또 세상 쾌락을 즐겨서 여인들의 뒤를 따랐으며, 밥 먹듯이 하였고 하나님을 새까맣게 잊어버리고는 다방과 당구장으로, 극장과 카바레로 세상의 온갖 죄악으로 물든 진흙탕을 헤맬 때도 하나님은 안타까운 시선으로 바라보시며 참고 또 참으셨고 오랫동안 기다리고 또 기다리셨다. 지금 생각해 보면, 만약에 내 자식이 그렇게 말을 안 듣고 밥 먹듯이 거역한다면, 일찍이 포기하고 다시는 못 보게 십 리 밖으로 내쫓았을 것이다. 그런 걸 보면 진짜로 하나님의 인내는 크고도 또 컸다.

왜 하나님께서 나 같은 쓸모없는 쓰레기를 징계의 매를 때려서 불러주셨을까? 모진 매를 때리고 또 때린 그 죽음 앞 훈련의 목적은 나를 향하여 '이와 같이 장애로 고통받는 사랑하는 이들을 위해' 하나님의 사랑을 전하고 그들을 고통의 구렁텅이에서 구하라는 사명을 깨닫게 하여 나의 목회의 대상이 누구인지를 분명하게 가르쳐 주는 것이었다. 나의 사명이 분명하게 정해졌으니 이제는 그 대상자들이 있는 곳이 바로 나의 목회지가 되고 그곳이 바로 내가 있어야 할 곳이기에 나의 목회지는 도시의 호화로운 곳이 아니라 보통은 사람들이 잘 가지 않는 산기슭이나 외진 곳임을 알게 된 것이다. 전에 한얼산기도원 계곡에서 꿈으로 보여 주었던 그런 곳 '맑은 계곡물 아래의 새하얀 보석 같은 돌들'이 바로 나의 사랑하는 장애인들이요 나의 사역지다. 우리 장애인 보금자리의 현재 이름을 '베다니동산'으로 바꾼 것도 예수님이 사랑하시던 성경 속의 그 베다니동산을 닮고 싶어서였다.

'베다니동산'은 이 세상 어느 곳보다도 사랑이 넘치는 이상향이다. 예루살렘 동남쪽 감람산 기슭에 예루살렘 성에서 소외된, 조금은 부족하고 천하고 연약한 한 무리의 사람들이 모여 살아가고 있었다. 베다니는 '작고 볼품없는 집'이란 뜻으로 당시 사회에서도 병들고 실패하고 실망 가운데 살면서 세상에 오신 예수님만을 사랑하고 소망하던, 이 세상 기준으로는 낙오자들이 모여 사는 예수바라기 마을이었다. 그곳에는 마리아가 살았고, 또 온갖 헌신을 아끼지 않던 마르다와 그의 동생 나사로가 살았다. 나사로에게 예수님은 친히 "나사로야 나오라." 말씀하셨고, 죽었던 나사로가 살아 나오는 부활의 기적을 베푸셨으며, 나사로를 '내 사랑하는 자'라고 불러 주셨다. 또 베다니 마을에는 문둥병을 앓았던 시몬 등 예수님을 특별히 사랑하고, 여수님의 사랑을 듬뿍 받은 예수사랑꾼들의 마을로 모두가 사랑으로 하나 된 천국 같은 마을이다. 주님이 이 세상에서 마지막으로 승천하실 때에도 베다니마을은 세상 최고로 예수님을 사랑했고 예수님의 사랑 속에 살던 예수 중심 마을이었다. 그 말씀을 확신하는 순간 우리 장애인 마을의 이름을 베다니동산으로 결정했다.

이제 분명한 나의 사명은 하나님께서 일찍이 훈련에 훈련을 시키신 장애인을 돌보고 섬기는 일임을 나는 분명히 알고 있다. 대도시의 일반 목회는 나의 자리가 아니고 대형교회와 수많은 성도도 나와는 거리가 멀다. 또 교회 정치에도 관심을 두지 않아서 장로 없는 미조직 교회로도 만족했고 노회의 임원 자리에도 별 관심 없어서 시골의 산모퉁이에서 하나님이 특별히 사랑하시고 보석같이 아끼시는 장애인들과 함께 하나님만 부르며 사랑하며 살기를 다짐하였다. 이와 같은 장애인 목회를 펼쳐 나가려면 누구나 쉽게 접근할 수 있고 손 내밀어 덥석 잡을 수 있는 평범하고 서민적인 목회자가 될 것을 결심했다. 그러므로 말쑥하고 값비싼 정장이나 고급 넥타이도 삐까뻔쩍한 구두 같은 것은 나와는 상관이 없고, 두툼한 털신에 허름한 토퍼를 입고선 춥고 배고픈 사람의 시린 손을 덥석 잡고 뜨끈뜨끈한 온기가 넘치는 달콤한 고구마 한 봉지를 전하는 따뜻한 목회자가 되고 싶었다.

산골에 박혀 살더라도 내가 직접 구운 뜨거운 사랑을 한 봉지 듬뿍 건네주는 그 사랑만 실천할 수 있다면 나는 그것으로 대만족이다. 그러나 하나님은 심은 대로 거두게도 하시는 분이시다. 그러나 하나님께서는 나의 소박한 일생에 생각지도 못한 특별 보너스도 마련해 주셨다. 저의 모교 연세대학교 행정학과 총동창회에서는 2011년 가을에 연세 행정인 상을 주어 격려해 주기도 했고 이전의 코엑스에서 열린 연세 행정인의 밤에선 내가 대표 기도한 후에 행정인의 연회가 열리기도 했고 또 도지사나 국회의원들의 각종 표창을 받기도 하였다. 또한 내 삶의 자취를 나와 하나님만 알고 넘어가려 했지만, 밀알복지재단 정형석 목사님의 주선으로 지금도 고통 중에 있는 장애인과 그 가족들, 또 장애인을 후원하고 기도하는 성도님들이 조금이라도 위로받고 힘을 얻게 하기 위해 이렇게 내삶의 기록인 자서전도 출판하여 하나님과 함께한 발자취를 남기려고도 한다.

5. 속지 말자! Best는 위로부터!

하나님이 세상을 지으셨을 때는 과연 얼마나 아름다웠을까? 성경은 하나님 보시기에 좋았더라! 좋았더라! Good! Good! Very Good! 을 연발하시고 또 다 완성하신 후엔 "심히 좋았더라(창 1:31)." 하고 Best Good! 을 외치시며 감탄하셨다. 그러나 요즈음 세상을 살아가는 수많은 사람은 이구동성으로 몹시 안타까워하며 왜 이렇게 세상이 냄새나고 썩어가고 더러워졌느냐고 절망적으로 외쳐대고 있다.

오늘날 문명의 발전과 과학의 발달은 달을 넘어서 화성으로 우주로 뻗어 나가고 있는데도 인간의 마음속은 썩어 문드러져 있고 너무나도 깜깜하여 한 치 앞의 이웃도 친구도 아니, 가족까지도 보이질 않는다. 그래서 나훈아 선생도 "세상이 왜 이래?" 하고 외치며 노래하지 않는가. 세상은 진리를 온전히 잘 알지를 못한다. 그래서 가짜들이 온 세상을 뒤덮고 있으며 거짓이 세상을 휩쓸고 다닌다. 거짓이 진실을 똘똘 휘감고 또 감아싸서 진실이 세상에서 사라진 듯하다. 그러나 언젠가는 거짓이 다 벗겨지고 진실이 만천하에 드러날 때가 올 것이다.

야고보 장로는 외친다 "내 사랑하는 형제들아 속지 말라! 정말로 귀하고 좋은 선물은 모두 다 위로부터, 빛들의 아버지께로서 내려온다(약 1:16-17)."라고 분명하게 알려 준다. 맞다! 그게 진리이다. 하나님이 우리에게 주시는 선물과 인간이 세상에서 얻을 수 있는 것들은 가히 비교가 되질 않는다. 이 시간 잠시라도 우리 다시 한번 생각해 보자. 인간 세상에서 우리가 얻는 것들은 재물과 권력, 명예, 성공 등으로 잠시의 즐거움만 가져올 뿐 시간이 조금만 지나면 다 사라져 버리고 마는 것들이다. 마치

독수리가 날개를 펴고 하늘 높이 날아가는 것과 같이 허무한 것임을 우리 눈으로 확인도 해 보았다. 그토록 자랑하던 세상 것들이 올무가 되어서 감옥에 가기도 하고 죽음을 불러오기도 하는 것을 우리는 여러 차례나 경험해 보았다. 곧 세상의 좋은 것들이란 실상은 다 허무한 것들이요, 결코 좋은 것이 아닐 수 있다. 아니, 올무가 되어 우리를 나락으로 추락시킬 수도 있다는 것을 깨달아야 한다.

그러나 위로부터 내려오는 것, 하나님께부터 오는 좋은 것들은 과연 어떤 것들일까? 그 숫자는 우리의 계산으로는 열거할 수없이 많고도 많다. 대략 손꼽아 보아도 세상 사람들에게 내려 주시는 일반 은총으로는 우리가 발 딛고 사는 땅과 맑고 푸른 하늘과 넓고 파란 바다와 산과 강과 해와 달과 별들이요, 바람과 눈과 생명을 주는 비와 논과 밭의 풍성한 양식, 나무와 식물과 가축들과 물고기 등 헤아릴 수없이 많은 것을 모두 하나님이 창조해 주셨다. 지금도 신선한 공기로 숨을 쉬게 하시고 밝고도 따뜻한 햇볕을 내려 주어 먹을 양식을 공급해 주시며 시시때때로 단비를 내리시어 우리의 생명을 오늘도 살려 주고 계신다. 특별히 모든 피조물의 생명은 하나님만이 주신다. 그러나 보다 더 좋은 은혜는 인간의 욕심으로부터 비롯된 죄로 인하여 지옥으로 떨어질 죄인인 우리를 살리려고 독생자 예수를 보내서 십자가에서 우리 대신 죽게 하시고 우리의 죄를 씻어 죽음에서 구원하시어 천국 백성으로 삼으신 그 은혜는 천지를 다해도 바꿀 수 없는 선물 중의 선물이다. 세상 그 어떤 것보다 가장 좋고도 영원한 선물이 바로 예수님인 것을 분명하고도 확실하게 아는 것이 최고 중의 최고의 선물이다.

사망에서의 구원은 세상 그 누구도 줄 수 없는 오직 한 분 하나님만이 주신다. 또 하나 분명한 사실은 하나님이 주시는 좋은 것들은 모두 다 공짜요, 값없는 선물이다. 왜 하나님의 은사(선물)가 값없는 선물일까? 그것은 값싼 싸구려 물건이 아니다. 값이 없는 것이다. 하나님의 선물은 세상의 것들로는 그 누구도 그 가치를 헤아릴 수 없기 때문이다. 그 누가 감히 하나님의 선물을 평가하랴? 하나님이 주신 공기, 바람, 햇빛, 비, 생명을 누가 감히 평가할 수가 있을까? 사망으로부터 생명을 구원하신 가치는 얼마이며, 그 생명의 진가는 얼마인가? 하늘의 것, 하나님의 선물은 인간의 머리로 헤아릴 수 없기에 값이 없는 것이고 거저 받는 것이며, 값을 매길 수 없는 '정말로 귀하디귀한 공짜'임을 깨달아야 한다. 하나님의 준비하신 세상에 둘도 없는 '좋은 선물', '베스트 선물'들이 우리를 위해 준비되어 있음을 생각하자. 그래서 성경은 하나님을 모르는 자를 짐승 같은 어리석은 자라고 부르며, 하나님을 알고 하나님을 사랑하는 사람을 '지혜로운 사람'이라 하고, '복 있는 자'라고 정의한다. 곧 깨닫는 인생이 복을 받고 누리는 원리다.

6. 축복의 가정 예배

21세기에 들어오면서 우리가 숨 쉬고 있는 이 세상은 역사상 큰 재앙을 맞이하고 있다. 중세 시대에 인간의 문화를 송두리째 뒤바꾸어 놓았던 페스트 못지않게, 2020년 초부터 중국 우한에서 시작하여 전 세계를 휩쓰는 코로나19의 팬데믹 현상은 1년 반 이상 지속되고 있다. 이 무시무시한 재앙은 선진국이나 후진국을 가리지 않고 수천만 명이나 감염시켰고 수십만 명의 목숨을 빼앗아 갔다. 매스컴이나 TV 화면에는 어색하고 낯설었던 새로운 장면들이 연출되고 있다. 아무리 귀한 자라도 흰 마스크나 검정 마스크를 쓰는 것이 일상으로 자리 잡았고 공공의 자리에서 마스크를 쓰지 않으면 벌금을 내야 하고 공격을 받기도 하는 새로운 문화가 펼쳐지고 있다. 또 사회적 거리 두기 2단계로 5명 이상은 모이지 말라고 하여 모든 공공장소가 폐쇄되거나 집합금지를 당하게 되었다. 나아가 교회까지도 당국의 감시자가 예배드리는 성전 안에 들어와서 예배자의 수를 확인한다. 그래서 영상 예배나 가정 예배를 드릴 수밖에 없는 상황이다.

우리도 처음에는 하나님께 드리는 예배를 세상 나라가 이래라저래라 할 수 있느냐고 반발도 했으나, 코로나19의 폐해가 너무나 커지므로 교회도 세상의 방역지침을 따르고 거리 두기, 손 씻기를 실시해야 함을 인지하고는 공 예배를 피하고 가정에서 드리는 가정 예배를 드리고 있다. 가정 예배를 드리기로 결정하면서, 왜 하나님께서 교회의 공 예배를 쉬게 하실까? 과연 하나님이 가정 예배를 하게 하시는 뜻은 무엇일까? 하며 기도했다. 나는 바빌론 강가에서 수금을 나무에 걸어 놓고 눈물을 흘리며 예루살렘 성전을 향해 찬양드리던 하나님의 백성을 떠올려 봤다. 그들은 눈물을 펑펑 흘리며 회개했다. "내가 잘못했습니다." "우리가 하나님께 범죄를 저질렀습니다." "우리 조상들이 하나님을 배신했습니다." 라고 그들이 회개할 때 하나님은 그들을 다시 유대로 보내 주셨고, 그들에게 새로이 성전을 지어서 그들의 신앙을 완전히 새롭게 변화시켜 주셨다. 하나님께서는 우리에게 현재 우리의 신앙을 새로이 점검하기를 원하시는 것으로 안다. 우리 교회가 세속화되어서 세상의 탁류가 침몰할 정도로 가득 차 있고, 교회에서 돈이 힘으로 자리 잡게 되었고, 하나님에 대한 첫사랑이 변질되고, 형식화되고, 말씀의 능력을 상실한 탓이 아닐까

하는 생각도 해 본다. 한편으로는 믿음의 조상 아브라함도 가정 예배로 시작했고, 다윗도 동굴 안에서 하나님을 찾았으며, 노아도 가족 중심으로 하나님을 경배했고, 초대교회 성도님들도 카타콤에서 하나님께 온전한 예배를 드렸다.

성경은 "두세 사람이 내 이름으로 모인 곳에는 나도 그들 중에 있다."라고 말한다. 곧 예배당이 성전이 아니라 성도들의 몸이 성전이다. 나도 요즈음엔 우리 가정 예배를 통하여 많은 새로운 은혜를 받고 있다. 한편으로 우리는 가족 예배에서 감사함을 더욱 실감하고 있다. 정말로 은혜가 크다. 우리 가정 예배 구성원은 나와 은선이(지적 1급), 인철이(뇌병변 2급), 상수(은선이 남편), 은경이(근이양증), 만호(청각 6급) 등이 전부이나 경우에 따라서 4~5명이 모여 예배드린다. 다시 한번 생각해 보면 이렇게 가족들이 한자리에 모여 예배하는 것도 하나님의 큰 은혜다. 만일 우리 자녀들이 다른 정상적인 가정처럼 세상에 출세해서 국내외로 흩어져 살고 있다면 가정 예배는커녕 1년에 얼굴 한 번도 못 볼 텐데 이렇게 만나고 예배할 수 있는 것도 장애인들이기 때문에 받은 축복으로 알고 감사드린다. 모든 것이 다 하나님의 은혜다.

7. 요나단 같은 정 목사

한평생 살면서 좋은 친구를 만나 변함없는 우정을 나누며 살 수 있다는 것도 큰 행복이다. 사회에서 수많은 사람을 만나게 되어도 정말로 좋은 친구는 찾기도 힘들고 또 잠시는 더없이 좋았다가도 환경이 바뀌면 배신하고 경우에 따라서는 원수로 돌변하는 인간의 마음을 수없이 보고 또 보아 왔다. 그러므로 한결같이 사랑을 나누며 참된 우정을 함께할 수 있는 친구를 가진 자는 진정 행복한 자라고 말할 수 있다. 특별히 천국까지 함께 할 영적 친구는 정말로 보석 같은 친구라 할 수 있다.

성경 사무엘상 18장에 등장하는 다윗과 요나단의 관계가 바로 '자기의 생명같이 사랑하는 친구'의 관계로 등장하는데 주인공 요나단은 자기의 왕자 자리라도 내놓고 친구인 다윗을 위하여 목숨을 대신하는 위험을 감수하며 '자기 생명같이 사랑'하는 사랑을 실천한다. 곧 요나단의 마음이 다윗의 마음과 연락되어 자기 생명같이 사랑했다는 뜻의 '연락'이란 단어는 '쇠사슬로 연결된다'는 뜻으로 결코 변하지 않는 불변의 사랑을 증명한다.

이와 같은 좋은 친구는 어떻게 얻을 수가 있을까? 잠언 22장 11절에는 하나님을 진정으로 사모하며 마음의 정결을 사모하면 왕의 친구가 될 수 있다고 한다. 곧 이와 같이 좋은 친구도 하나님께서 우리에게 붙여주심을 믿고 나의 삶을 언제나 하나님 중심으로 살아야 한다. 나에게도 요나단 같은 신실하고 용감한 친구, 정연홍 목사님을 하나님이 만나게 해 주셨다. 한국 교회 부흥의 불길이 타오르던 1980년경 내가 세상 암흑의 터널에서 하나님의 빛을 찾아 헤맬 때, 그리고 한얼산기도원에서 기도하며 봉사하고 있을 때 기도원 사무실에 상담차로 방문한 중년 신사 한 분을 만났다. 그분은 고려대 정외과 출신으로 세상에서 제법 잘 나가다가 그 시절 부동산 파동 때 막차를 타서 가지고 있던 전 재산이 다 날아갔고 남의 빚까지 떠안아야 했기에 하나님과 담판을 지어 보려고 기도원에서 생사를 걸고 기도했다는 것이었다.

그때는 바로 헤어졌으나 후에 성복중앙교회에서 또 만나고 보니 그분이 사는 집도 같은 잠실1단지 아파트였고 라이벌이지만 대학가에서도 제일로 친한 고려대 출신이라서 남보다 더 쉽게 친밀해졌다. 나보다 한 살 어린 말띠였고 총신대학교 대학원 1년 후배로서 1982년도에는 성복중앙교회에서 같이 교육전도사로 임명을 받았으며 한얼산기도원 봉사도 동시에 같이했던 하나님이 붙여 준 짝꿍이었다. 그러나 성격이나 활동성은 나와는 정반대였다. 나는 성격이 소심하고 내성적이었으나 정 목사는 성품도 쾌활했고 적극적이며 결단력이 있어 맺고 끊는 것이 분명했다. 그러므로 서로가 잘 보완이 되어 정연홍 목사님과 나는 대부분의 일을 상의하고 함께 기도하며 결정했다. 교회 개척도 함께 기도했고 장애인 사역도 서로 의견을 나누면서 결정했다. 그러므로 우리 둘 사이의 영적인 문제의 대부분은 정 목사님과 더불어 공유했고 또 해결하려 노력했다.

정 목사님도 복지 사역에 은사도 많고 특별히 노인 사역에 열심인 분이었다. 일찍이 우리 장모님을 양로원에 모시려 했을 때는 정 목사가 손수 봉고차를 운전하여 김천으로, 아산으로 양로원을 찾아갔고 몸소 등에 우리 장모님을 업고 다니기도 하였다. 나의 친어머니도 소천하기 직전 정신이 혼돈하실 때에도 정 목사님을 찾기까지 한 노인들의 천사였고 친구였다. 정연홍 목사님의 새소망교회가 문을 닫기까지 그는 노인들의 친구이자 보호자로서 효도하였다. 지금도 2021년 2월, 자기 집에 100세 되신 장모님을 정성껏 모시며 친구가 되어서 효도하고 있다. 현재 은퇴하고 어려운 형편에서도 어르신에게는 빈손으로 가지 않고 조그만 선물이라도 들고 가서 대접하려 하는 따뜻한 목자이시다.

• 이진우 목사 부부, 정연홍 목사 부부, 전태현 목사 부부, 나와 사모

    내가 일반 목회를 떠나 처음 성남시 산성동에 샬롬의 집을 개설할 때
도 정연홍 목사님과 열린문교회의 전태현 목사님이 두 팔을 걷어붙이고
셋집의 구형 다락방을 모두 헐어내고 부엌 바닥을 돋구어서 입식 부엌을
설치했다. 이 일도 두 분 목사님의 결단으로 이루어진 일이다. 또 광주시
의 베다니동산 개설 때도 함께했으며 손〇〇 군의 사망 사건 때도 정 목
사님이 1년간이나 발 벗고 나서서 힘쓰고 애쓰셔서 피해자와 잘 합의하
여 복잡한 문제를 마무리할 수 있었다. 정말로 나의 약하고 소심한 성격
으로는 좌절하고 포기할 수밖에 없었을 것을 정 목사님의 능력으로 해결
할 수 있었다. 결정적 위기의 순간에 늘 정 목사의 힘이 컸다. 나도 정 목
사님의 복지 사역에 힘을 보태고자 큰아들 정윤재 목사님의 복지실습에
멘토로 참여했고 윤재 목사님이 우리 베다니동산 부원장으로 재직하여
함께 복지 일을 수년간 했었다. 또 노인 사역을 권하며 컨테이너에서라

도 작은 복지 사역 시작을 권면했으나 여건이 허락지 않아 끝내 이룰 수 없었음이 너무나 안타깝다. 요나단과 같은 정 목사님은 나에게 실과 바늘같이 뗄 수 없는 아름다운 친구였다.

8. 부족함이 없는 복

복이란 무엇일까? 시편 23편에서 다윗은 자신은 한 마리의 어린양으로서 선한 목자이신 하나님 앞에서 모든 것에 부족함이 없는 행복스러운 한 마리 복 있는 양이라 노래한다. 새해를 맞이하면 누구든지 "새해 복 많이 받으세요."라고 인사를 나눈다. 세상 모든 사람이 그토록 좋아하는 복이란 과연 어떤 것일까? 복의 실체를 잘 모른다고 해도 복을 사모하는 나머지 오복이, 칠복이, 만복이라고 자식의 이름을 부르면서 넘치는 복을 원하기도 한다. 또 옷이나 장식품 대문짝에도 복 자를 새긴다. 사람마다 제각기 한도 끝도 없이 원하는 복은 과연 얼마나 커야 하며 또 얼마나 많아야 할까?

우리가 사용하는 복이란 글자는 한문 옷 의 자 변에 한일자, 또 입구자 밑에 밭 전 자로 이루어진 글자다. '福 = 衤, 一 , 口, 田' 곧 한 사람이 입을 옷이 있고, 먹고 살 양식이 나오는 밭이 있으면 그것이 바로 복이라는 것이다. 그러나 많은 사람의 욕심이 더욱 커지고 부풀어져서 한도 끝도 모른 채 더 큰 복을, 더 많은 복을 추구하고들 있다. 그래서 자기가 더 많이 차지하려고 아귀다툼을 벌이고들 살아간다. 그러면 무엇이 부족함이 없는 아름다운 복의 조건일까? 그것은 어떤 숫자가 아니고 어떤 한계도 아

고난 속에서도 행복한 목사

니다. 아무리 큰 숫자로 바꾸려 할지라도 한없는 마음의 욕심이 발동하면 기뻐하던 마음이 또 변하여 부족을 느끼며 불행에 빠지게 된다.

다윗이 노래하는 시편의 장면을 그려 보자. '새싹으로 덮인 푸른 초장과 맑은 시냇물가의 평화로운 양들과 그들을 지켜보는 선한 목자'는 너무나도 아름답고 평화로운 이상향인데 그중에 가장 중요한 포인트는 바로 선한 목자이시다. 만약에 그 장면에서 선한 목자, 예수가 빠진다면 그곳은 즉시로 평안은 사라지고 불안과 공포의 자리로 변하고 말 것이다. 하나님은 선한 목자이시다. 선한 목자가 있느냐, 없느냐가 바로 평안이냐, 불안이냐의 해답인 것처럼 우리 인간들에게도 선한 목자, 예수님이 있는가, 없는가가 행복과 불행, 평안과 불안의 문제요, 만족과 불만족의 분수령이 되는 것이다.

내 안에 하나님이 계시면 나는 부족함이 없다. 만족한다. 평안하다. 행복하다. 그러나 하나님이 없는 사람은 언제나 부족을 느끼고, 불안하고 초조하여 다투고 싸우며 항상 불행 가운데 살기 마련이다. 하나님께서 세상을 창조하실 때 특별히 사람은 하나님의 형상을 닮게 창조하셨기 때문에 인간의 마음도 하나님 마음처럼 넓고 커서, 세상의 그 어떤 것으로도 가득 채울 수가 없다. 세상 것으로 채울 수 없는 그 마음을 가득 채울 수 있는 유일한 길은 하나님이 내 안에 들어오시면 그 한 분만으로 우리 마음은 가득 차고도 넘쳐서 그 어떤 것도 더 이상 필요치가 않다. 그래서 우린 노래한다. "주 안에 있는 나에게 딴 근심 있으랴!" 모든 것을 다 가지신 아버지만 있으면 아들은 아무것도 염려할 필요가 없지 않은가! 부모 없는 고아처럼 살 필요 없다.

하나님 복의 특징은 부족함이 없는 것이다. 세상 사람들은 많은 것을 요구한다. 많은 것이 더 좋은 복일까? 적은 것이 더 좋은 것일까? No! 많은 것도, 적은 것도 결코 좋은 것만은 아니다. 너무 많아도 걱정을 달고 오며 적어도 또한 문제가 된다. 많이 가진 자들은 자기 자신이 스스로 높은 담을 쌓고 철조망을 두르며 스스로 만든 감옥 안에 갇혀 살게 된다. 유명한 경주 최 부자는 자녀들에게 가르치기를 재물은 똥과 같아서 재물 있는 곳에는 파리가 따르고 도둑이 엿보고 독이 될 수 있으나, 그것을 고루 나누어 뿌려 주면 좋은 비료가 되어서 많은 수확을 거둘 수 있다고 가르쳤다. 곧 재물을 적재적소에 잘 사용하면 그것은 자신과 사회와 세상에 큰 유익을 가져오지만, 욕심껏 쌓아만 둔다면 그곳에는 도둑놈, 거지, 강도, 공갈, 협박하는 사기꾼들이 똥파리처럼 주변을 맴돌아서 두 다리 뻗고 편안히 잠들 수 없다는 것이다. 곧 많아도 걱정이요 모자라도 문제인 것이 물질이다. 그러니 부족하지도 않고 남지도 않는 딱 맞아떨어지는 그 분량이 제일 좋은 것인데 그것을 한마디 말로 '부족함이 없는 축복'이라 한다. 곧 하나님은 때마다 일마다 그 필요를 다 아시는 분으로서 우리에게 모자라지도 않고 넘치지도 않도록 그때그때 딱 맞는 분량으로 필요를 채우시는 하나님이시다. 이와 같은 복이 세상에서 가장 아름다운 복이다. "금 나와라, 뚝딱! 은 나와라, 뚝딱!" 하는 도깨비방망이처럼 우리의 필요대로 그때그때 채워 주신다. 또한, 하나님의 복은 근심도 염려도 따르지 않는 깨끗하고 아름다운 하나님의 선물이요, 좋으신 아버지께서 내려 주시는 은혜요, 사랑이다.

우리는 세상의 걱정 염려로 잠 못 이루고 불평과 한숨과 원망으로 안타까워하는 이와 같은 인생살이를 지금 그대로 이어가야 할까? 아니면 하나님 앞에 한 마리 양이 되어서 선한 목자이신 하나님께 다 맡기고 모든 일에 부족함이 없는 행복한 삶을 살아가야 할까? 지금도 늦지 않았다. 하나님 찾고 만나서 수고하고 무거운 짐 다 내려놓고 부족함 없는 행복하고 만족한 인생을 펼쳐 나가시길 기도드린다. 만복의 근원이신 하나님 만나서 부족함을 모르는 참복을 다 누리시길 소원한다.

9. 죽음은 하나님을 만나는 기쁜 일

요즘 세상 사람들의 관심은 웰빙에 많이 쏠려 있다. 웰빙은 과연 잘 먹고 잘 사는 일일까? 그러나 진정으로 생각해 보면 웰빙에는 웰다잉까지 다 포함되어야 한다. 아무리 잘 먹고 출세했고 잘 살아왔다 할지라도 늙어서 몹쓸 중병으로 고통을 당하거나 치매를 앓는다거나 한다면 그동안의 지내 온 인생이 다 퇴색되어 버릴 것이다. 아니, 더 중요한 것은 죽음 뒤에 허무만 남는다든지 만일 지옥문이 눈 앞에 펼쳐진다면 이 세상에서 그토록 애쓰고 고생한 모든 것이 일순간에 다 물거품이 되고 말 것이다.

과거 이화여대 총장을 지낸 김활란 박사는 '내가 죽거든 장송곡을 부르지 말고 천국 환송곡을 연주해 달라'고 유언을 하였다고 한다. 믿는 자의 최고의 소망은 바로 천국이다. 실컷 믿고 나서 천국에 못 간다면 그것이 최고의 비극인 것이다. 그래서 최권능 목사는 '예수 천당, 불신 지옥'을 만나는 자들에게 외쳤다. 마라톤 경주자는 마지막 골라인에서 그 성공과 실패가 가름이 난다. 끝에 웃는 자가 승리자다.

죽음은 끝이 아니고, 절망이 아니고, 소망이다. 보다 업그레이드되는 소망이다. 지금 내가 행복할 수 있는 건 소망이 있기 때문이다. 그 소망이 무엇일까? 바로 하나님을 만나러 가는 소망이다. 나는 그런 설렘을 가지고 있다. 나는 그동안 많은 죽음을 보아 왔다. 그 죽음 앞에서 무슨 생각을 했을까. 웰빙보다 웰다잉을 생각한다. 목회자로서 하나님 품으로 가는 그들을 보내며 임시로 호스피스 역할도 했었다. 그 돈 많은 재벌 이건희도 갔다. 세도가도 갔고, 재벌들도 빈손으로 다 떠났다. 결국 돈이 많든 적든, 권력을 쥐었든 그렇지 않든 다 간다. 사람들은 죽음 앞에서 인생이 성공했는지 실패했는지를 따진다. 어떤 인생이 성공한 인생일까? 돈이 많은 인생? 나는 하나님을 만나는 인생이 성공한 인생이라고 본다. 나는 내 마지막 순간에 주님을 어떻게 만날지 생각한다. 결국, 모든 인간은 하나님 앞에서 모든 심판을 받는다. 삶의 성적표를 받는다. 죽음의 그 순간에 잘 살았는지, 못 살았는지가 정해진다. 주님은 네가 적은 일에 충성했으니 큰 것을 맡긴다고 했다. 주인의 즐거움에 참여하고 잔치에 초대받는 것, 난 그 이상의 소망이 없다. 인간 세상에서 아무리 좋은 차를 타고 좋은 집에 살면 무슨 소용이 있는가. 그 백 년도 안 되는 삶이 무슨 의미가 있는가.

죽음은 인간의 종착점이 아니라 하나님을 만나는 시작점이다. 내 친구 중에도 잘사는 친구가 있었다. 대학교 동창이고 사회에서도 잘나갔던 나름 재벌인데 죽을 때는 불쌍하게 갔다. 정치인들 눈치 보며 살다가 염려와 갈등 속에 살다가 세상을 하직했다. 나도 요즘 나이가 팔십을 넘다 보니 죽음에 대한 생각이 많아졌다. 그리고 노인들의 죽음에 대해서도 생각한다. 우리 노인들은 지금 많이 외롭다. 할 일도 없고, 돈도 없고, 건강도 약해졌고, 자식도 옆에 없어서 외롭다. 거기에 병까지 생기면 우울증도 덮친다. 아프면 외로움이 더 사무친다. 노인들은 모여서 싸구려 밥이나 먹고 바둑이나 둔다. 얼마나 처량한가. 그렇게 살면 불쌍하다. 우리는 해야 할 일이 죽을 때까지 있어야 한다. 이 사람 저 사람을 만나서 위로해 주고 예수 전하고, 기도해 주는 일이 다 하나님의 일이다. 그리고 하나님 앞에서 가장 좋은 점수를 받을 일은 남을 위해 헌신하고 희생하는 복지를 하는 일이다. 어려운 사람들을 돌보고 사랑하는 일이다. 부자한테 도움을 주면 그 고마움을 잘 모르지만 어려운 사람들은 너무 고마워한다. 그게 복지다. 나는 그런 사람들을 위해 마지막까지 일하려고 한다. 그런 일이 세상으로부터도 박수를 받을 것이다. 더구나 하나님 앞에 설 때는 "잘했다, 충성된 종이여."라고 칭찬해 준다고 주님이 친히 말씀하셨다. 밀알복지재단이 하는 일도 바로 그런 일이다. 그래서 나도 박수를 보내고 힘을 보탠다.

우리나라에 참 다양한 복지재단들이 있는데 내가 보기에는 대부분 내 마음에 그리 흡족하지 못한 편이다. 여러 곳이 있으나 제각기 먹고살 궁리에 바쁘고 정상적인 복지를 잘 못 한다. 주님은 가난한 사람으로 온다. 내가 배고팠을 때 너는 무엇을 했느냐? 내가 목마를 때 너는 어떻게 했느냐? 내가 추울 때 옷을 입혀 주었느냐고 묻는다. 병 들었을 때 그들에게 어떻게 했는지를 물으신다. 그게 하나님의 일이다. 하나님이 보시기에 좋은 일을 했구나 하고 칭찬을 받는다. 사랑의 실천은 말로만 하는 게 아니다. 말로 떠벌리면 그건 더 손해다. 노년에 탑골공원에만 몰려 있지 말고 누군가를 위해 봉사를 해야 한다. 그동안 그렇게 못 했으면 지금이라도 늦지 않았으니 나보다 더 힘든 사람을 위해 할 일을 해야 한다. 노년은 돈을 벌려고 해도 더 벌 수가 없는 나이다. 돈 버는 게 안 된다면 아예 봉사를 해서 하나님 앞에 갔을 때 좋은 점수를 받는 게 좋다. 그 봉사에 재미를 느끼면서 일도 하고 외로움도 치유하고 남도 도와주니 얼마나 좋은가. 세상에 돈 버는 사람들, 재벌들은 별로 존경받지 못한다. 그런데 헌신적으로 복지를 하는 사람은 하나님이 칭찬을 해 주시고 높은 점수를 받고 상도 받는다. 그게 진짜다! 다른 사람을 돕기 위해서 나를 헌신하는 일이 진짜 하나님이 보시기에 좋은 일이다.

우리는 그냥 앉아서 죽음을 맞이하지 말아야 한다. 무기력하게 죽음을 맞이하지 말고 남을 도와가며 멋지게 삶을 마무리해야 한다. 복지를 해도 도지사 표창, 국회의원 표창이 중요한 게 아니다. 그런 건 별거 아니다. 나도 연세대학교 행정학과 총동창회에서 사회봉사상을 받았다. 뭐 거창한 것보다 그렇게 친구들이 알아주는 것만으로도 고맙다. 내 친구 중에는 고위공직자도 많고 재벌도 있고 권력을 쥔 사람도 있었다. 그러나 나는 그들을 이용하려고 하지 않았다. 나에게는 하나님이 있는데 무엇 하러 하나님 발끝도 안 되는 그들에게 부탁하겠는가. 사람들은 참 희한한 게 조금만 돈이 생기면 하나님에게 의지하지 않는다. 돈이 떨어지고 절박할 때만 하나님을 찾는다. 그렇게라도 하나님 찾아서 자기 죄를 반성하고 용서를 구하면 그나마 다행이다. 죽을 때까지 하나님을 안 찾는 건 태어나서 삶의 의미를 못 찾는 헛된 인생이다. 내 인생을 돌아보면 내가 계획한 대로 된 적이 없다. 내가 가진 힘도 없고 재주도 없다. 그런데 분명한 것은 하나님이 주신 기적은 알고 있다는 것이다. 그동안 내가 이뤄 놓은 것을 보면 하나님이 다 알아서 해 주셨다. 하나님이 살아 있다는 걸 느끼고 확신한다. 도저히 사람이 할 수 없는 일 '정말로 크고 비밀한 일'들을 하나님이 약속대로 다 이루어 주신 것이다. 그 기적들은 사람이 할 수 있는 세상일이 아니었다.

내가 어렵고 힘들수록, 사건이 있을 때마다 하나님은 내게 은혜를 주셨다. 나에게만 주신 게 아니라 가난한 자에게 복을 주셨다. 인간은 어차피 물질에 의존하게 되고 통장을 믿는다. 그런데 그런 것에 의지하지 않으면 하나님이 기적을 주신다. 큰 선물을 주신다. 김활란 박사는 자기 장례식에 장송곡을 부르지 말고 천국 행진곡을 부르라고 했다. 슬퍼하지 말고 신나는 노래를 틀라고 한 것이다. 주님을 만나러 가는데 왜 슬퍼하냐는 것이다. 죽음에 대해 사도 바울은 둘 사이에 끼었다고 말한다. 여기가도 좋고, 저기 가면 더 좋고, 못 가면 여기서 또 할 일이 있어서 좋다는 것이다. 하나님이 살아 계신다는 걸 확실히 믿고 알고 있으면 그것만으로도 좋은 것이다. 그 깨달음이 죽음을 초월한다. 죽음은 인간 세상의 막장이지만 그 너머 새로운 세상의 커튼이 열리는 순간이다. 천국의 계단을 만나게 된다. 하늘 문이 열리는 것이다. 그러니 죽음에 대해 걱정을 하지 않는다. 언제 어떻게 죽어서 주님을 만날 것인가를 설레는 마음으로 기대한다.

내가 지금 이렇게 책을 쓰는 것도 하나님 앞에 가기 전에 내 삶에 대해 반성하기 위해서다. 주님을 만나기 전에 나를 정리하는 의미다. 나는 사명을 더 하다가 갈 수도 있고, 갑자기 오늘 밤에 갈 수도 있다. 언제가 되었든 대비를 해야 한다. 나는 설교를 하다가 쓰러진 적이 있다. 그때 내가 정신이 들었을 때 그대로 주님의 품에 안겼으면 좋았을 걸 하고 아쉬운 생각에 잠기기도 하였었다. 성경에는 아주 부러운 사람 둘이 있다. 에녹은 하나님과 300년을 동행하다가 하나님 곁으로 불려 갔다. 죽음을 보지 않았다. 그게 가장 좋은 죽음인 것 같다. 하나님과 도란도란 이야기하다가 하나님 곁으로 갔다. 에녹은 65세에 무드셀라를 낳고 300년간 하나님과 동행을 하다가 갔다. 무드셀라는 969년을 살았다. 가장 오래 산 사람으로 장수의 상징이다. 무드셀라는 히브리어로 죽음, 심판을 의미한다. 이 아이가 죽으면 심판이 온다는 것이다. 에녹은 무드셀라가 짐승 앞에만 가도 겁이 나고, 불 옆에만 가도 겁이 나고, 감기만 들어도 겁이 났다. 죽으면 안 되기 때문이었다. 오직 하나님의 심판이 오늘 당장에 있을지라도 철저히 준비하자고 생각한 것이다. 그러므로 에녹은 잠시도 하나님을 잊지 않았다. 그래서 하나님을 더 찾게 되고 그래서 하나님과 300년을 동행할 수 있었던 것이다. 그는 심판 때문에 하나님을 더 찾고 잠시도 떨어지지 않고 300년을 하나님 곁에 바싹 붙어서 살다가 죽음을 보지 않고 하나님의 곁으로 갔다.

또 한 사람 부러운 사람이 엘리야다. 엘리야는 불 수레를 타고 올라갔다. 그도 하나님 생각을 빠지지 않고 했던 소심하고 평범한 사람이었다. 로뎀나무 아래에 서서 두려워 벌벌 떨면서 하나님을 찾았다. 하나님의 뜻대로 살려고 노력했고 항상 하나님을 안 잊어버리고 살았다. 결국, 가장 좋은 죽음은 늘 하나님과 함께 하는 삶이다. 기도하면서 하나님을 찾으며 가는 게 가장 좋은 죽음이다. 내가 사업도 해 봤지만 내가 제일 못하는 게 돈 버는 일이다. 하나님은 나에게 돈을 못 벌게 하시고 장애인들을 위해 살라고 하셨다. 요즘 세상은 적당히 속이고 적당히 거짓말을 해야 돈을 번다. 남의 주머니에 있는 걸 나에게 가져오려면 그렇게 해야 했다. 그러다 보니 하나님은 내가 장사하는 일을 그렇게 기뻐하지 않으셨다. 그래서 이전에 일반 목회를 할 때도 여전도회 등이 하려는 상품 판매를 적극적으로 하지 못하게 했다. 장사를 하다 보면 욕심이 들어가고 욕심은 죄로 이어져서 결국은 사망에 이르게 된다. 곧 탐욕은 우상숭배가 된다. 물질을 숭상하는 사람은 하나님에게로 가는 길을 다 잃어버리고 망하게 되는 것이다.

10. 신실한 하나님의 일꾼, 오신환 장로님!

아름다운 만남이 바로 축복이다. 내가 만난 아름다운 만남 중 하나는 바로 오신환 장로님과의 만남이다. 성경은 축복받는 사람의 조건을 정확하게 규정하고 있다(시 1). 복 있는 사람은 첫째로, 악인의 꾀를 좇지 아니하고 둘째로, 죄인의 길에 서지 않고 셋째로, 오만한 자의 자리에 함께하지 않아야 복 받을 조건을 비로소 갖춘다고 한다.

오신환 장로님은 내가 개척교회를 섬길 때 본인의 의사와는 별개로 하나님이 친히 열린문교회로 보내 주신 기둥 같은 하나님의 일꾼이시다. 자양동 우리 교회에 옆 우성아파트에 사시는 이영우 권사님이 먼저 교회에 출석하셨는데 큰따님 곽세자 집사가 둘째 아이를 임신하여 점점 몸이 불편해졌다. 출석하던 감리교회가 거리도 너무 멀어서 집에서 가까운 우리 교회에 어머니를 따라 나오게 되었다. 아내를 끔찍이 사랑하는 남편도 함께 출석하였으나 남편은 아이를 낳으면 본 교회로 나가겠다고 말했다. 하지만 옥동자 세정이를 낳고 난 후에는 산모의 건강과 교우들의 간곡한 권유로 열린문교회에 남아 교회의 기둥이 되어서 교회의 온갖 무거운 짐을 도맡아 충성하고 있다.

오 장로님은 성경에 등장하는 디모데처럼 외갓집의 반석 같은 신앙과 부모님의 아름다운 믿음을 이어받아 정말로 모범적인 야긴과 보아스 같은 근래에 보기 드문 장로다. 특별히 오 장로님은 우리 딸 혜원이가 암 투병 중일 때에도 이른 아침에 자양동에서 자동차로 출발하여 곤지암까지 달려와서 혜원이를 픽업하여 성가대로, 교사로 봉사할 수 있도록 헌신해 주었고, 또 전교인과 많은 지인에게는 맛있는 메일로 매일 같이 힘을 북돋아 주셨다. 또한, 우리 베다니동산을 비롯하여 어려운 장애인 시설에서는 사외이사로, 감사로 수십 년간 섬겨 주시고 있다. 또 오 장로님은 은퇴하신 원로 목사님들에게도 수시로 좋은 음식을 대접하기도 했고, 세상의 다른 장로님들처럼 노회나 총회 정치에는 아예 발을 들이지 않으시고 오직 성도님들과 담임 목사님을 모범적으로 섬기면서 교회 성가대를 맡아서 수십 년간 손수 지휘하는 충성된 모범적인 장로님이다. 또 교인들과 지인들에게 '맛있는 메일'을 매일 아침 발송하여 위로와 격려를 북돋아 주는 비타민 같은 일등 장로다.

수많은 장로님이 세상 물결에 흔들리고 있으나 오 장로님은 성경의 진리 위에서 굳건히 서서 모범이 되고 있다. 모교 한양대학에서도 총동창회장으로 인정을 받았으며 학사 장교 모임에서도 회장으로 추대받아 주변 모든 지인에게 아름다운 향기를 뿜어내는 일등 장로님이시다. 이와 같은 훌륭한 장로님을 만나서 열린문교회도 복이요 나에게도 큰 복이라 생각하고 있다.

11. 불철주야로 수고하는 전장연 회원님들

내 이야기를 쓰다 보니 하마터면 빠뜨릴 뻔한 중요한 내용이 있어 다시 글을 쓴다. 미약한 나를 이끄신 분은 하나님이시지만 그래도 이 땅에서 하나님을 믿는 동역자님들을 세워 주셔서 함께 동역하게 하시고 또 위로해 주시며 여러 가지 정보도 나누어서 장애인 사역에 큰 힘을 보태게 해 주시는 수많은 기관이 있다. 그중에서도 나의 사역에 길잡이가 되어 주고 힘들고 외로울 때 용기를 불어넣어 준 기관이 전국장애인선교연합회(전장연)이다. 이 기관은 예장합동 측 사역자님들로 구성된 단체로 전국적으로 교단이나 사회에 많은 헌신을 해 온 하나님의 선교 기관이다.

• 전장연 세미나 후 촬영한 모습

특별히 어느 국가나 사회가 일류가 되는 데는 복지의 발전이 기본이 되어야 한다. 제아무리 돈이 많아도, 제아무리 국력이 강해도 복지가 따르지 못하면 선진국 대열에 오를 수 없다. 마찬가지로 열 번 백 번 하나님을 부른다고 해도 복지가 실천되지 않는다면 하나님의 교회라 할 수는 없을 것이다.

우리 예장합동 안에서도 여러 훌륭한 선배 목사님들께서 발 벗고 나서서 이 기관을 설립하는 데 심혈을 기울여 왔다. 장애를 가지신 몸들이라 애로도 많았고 기존의 사고방식을 변화시키는 데도 어려움이 컸다. 처음 전장연 설립에 헌신하신 목사님들 중 천국으로 먼저 떠나신 목사님들께 감사드리며 지금도 만사를 제쳐 놓고 충성하시는 현 임원님들께도 고마운 마음 전한다.

처음 설립 시에는 안태호 초대 회장, 2대 김성환 회장, 3대 신근철 회장, 4대 허길웅 회장, 5대 이영빈 회장, 6대 신현국 회장, 7대 이제문 회장, 8대 박인기 회장 외에도 처음 시작부터 밀알의 정형석 목사님은 몇 대에 걸쳐 총무의 일을 맡으며 산파 역할을 하셨고 서병엽 고문님도 큰 힘을 보태 주었고 박중옥 회장, 김광식 회장, 박영규 회장 등 현 안윤칠 회장님에 이르기까지 수많은 임원과 회원들께서 모든 회원님을 잘 이끌어 주셨고 총회에서 예산도 확보해 주셔서 해마다 각종 세미나와 해외연수를 통하여 단합을 도모했다. 또 여러 선배 목사님들이 힘을 모아서 부산 온천제일교회 총회에서는 총회 달력에 4월 장애인 주일을 지정하여 전국의 교회가 다 지키도록 결의도 했다. 이와 같이 우리 전장연은 우리 교단과 한국 교회에 장애인에 대한 인식을 바꾸게 해 주었고 지금도 소외받는 장애인의 편에서 인권도 지켜 주고 손 내밀어 일으켜 주고 따뜻하게 품어 주는 일을 계속하고 있다.

• 전국장애인 선교연합회 역대 회장들

에필로그. 마지막 사역도 주님의 일로

나라 안팎에서 레전드라 불리는 트로트 가수 나훈아는 요즘 돌아가는 세상을 향해서 "세상이 왜 이래."라고 부르짖으며 울부짖고 노래한다. 내가 살아 본 한평생을 뒤돌아봐도 정말로 정상이 아니다. 모두가 비정상적이요 무질서가 너무 많아서 예측불허의 세상이다. 자연환경도 모두 다 파괴되었고 인간의 윤리나 도덕도 다 무너져 삼강오륜도 찾아볼 수 없으며 권선징악도 무너져 내렸다. 왜 이렇게 세상이 타락하고 무질서해졌을까? 거짓이 판을 치고 불법이 난무하는 세상으로 왜 변했을까? 한 번쯤 생각해 봐야 하지 않을까?

나는 지금의 이런 타락이 인간의 탐욕에서 비롯된 죄악 때문이라고 본다. 인간의 욕심이 자연환경을 송두리째 바꿔 놓아 계절도 사라지고, 물도 한 모금도 못 마시고, 숨도 제대로 쉴 수 없고, 기후도 변화무쌍하고 인간의 아름답던 품성도 다 욕심이 갉아 먹었기 때문이다. 일찍이 성경에서는 세상이 인간의 탐욕으로 인한 죄악 때문에 낡고 부패되어 마침내 세상 끝 날이 온다고 분명하게 선포하고 있다.

내가 세상에 살아온 지가 81년 정도가 된다. 그러나 세상 어디에서도 인생이 어디에서 왔다가 어디로 가는지를 정확하게 가르치는 곳은 없고, 어떻게 살아야 제대로 인생을 사는 것인지도 말해 주는 학교도 찾아볼 수가 없다. 그냥 남보다 잘 먹고, 잘 쓰고, 잘 자고, 잘 놀고 즐기는 방법들만 가르칠 뿐이다. 성경은 하나님을 모르고 동물처럼 먹고 자고, 새끼를 낳고 으르렁대다 가는 인생을 멸망으로 달려가는 짐승과 같다(시 49:20)고 정의했다. 존귀한 인생이란 나를 보내신 하나님을 알고 그분의 뜻대로 사는 것이 인생의 본분(전 12:13)이며 세상을 제대로 사는 사람이라고 분명하게 선포한다.

곧 이 세상에서 나를 이 땅에 보내 준 하나님 뜻대로 살아가는 사람은 하나님의 자녀로 천국에 들어가 영생복락을 누리며 사는 축복을 얻고, 그렇지 못해 이 세상에서 욕심을 부리고 죄악을 범하며 하나님을 외면하고 자기 뜻대로 산 사람은 지옥 불 속에 떨어져 영원한 고통을 겪게 되는 것이다. 곧 이 세상의 삶이 장차 영원한 천국이냐 또는 영원한 지옥이냐를 결정하게 된다. 그러므로 우리가 "예수 믿고 천국 갑시다."를 전하고 또 전해야 하는 것이다. 이 말씀 전파의 일은 주님이 주신 최대의 명령으로 사도 바울의 말처럼 때를 얻든지 못 얻든지 항상 힘써야 할 의무요, 죽도록 우리가 충성해야 할 지상 최대의 사명이다. 주님 말씀 전하다가 순교한 스테반 집사의 순교 장면에서 본 대로 주님이 손수 보좌에서 일어나셔서 돌에 맞아 순교하는 그를 맞이해 주셨고 또 생명의 면류관도 씌워 주실 것이다.

끝으로 나의 바람은 (주님이 허락하여 주시면) 다음의 기도를 부탁하는 것이다. 첫째, 나의 남은 시간에 작은 역할을 맡은 종이지만 주님을 전하고, 주님을 자랑하다가 주님 앞에 설 때에 "잘했다, 충성된 종아!"라고 인정받기를 소망한다. 둘째, 천사 같은 동역자(보호자, 대화 상대자, 친구 같은 천사)를 보내서 남은 사역을 감당하게 해 주시길 소망한다.

모두에게 감사의 인사를 드리며

이 자서전을 내면서 문학적인 재질이나 취미도 없는 사람이 이렇게 작은 기록이라도 남길 수 있어 감사드립니다. 재주가 없어 글도 엉망이며 기억도 희미해져서 중복도 많고 읽기에도 어려우실 것 같습니다. 한평생을 살아오면서 내가 겪어 왔고 한고비 한고비를 넘을 때마다 나에게 용기를 북돋아 주시고 기도와 물질로 새 힘을 쏟아부어 준 수많은 동역자님과 친지들 지인들께 재삼 감사를 드리며 나의 생애 전부를 주관하신 하나님을 찬양합니다.

특별히 크신 영적 스승으로 나의 삶을 마라에서 엘림으로 180도로 바꾸게 도와주신 故 이천석 목사님과 사모님과 가족들, 나를 처음으로 전도사로 불러 주신 이영금 목사님께도 감사드립니다. 지금껏 기도해 주시고 후원해 주신 성복중앙교회 담임 목사이신 길성운 목사님과 교역자님들, 신영목 장로님, 이종수 장로님, 김진수 장로님, 박지안 장로님 등 여러 많은 장로님과 양남심 권사님을 비롯하여 큰 사랑을 부어 주신 여러 성도님께 감사드립니다.

열린문교회를 저와 함께 개척하고 한결같이 섬기시는 전태현 목사님, 오신환 장로님과 손두성 집사님, 이명숙 권사님, 임영배 장로님, 전성국 집사님, 이옥태 권사님, 김복섭 집사님, 박진만 집사님, 주형수 집사님 등 모든 성도님께도 박수를 보냅니다.

신학교 다닐 때 나의 옆에서 입학부터 졸업, 목사 안수 때까지 많은 도움을 주신 동기 박세형 목사님과 유미열 목사님, 강용만 목사님, 김명수 목사님, 김장천 목사님, 김규정 목사님, 정연홍 목사님 또 은목회 회원으로 지금도 영적 교통을 나누는 김일규 목사님, 고석건 목사님, 신교균 목사님께 감사드리고 김진환 집사님과 와장창회 오선순 권사님, 한순전 권사님, 정승화 목사님, 손정옥 권사님 등 모든 회원과 뵈뵈 권사님, 신성교회, 로뎀교회, 과천한일교회, 복있는교회, 실로암교회, 또 전장연의 증경회장님들과 현 회장님과 임원님들께 감사드립니다.

그리고 이 책을 위해 가장 큰 역할을 해 주신 정형석 목사님과 밀알복지재단 직원들께 깊은 감사의 인사를 드립니다. 기도와 은사로 사랑을 다해 섬겨 주며 론볼과 보치아로 섬겨 주신 광주 밀알복지재단 정용모 목사님과 사모님께도 감사의 말씀을 전합니다. 마지막으로 나의 이 기록을 정리해 주시느라 힘써 주신 조양제 작가님, 정말로 수고하셨습니다.

2021. 3. 30.
경기 광주 베다니동산에서 신현국 목사 올림

＊ 존경하는 신현욱목사님!

주님의 크신 사랑안에서 목사님을 뵈온지도
이제 9년이 돌아가네요.. 지금까지
에미안에셀의 하나님께서 동행해 주심으로
어려움중에서도 하루하루 기적을 체험하여
받은 성도와 함께 주님의 영광을 위해
살아가려 애쓰며 살고 있습니다!
  바다네 동산위에 날아다 암마수일
주님께서 함께 해 주심으로 건강과
기쁨과 사랑이 크신 은혜가, 차고 넘쳐
하늘나라의 크신 삶을 받으실 우리 목사님과
그룹복구들ㅡ. 그 사랑의 생기이 가족에서
해같이 빛나리라 믿으며ㅡ.
2010年 하나님 크신 은혜 가득 하시길
기도드립니다!   2010年 새해에
                    안영 민원기사모

＊ 추신 : 오자들 치약이 많아
       필요하실것 같아 보냅니다!

믿음 · 소망 · 사랑 _ KP710_마음마음 섬김으로 찾아가는 기쁨의 집_Designed by Kipum.com